ハヤカワ文庫 NV
〈NV1468〉

ハンターキラー 最後の任務
〔上〕

ジョージ・ウォーレス＆ドン・キース
山中朝晶訳

早川書房
8554

FINAL BEARING

by

George Wallace and Don Keith

Translated by
Tomoaki Yamanaka
First published 2020 in Japan by
HAYAKAWA PUBLISHING, INC.
This book is published in Japan by
direct arrangement with
TALBOT FORTUNE AGENCY.

わが父、エドガー・アレン・ウォーレスに捧げる
一九二三年八月六日誕生、二〇〇二年九月十五日逝去
——ジョージ・ウォーレス

人々に読んでもらえる物語を考え出そうと
狂気じみた強迫観念に駆られるわたしに
一度もいやなそぶりを見せない
わが妻、シャーリーンに捧げる
——ドン・キース

USS〈スペードフィッシュ〉SSN668 内部

前部区画

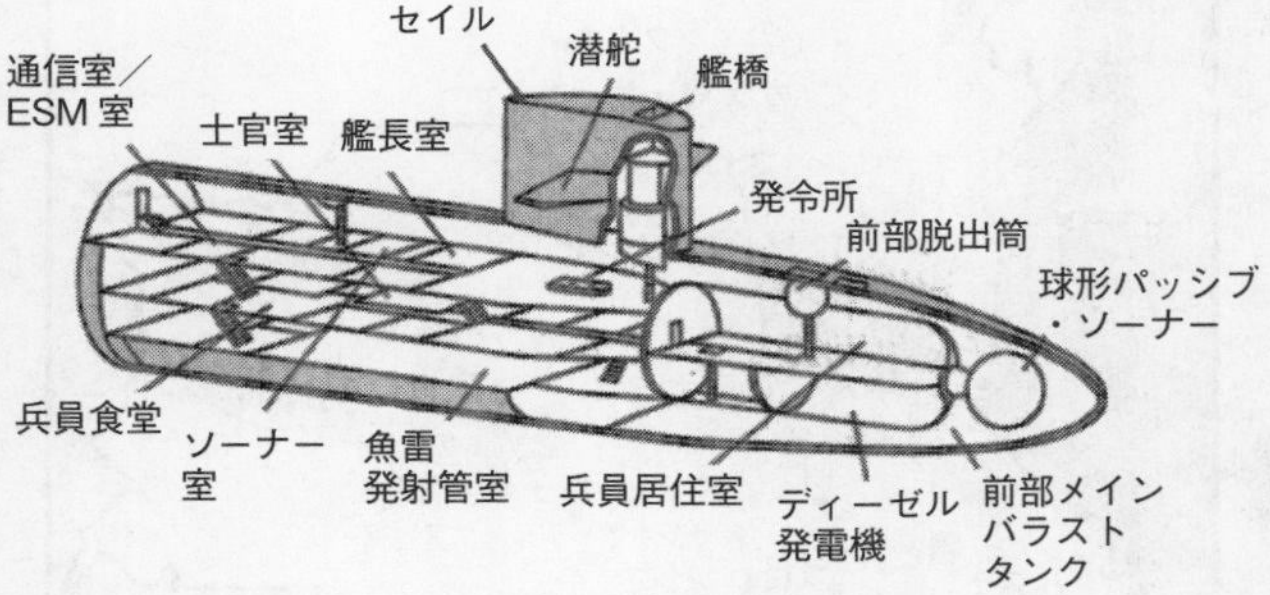

後部区画

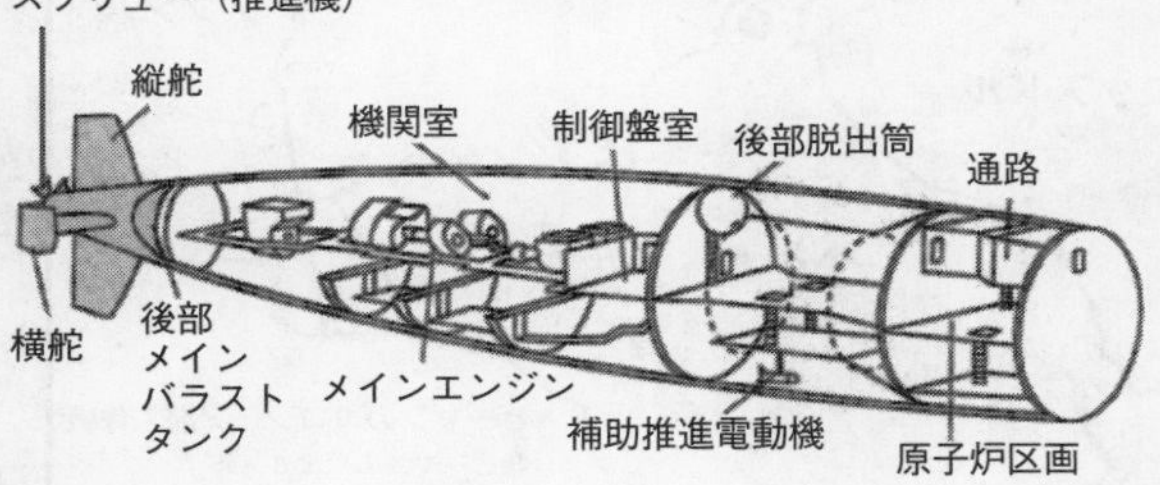

カリブ海
サンタマルタ
バランキージャ
カルタヘナ
パナマ
ベネズエラ
モンテリア
ククタ
ブカラマンガ
メデリン
太平洋
コロンビア
カウカ川
マグダレナ川
ボゴタ
メタ川
ブエナベントゥラ
カリ
グアビアーレ川
ネイバ
サンホセ・デル・グアビアーレ
パスト
フロレンシア
ミトゥ
キト
カケタ川
ブラジル
プトゥマヨ川
エクアドル
ペルー
カハマルカ
0 マイル 200
0 キロメートル 325
ビーマンのコロンビア潜入作戦
❶ビーマンの探索ルート
❷麻薬精製工場
❸襲撃地点
❹コカイン栽培地
❺デ・サンチアゴの秘密研究所

登場人物

〈アメリカ〉

海軍原子力潜水艦〈スペードフィッシュ〉

ジョナサン（ジョン）・ワード……艦長。中佐

ジョセフ（ジョー）・グラス……副長。少佐

デイブ・クーン……機関長。少佐

スタン・グール……水雷長。大尉

スティーブ・フリードマン……発射管制システム担当。大尉

アール・ビーズリー……航海長。大尉

クリス・ダーガン……機関士。少尉

レイ・ラスコウスキー……先任伍長。最先任上級上等兵曹

レイ・メンドーサ……ソーナー員長。上級上等兵曹

ビル・ラルストン……魚雷発射管長。上等兵曹

ダグ・ライマン……潜航長。通信員長。上等兵曹

コルテス……潜舵手。上等水兵

マクノートン……………横舵手。上等水兵
フランク・ベクトルド……機関兵長。機関科最先任上等兵曹
ブルース・ヘンドリックス……先任機関特技員。上等兵曹
スコット・フロスト………機関員
サム・ベクタル……………当直先任
バート・ウォーターズ……原子炉制御員
サム・ベニテス……………水雷科員
〝ドク〟・マーストン………衛生班員
〝クッキー〟・ドットソン……調理員

海軍P3Cオライオン対潜哨戒機

ジム・プルーイット………機長
ランディ・ダルトン………副操縦士
ジェス・カーモン…………センサー制御員
ケビン・シェパード………逆合成開口レーダー《ISAR》担当員

海軍特殊部隊SEAL

ビル・ビーマン……………チーム3部隊長。少佐
ジョンストン……………上等兵曹
スパークス・スミス……………通信手
オブライエン……………隊員
アルバレス……………隊員
カントレル……………隊員
ブロートン……………隊員
マルティネッリ……………隊員
ダンコフスキー……………隊員

太平洋艦隊潜水艦部隊

トム・ドネガン……………太平洋艦隊潜水艦部隊《SUBPAC》司令官。海軍大将
マイク・ハンサッカー……………戦術即応査定《TRE》査察官。大佐
ピエール・デソー……………サンディエゴ潜水艦部隊司令官。大佐

合衆国内麻薬関係

トム・キンケイド……麻薬取締局《DEA》シアトル支局捜査官
リック・テイラー……DEA局長
ケン・テンプル……シアトル市警警部補
ジョン・ベセア……国際共同麻薬禁止局《JIDA》の局長

サンディ・ホームズ……シーダーテック社のプログラマー
マイク・グレイ……シーダーテック社の警備課長
アン・マーション……ホームズの上司
リンダ・ファラガット……ホームズの同僚
カルロス・ラミレス……シアトルの麻薬の売人
ジェイソン・ラシャド……ラミレスの手下

その他

エレン・ワード……ジョン・ワードの妻
ソレンセン……サンディエゴ港水先案内人。〈チェリー二号〉の船長

〔コロンビア〕

フアン・デ・サンチアゴ……革命運動指導者。麻薬王。愛称〝エル・ヘフェ〟
グスマン……デ・サンチアゴの用心棒
フィリップ・ザーコ……デ・サンチアゴの幼なじみ
アントニオ・デ・フカ……デ・サンチアゴの腹心の部下
アルヴェーネ・デュラ……デ・サンチアゴの腹心の部下
ドナルド・ホルブルック……デ・サンチアゴの経理責任者
リカルド・アベッラ……反政府武装ゲリラ指揮官。大佐
ギレルモ・マルケス……防諜責任者。大佐
エンリケ・フェルナンデス……破壊工作責任者。大佐
ホルヘ・オルティエス……秘密研究所の所長
ホセ・シルベラス……コロンビア政府の下級官僚、デ・サンチアゴのスパイ
ルディ・セルジオフスキー……改造型ウィスキー級潜水艇の艇長
セルジュ・ノブスタッド……貨物船〈ヘレナK〉の船長

〈エル・ファルコーネ〉……………デ・サンチアゴの組織内にいるスパイのコードネーム
隋海俊《スイカイシユン》………………東南アジアの麻薬王
ギテリーズ………………コロンビア大統領

ハンターキラー 最後の任務

〔上〕

プロローグ

サンディ・ホームズの鼻は、フォルクスワーゲン《VW》の曇ったフロントガラスにくっつかんばかりだ。手の甲で憤然とガラスを拭い、目を細くして雨の暗がりを見据え、街路表示板に目を凝らす。この方向で正しければ、探している住所は次の角を曲がったところのはずだ。

まったくもう、シアトルの道路ときたら！　いったいなぜ、金曜日の夜になるとみんないっせいに出かけるの？　それに、ヘッドライトがまぶしい後ろの車は、どうして離れてくれないのかしら？

まあいいわ。ワシントン湖のあたりは地理に疎《うと》くて不安だから。でもわたしはなんとしても、自分の殻を破りたいの。今夜こそ、新たな一歩を踏み出す記念すべき夜にするのよ。

ベルビュー（シアトル郊外の都市）でコンピュータのプログラム開発の仕事に就けたのはよかったわ。でも、仕事机とデスクトップが割り当てられ、従業員用マニュアルが与えられたその日から、わたしの生活はすべて仕事に吸い取られてしまった。楽しみといえば、二十四時間営業の食料品店で袋入りのサラダと、一パイントのピスタチオ入りアイスクリームを買いに行くことぐらい。

出逢いの機会なんて、どこにもありはしない。

雨は峠を越え、いまはしとしととした霧雨になっている。シアトルの陽差し、か。サンディは思わず鼻を鳴らした。シアトル商業会議所のウェブサイトにはなんと書いてあったっけ？　〝当市の年間の降水量は、ワシントンDCとほぼ同じです〟だった？　そうかもしれないわね。でも、ワシントンDCの雨は、たまに強く降るだけだわ。シアトルの雨ときたら、いつまでもしつこく降りつづけて、もう二度とやまないんじゃないかと思えてくる。なんだかわたしの仕事に似ているわね。

目の前に伸びる路面は、街灯の明かりで黒く光っている。陰鬱な天気にもかかわらず、幸せそうに手を繋いで歩道を歩くカップルに、サンディは嫉妬心を抑えた。ワシントン湖の周囲に軒《のき》を連ねる、居心地のよい小さなレストランをめざしているのだろう。店の窓から誘うように明かりが灯り、色とりどりのネオンが瞬いている。わずかに開いたVWビートルのウインドウから、魚の焼けるにおいやハンノキの薪《まき》の香ばしいにおいが漂ってくる。楽しい出逢いや友だちづきあい、幸せな生活を思わせる香りだ。彼女はウインドウを閉じた。

サンディがうれしかったのは、リンダ・ファラガットが彼女に、きょうは会社を早めに抜け出して、気分転換を楽しみましょうと促してくれたことだ。シーダーテック社で楽しそうにしているのは、リンダだけだった。そのリンダが今夜のパーティのことを教えてくれたのだから、車を飛ばしてくるだけの価値があるにちがいない。サンディはもう、楽しんでもいい年ごろだった。彼女のプライベートライフは寂しいかぎりだ。アイオワ・シティ・コミュニティ・カレッジをクラスの首席で卒業して以来、ずっとそうだった。〝オタク女子ナンバーワン！〟――卒業アルバムの顔写真の下にはそう書かれており、写っているのは黒縁の眼鏡をかけ、髪をきっちりと後ろで束ねた、しかつめらしい彼女だ。さもありなん。情報科学の準学士号は、ハイテク都市での成功を保証してくれるチケットになるはずだった。だがいままでのところは、重荷でしかない。

〝ストックオプション！　ストックオプション！〟――彼女の机のコンピュータ画面では、スクリーンセーバーが一日じゅう訴えかけていた。会社の業績が上がれば、従業員価格で株を買った彼女も得をするのだ。だからこそがんばって働かねばならないと、サンディは自らを鼓舞していた。

オタク女子と言われてきたサンディも、ついに束ねた髪を下ろすときが来た。ずっと閉じこめられてきた女性ホルモンは、解放のときをいまや遅しと待っている。彼女がここにいることを知る者は誰もいない。リンダまでも、間際になって断わりを入れてきた。サンディは生まれて初めて、誰からも素性を知られないですむ状況にあるのだ。

あったわ！　レイク・ストリートよ。彼女はウインカーを出さずにいきなり曲がり、まぶしいヘッドライトをつけていた後続車の男が、怒ってクラクションを鳴らした。少なくとも、サンディのドアミラーからハイビームは消え、彼女は目的の家を探しやすくなる。

さて、どのへんでしょう？　二ブロック先の左手に、大きなレンガ造りの家がある。わかったわ、あそこにまちがいない。車寄せだけでなく、通りの両側にも車が駐めてある。見るからにパーティをやっていそう。小まわりの利くVWでよかった。レクサスの後ろの、わずかに空いた駐車スペースに車を滑りこませる。脈拍が心持ち速まった。さあ、パーティの時間よ。

もしかしたら、ママが気に入りそうな素敵な男の人に会えるかも。ママに嫌われそうな男だったら、なおのこと歓迎だけど。

後ろ手に、車のドアを強く閉めた。サンディはこのとき初めて、草花の香りに気づいた。

雨が降ってもいいことはある。空気がいつも、いまみたいに澄んで爽快なところだ。暗がりで、アスペンの葉が金色に染まっているのがわかる。楓《かえで》の葉は鮮やかな紅《くれない》に燃え、灰色の夜を彩っていた。西に何マイルも離れた海から、爽やかな潮風まで吹いてくる。

サンディ・ホームズはここ何カ月も感じなかったほど、潑剌《はつらつ》とした気分になり、通りを闊歩《かっぽ》して、瀟洒《しょうしゃ》なビクトリア様式の家に向かった。呼び鈴を鳴らす。誰かがほんの数インチ、扉を開けた。鎖が伸びる範囲だ。片目と漆黒の顔、ぴんと逆立ちしたブロンドの髪が見える。男は首に幅広のネックレスを巻いていた。

「なんだ？」男が嗄《しゃが》れ声で訊いた。

「わたし……あのう……サンディです。リンダの友だちの」彼女は答えた。男の風采は、シアトルでよく見かける二十代の若者たちと大差ない。にもかかわらず、その男はサンディを不安にさせた。

「リンダ？」

「リンダ・ファラガットです」

男は扉の隙間からサンディをなめるように見まわした。彼女は狭いポーチであとずさりこそしなかったものの、本当にこの家が会場なのか不安になり、番地を見なおした。

「ああ、リンダは知っている。だが、あんたのことは知らん」

男の背後から、別の声がした。穏やかで親しげな声だが、家の奥からこだまするパーティのさざめきにもかき消されることはない。

「ちょっと待て、ジェイソン。そんな不作法な応対はないだろう。そのレディをお通しするんだ。リンダの友だちと言っているじゃないか。わたしにはそれだけで充分だ」

ジェイソンはすぐに従い、扉の鎖を外して大きく開けると、臆面もなく彼女を手招きして、狂気じみた笑みを浮かべた。荒れた唇から、手入れの悪い歯が覗く。

背後からの声の主は、悲しげで大きな茶色の目をした、浅黒い肌の若い男だった。優雅なしぐさで歓迎の意を示す男に、サンディはたちまちうっとりした。男はサンディの手を取り、かすかにうなずいて、パーティに誘《いざな》った。

「リンダのお友だちのサンディ、よく来てくれたね。くつろいで、ゆっくりしていってくれ。わたしはカルロス……カルロス・ラミレス……お会いできてうれしいよ。こっちに来て、みんなにきみを紹介させてくれ」

その男には、どこか相手を麻痺させるようなところがあった。彼はサンディに、あたかも彼女が来てくれて無上の幸せを感じているかのように印象づけた。サンディの手を取り、肩を抱いて、金がかかった趣味のいい室内を先導する。

二人はさざめきのなかに入った。家の奥にある大広間には、百人以上の客がひしめいている。それなのにカルロスは、いまはサンディただ一人をもてなそうとしているようだ。この瞬間、アイオワシティから出てきた、うぶなブロンドのコンピュータプログラマーは、カルロス・ラミレスのパーティで最高の賓客になった。

男はサンディを連れ、大広間のまんなかへ進み出た。ほかの客が静まり、注目する。

「みんな、サンディを歓迎しよう！」

客はいっせいに、親しみのこもったしぐさでカクテルを彼女に掲げた。礼儀をわきまえた一瞬の沈黙のあと、会話が再開される。サンディには、これほどの群衆が集まっていることが信じられなかった。もしかしたら、誰かがエキストラの手配業者に注文し、百人以上の〝容姿端麗な〟男女を派遣させて、サンディ・ホームズが見たこともないような華やかなパーティを演出しているのだろうか。

どこからともなく飲み物が手渡された。サンディがカクテルグラスを口に運び、味わう。口当たりは甘く、舌がひんやりするが、飲み下すと身体が熱くなり、ぴりっとする。カルロスは客の群れにサンディを連れていき、彼女はすぐに、長身で黒っぽい髪の男に話しかけられた。その男のスーツはサンディのVWと同じぐらいの値段がしそうだ。

ありがとう、リンダ。彼女はそう思った。ありがとう、ここはまるで天国だわ。わたし、もう夢心地よ。

サンディはほどなく、カルロス・ラミレスを見失ってしまった。彼はパーティの人混みの外れに立ち、ときおり客の誰かに応対していたが、ほとんどのあいだは薄笑いを浮かべ、この新来の客の様子をうかがっていた。

茶色の目はもう悲しげではない。その目はまぎれもない邪悪さを湛《たた》えていた。

こいつは白人の上玉だぜ。カルロスは思った。からかわれたときの恥じらいかたが、たまんねえ。ひょっとしてカマトトぶっているのか。まあいいさ、すぐにほかのやつらといっしょに、アレを吸わせてやる。そうすればこの部屋で、人目かまわずよがり声をあげるだろうさ。あの女の友だちが喜んでそうしたようにな。

あの女が疲れ切って反応しなくなる前に抱けるかもしれないし、そんなに早く順番はまわってこないかもしれない。ジェイソンに、先に味見させてやってもいいだろう。ブロンド女は最高だし、やつもブロンドには目がない。それにやつは、特典にありつけるだけの仕事をしている。

カルロスは、大声で笑うサンディをじっと見ていた。みるみるうちに、サンディがドリンクのお代わりを飲み干し、理性を失っていく。彼女は威張りくさったワスプの男にべったり近づき、会話に夢中だ。われこそは産業界の代表だといわんばかりの手合いで、カルロスが心底から軽蔑を覚える連中だ。そうした連中が必然的に上客になるのだが、それでも彼は軽蔑していた。サンディの喉元がかすかなピンクに色づき、頬も赤く染まっている。目が爛々《らんらん》と光っているのも、アルコールが効いてきたからだ。

その程度のことはなんでもない。もうすぐ、彼女にもほかの客にも、別のお楽しみが待っている。それには本当に、魔法のような効き目があるのだ。

何もかも、ファン・デ・サンチアゴが保証したとおりに運ぶだろう。カルロスはそう思った。

「やつらに新開発の粉を味わわせてやれ」デ・サンチアゴの言葉が脳裏に甦る。「一度味わったらその瞬間、誰でもおまえの思いどおりにできるぞ。やつらはおまえのものになり、われわれのものになるんだ、カルロス」

新開発の粉が触れこみどおりの効き目なら、こんなにすばらしいことはない。たった一、二回吸っただけで、一生やみつきになる。果たしてそんなことがありうるのか？

カルロスは小難しいことには興味がなかった。デ・サンチアゴやその取り巻きがやろうとしていることは、あまりにも話が大きすぎて、彼には理解できない。カルロスに理解できるのは、それが自分の商売にどう影響するか、だけだ。誰にでもわかる、需要と供給の法則である。新製品は顧客の需要を満たすにちがいなく、デ・サンチアゴは彼にも同業者にも、供給サイドの問題はすぐに解決されると請け合ったのだ。

ついに俺の時代が来た、とカルロスは思った。

ここ数年間は苦労の連続だった。けちなマリファナの商売や、利幅のほとんどないコカインの商売を経て、ようやく飛躍のときを迎えようとしている。デ・サンチアゴが約束したこの強力な新商品こそが、成功への道をひらいてくれるのだ。

大広間の喧噪《けんそう》はいよいよ高まり、パーティの客は待ち焦がれている。カルロスは両開きの扉を出て、ジェイソンに合図した。

さあ、新商品のお披露目だ。

1

　ファン・デ・サンチアゴの固い信念によれば、彼の世界は油をたっぷり差した車軸のようにスムーズに回転しなければならず、彼の組織は整備が行き届いた機械のように機能しなければならない。どんなささいな手落ちでも見落とせば、それが組織の歯車を狂わせることになる。見落としたプロペラの傷が、ベアリングにひびを入れ、完璧なはずのエンジンをだめにすることだってあるのだ。ごくわずかな欠陥のせいで、水も漏らさぬ計画が頓挫し、数百人の労苦が水泡に帰すことだってありうる。

　そしてファン・デ・サンチアゴは、完璧でないものには我慢ならない。

　この日、デ・サンチアゴがこよなく愛する山々の朝は実に美しかったのに、気づかなかったかすかな傷のせいで、完璧だったはずの計画が悲惨な結果に終わるのを、彼はなすすべなく見つめることになった。

「アメリカ人のちくしょうどもが！」デ・サンチアゴは唾を吐き、悪態をついたが、その声は眼下の山間《やまあい》の農地を舞う、黒い大きな昆虫の羽音にかき消された。「大統領《エル・プレジデンテ》のギテリーズは、アメリカの犬だ！」

背後に控えていた小柄な男は、抜け目なく一歩あとずさった。主人の手が届く範囲から離れるのだ。デ・サンチアゴのすさまじい怒気で、熱が伝わってくる。そうした怒りが表われたときにはどうなるか、男にはよくわかっていた。

ファン・デ・サンチアゴが所有する最上質のコカ畑が、火の手に包まれていく。収穫期まであと二週間というところで、作物はいまや分厚い黒煙の帳《とばり》に包まれ、その煙は熱帯地方の微風で、山の斜面やジャングルへ押し流されようとしている。ふだんならその風は、農地の下の木々のあいだに咲く、野生のランの香りを運んでくれるのだが。

きょうは、帝国主義者どもが働いた破壊行為による異臭しかしない。

デ・サンチアゴがベースキャンプから、古《いにしえ》のインカ時代の長く険しい道をたどって山間を歩くのを好むのは、ひとつには花の香りに満ちた空気のためだ。ここは彼の少年時代の故郷だった。ここへ来るたびに、若さを取り戻せるような気がする。

収穫期が近づくと、彼はよく長途の山歩きをして、この高山の開拓地へ足を運んだ。そうすることで、人民を解放するために自らをこの世へ遣わした、神の恵みに思いを致すのだ。ここからは、農作業にいそしむ民衆を見下ろすことができる。デ・サンチアゴはいつなんどきでも畑へ下りて労働者たちに加わり、人々とともに歩むつもりだ。そうすれば人々は、大変な名誉にあずかるだろう。そしてデ・サンチアゴは働く民衆を一人ずつ抱擁し、彼らの犠牲と忠誠心をねぎらうのだ。

ところがいま、彼が目にしているのは、六機のブラックホーク・ヘリコプターに乗りこんで帰ろうとするコロンビア軍とアメリカ人顧問団の兵士たちだ。彼らは朝の仕事を終えようとしていた。ヘリの編隊の出所には疑いの余地がない。恥知らずなことに、どの機体にも星条旗があしらわれている。四機の〝アパッチ〟攻撃ヘリは、まだ頭上を舞っていた。上空から地上の兵士たちを守りつつ、周囲のジャングルをうろついている反乱軍の部隊がいないかどうか、目を光らせているのだ。

デ・サンチアゴの配下の兵士たちは、ヘリの編隊が接近してくる音を聞きつけると同時に、大半が避難していた。彼らは鬱蒼《うっそう》とした茂みの陰にひそんでいる。マルクス主義的大義と革命指導者への忠誠心も、自己防衛本能の前には勝てなかった。かくして彼らの指導者は、怒りにまかせて土を蹴っている。塵ひとつなく磨き上げられていたブーツは埃にまみれ、デ・サンチアゴはとめどなく冒瀆《ぼうとく》の言葉を吐いていた。浅黒い顔は怒りでいっそうどす黒くなり、右の頬と目が痙攣にゆがむ。

事はただ、高値がつく作物が焼けてしまったというだけではない。ここに広がるコカ畑は、革命運動を続けるために必要な資金源だったのだ。この美しい土地を、彼と彼の人民の手に取り戻すための戦いである。

アメリカとその手先どもの〝麻薬との戦い〟は、去年から凄惨さの度を増している。どうやらエル・プレジデンテは、無尽蔵の資金源と援軍を得られたらしい。ヤンキーどもの軍隊と最新技術を味方につけ、大統領はデ・サンチアゴの組織、革命運動、その資金源であるコカ畑を、一網打尽にするつもりのようだ。

かねてより、カリブ海沿岸のカルタヘナからはいくつもの報告が入っていた。実際に目撃した人々から立てつづけに知らせが届いていたのだ。それによると、毎日のようにアメリカ人どもは埠頭をことごとく、彼らの装備を満載した艦艇で埋め尽くし、増援部隊、兵器、補給物資が到着しているという。ものの数カ月で、アメリカ軍の顧問団はエル・プレジデンテの寄せ集めの兵士たちを精強な戦力に仕立て上げ、コカ畑に次々と火を放って、反乱勢力を逃走させている。さらに意気阻喪させられることに、上空から偵察衛星が何ひとつ逃すことなく、デ・サンチアゴのかけがえのない根拠地であるジャングルや山間部を絶えず監視しているという。

デ・サンチアゴは精製工場を建てようとしていた。だが、たとえ人里離れたジャングルの奥を切り拓いて造ったとしても、政府軍の部隊は最初の商品の積み出しが終わらないうちに現われるだろう。政府軍の部隊とアメリカ軍の顧問団は、まるで招待されたかのように、大量の弾薬を携えてやってくるはずだ。あるいは、反乱勢力の労働者たちが人目に触れないどこかの山奥で、渓谷の栽培地に種をまき、丹精こめて育てたとしても、収穫目前になると、上質のコカは焼き尽くされてしまうだろう。

首都ボゴタの支持者たちからは、聞いたことのなかった新たな組織の噂が聞こえてくる。国際共同麻薬禁止局《ＪＤＩＡ》とかいう組織で、各国の帝国主義者どもが協力して、コカを使って人民のために正義の戦いをしている人々を叩きつぶそうとしているらしい。しかし名前以外、この組織について知られていることはほとんどない。アメリカとその同盟国が、これほど明白な形で思い切った手に打って出ていなければ、デ・サンチアゴはＪＤＩＡなどたわごとだと一蹴していただろう。目に見えず、手に触れられず、においもしないものは、存在しないに等しいのだ、と。

ファン・デ・サンチアゴはヘリの編隊を見つめていた。やつらが放った火の熱さがここまで伝わってくる。このＪＤＩＡとかいう組織のせいで、革命運動はコカの焼けるにおいとともに壊滅に瀕しているのだ。

「JDIAを止めなければ！　しかしどうやって？」デ・サンチアゴはひとりごちた。

その本部の所在地はわからず、組織の運営体制も、誰が動かしているのかも不明だ。

デ・サンチアゴはいままで、目の前に広がるこのコカの栽培地は安全だと確信していた。高くそびえるコロンビア側のアンデス山脈の奥深くで、狭い山間の峡谷を開墾したのだ。ここに通じる自動車道などない。デ・サンチアゴと用心棒と少人数の幹部が、ここまで苦労して歩いてきたように、険しい山道をたどるしかないのだ。いまいましい人工衛星でさえも、ここの農地を見つけられるはずがない。この一帯はつねに、雲に覆われているのだから。

デ・サンチアゴの配下の専門家によれば、ここの尾根は高度が高すぎるので、ヘリコプターでも飛び越えられないはずだった。この急峻な土地に近づく方法は、狭い谷伝いに歩くことだけなのだ。彼らはそう主張していた。だからこそ、見張りの兵士たちは谷を見下ろす側にしか配置されていなかった。だからこそ、政府やアメリカの部隊が山を登ってこの高地の栽培地へ来ようとしたときに備えて、細く頑丈な鋼索の罠がいたるところに、蜘蛛の巣のように張りめぐらされているのだ。それなのに、ヘリコプターの編隊は三時間前、問答無用で尾根を飛び越え、この土地へまっしぐらに押し寄せてきた。けさ山の上に日が昇ったように、連中はやすやすと北東に連なる尾根を越えてきた。

デ・サンチアゴが誇りにしていた高山のコカ畑は、こうして完全に死角を突かれることになった。完璧に機能する組織とはとうてい思えぬありさまだ。

敵は予期せぬときに、圧倒的な火力で襲いかかってきたので、コカ畑で働いていた反乱軍の兵士たちは抵抗するすべがなかった。ほとんどの者はジャングルのなかへ逃げた。戦おうとして踏みとどまった少数の者は、大義に命を捧げた。激しい銃撃戦はごく短時間で片がついた。アパッチの編隊は渓谷の上空を往復し、二〇ミリ機関砲が火を噴いて、動くものをすべて狙い撃ちした。

エル・プレジデンテの部隊はブラックホークから、眼下の耕地へファストロープ降下（一本のロープに両手で摑まり複数の人員が降下する方法）を敢行し、デ・サンチアゴがいままで見なかったような技倆を示した。地上では、政府軍の兵士たちがスムーズかつ効率的に散開し、上空でホバリングしているヘリが安全に着陸できるように援護した。最初のブラックホークが機首を下げて着陸するころには、もう戦闘は終わっていた。兵士たちは作物に火を放ち、悪ふざけをして授業をさぼった生徒さながら、互いに叫んだり笑ったりしていた。

「頭を切り落とさないかぎり、蛇を殺すのは至難の業だ」デ・サンチアゴは自らに向かってつぶやいた。

ファン・デ・サンチアゴと、彼が全幅の信頼を置く用心棒のグスマンは、六個部隊が展開する背後で、農地をすぐそばに見下ろす山腹に近づいた。狭隘《きょうあい》な山道をたどる彼らは、ふだんは穏やかで美しい景色を望み、作物の生育状況を観察して、労働者たちが働くのを見張り、あるいはランの香りを楽しんでいた。しかし攻撃開始と同時に、彼らにはその音が聞こえた。耳を聾する音が意味するところを、誰もがただちに悟った。けたたましい銃声、ヘリコプターのリズミカルな回転翼の音、勇敢な労働者たちの苦悶の叫びは、聞きまちがえようがなかった。憤懣やるかたない思いで、デ・サンチアゴと数人の幹部たちは走り、ジャングルの陰から、三時間にわたる作戦の模様をほとんど見届けた。

デ・サンチアゴ自らが知るように、彼はコロンビア全土で最も有名なお尋ね者だ。彼がすぐそこの山腹からじっと見ていることを知れば、谷間の農地にいる兵士たちは、たちまち追撃にかかるだろう。耳障りな笑い声をあげて勝ち誇っている余裕などなかったにちがいない。いまや彼らは、ふたたびヘリコプターに乗りこみ、破壊のかぎりを尽くした土地をあとにしようとしている。作物だけでなく、人民の闘争に深刻な被害を与えて。

敵兵どもの笑い声に、デ・サンチアゴの怒りは火をつけられた。いま一度、地団駄を踏む。グスマンには、彼の歯ぎしりの音が聞こえた。食いしばった歯のあいだから、デ・サンチアゴは一語ずつ、言葉を絞り出した。

「あの見下げ果てた犬どもに見せつけてやる。わたしは怯えた兎のように逃げ隠れはしないと！」

デ・サンチアゴは踵《きびす》を返し、目にも留まらぬ早業で、スターバースト携行型ミサイル発射筒をグスマンの背中から奪い取った。用心棒は何が起きているか、気づく暇もなかった。デ・サンチアゴは眼下でいまにも離陸しようとしているブラックホークに照準を合わせ、引き金を引いた。発射筒の後部から炎が噴出し、斜面に密生する植物を焦がした。近くに立っていた味方の兵士たちは、早くも散り散りに逃げ出している。

イギリス製の地対空ミサイルは、発射筒から放たれるや、上昇しつつあるヘリコプターへ一直線に飛んでいった。怒りに駆られていても、デ・サンチアゴはやるべきことをわきまえていた。離陸上昇し、尾根を越える前のヘリを狙い澄ましたのだ。一度照準を合わせれば、発射筒は細い銅のフィラメントを介して追跡データをミサイルに送りつづける。彼とミサイルをレーザー・データリンクで繋ぐ銅のフィラメントで。

「なんてことを！」グスマンは驚き、叫んだ。

革命指導者の正気を疑うような行動に、この歴戦の勇士は唖然とした。グスマン——誰もがその名しか知らない——はつねに理路整然とした論理に基づいて戦い、指導者を守るのだが、いまデ・サンチアゴがしたことは完全に激情に駆られたもので、論理を逸脱した、予期し得ないものだった。だがこうなった以上、グスマンは本能的かつ衝動的に反応するしかなかった。

グスマンは焼け焦げた目の前の斜面に目をやった。そこからはすでに、細い煙が立ちのぼっている。彼は戦闘帽をひっ摑み、その場所を叩いて火を消した。さもなければ、アパッチのパイロットの赤外線センサーに煙を見とがめられ、報復攻撃を受けることになる。

マッハ一・五で飛行するスターバースト・ミサイルは、発射からわずか二秒で命中した。不運なブラックホークは大音響とともに爆発し、まだ煙を上げているコカ畑に破片の雨を降らせた。

「これぞ正義だ!」デ・サンチアゴは雄叫びを上げた。「帝国主義者の悪魔ども《ロス・ディアブロス・インペリアリスタス》よ、地獄の業火に焼かれろ!」

わずか二秒間のミサイル攻撃に、アパッチの編隊は即座に反応した。ヘリの群れはすでに攻撃地点へ方向転換している。一機のヘリが轟音とともに、彼らのほうへ突っこんできた。連装機関砲を装備した機首下の砲座が、獲物を探すコブラの鎌首さながらに砲身を動かしている。

グスマンは躊躇しなかった。彼はデ・サンチアゴの色褪せたカーキ色のシャツの襟首を摑み、山道から急峻な斜面に向かって、崖を飛び降りた。

「逃げるんです!」ひらけた場所へ落ちたグスマンは、叫んだ。

誘導ミサイルが数発、頭上をかすめるなか、二人は二〇フィート下に落下し、そこからさらに転がり落ちた。二人の身体を受け止めるのは、密生した草木だけだ。二人はようやく止まった。複雑に絡み合った蔓に突っこんだのだ。繁茂した葉や木の枝が、彼らを容赦なく鞭打った。

デ・サンチアゴの耳に、逃げ遅れた部下たちの断末魔の悲鳴が聞こえてきた。機関砲が間断なく咆吼《ほうこう》し、ヘリの回転翼の音が真上で響く。

敵の報復は終わった。反乱勢力の指導者がついさっきまで立っていた山の一角は、いまは削り取られ、岩がむき出しになっている。敵の攻撃で、精鋭だった四人の部下は血まみれの肉片と化した。生き残った二人は茂みにうずくまり、傷の具合を確かめている。谷底では、ブラックホークの残骸が激しく燃えつづけ、一機の僚機が頭上でホバリングして、生存者がいないかどうか確認していた。徴候なしと見るや、ヘリは上昇して、すでに尾根の向こうへ消えつつある編隊のあとを追った。

「くそ野郎ども、地獄へ落ちろ」デ・サンチアゴはあえぎ混じりにつぶやき、のしかかったままのグスマンの身体を押しのけた。シダや蔓を振り払い、二人が着地した細谷を登って抜け出す。自らの身体を確かめる。骨はどこも折れていない。いたるところに切り傷や打ち身はあったが、血が止まらないほどの傷はなかった。斜面を転がり落ちるときに木の幹にぶつかり、額にこぶができたぐらいだ。

「大丈夫ですか、エル・ヘフェ？」グスマンは壁のような草木から現われた。エル・ヘフェとは〝ボス〟のことだ。用心棒はかすかに脚を引きずっているものの、ほかに怪我はなさそうだ。指導者を見ると、彼は頭を振り、あけすけに言った。「おわかりかと思いますが、いまのはまったく愚かな行動です」

デ・サンチアゴの憤怒にふたたび火がつき、彼は用心棒をねめつけた。

「だったらどうすればよかったというんだ？　臆病者のように、すたこら逃げればよかったのか？　おまえはそうしてほしかったのか？　あのいまいましいアメリカ人どもがしたことを見ろ。やつらには、ヘリコプター一機だけではなく、はるかに高い代償を支払わせてやる！　必ずそうしてやるぞ！」

デ・サンチアゴは憤然とした足取りで、周囲の草木をなぎ払った。栽培地から続く小道に戻り、山を登る。グスマンは頭を振った。彼もほかの反乱勢力の兵士も、この指導者に追いつくのは困難をきわめる。長年にわたり、密林での戦闘に明け暮れてきたことで、この男は鍛え抜かれ、苦痛や疲労の色を片鱗も見せないようになった。精鋭の部下や屈強な用心棒ですら追いつくのに苦労していることなど、まったく意に介していない。

グスマンはひねった足首の痛みを意識から振り払い、デ・サンチアゴにあまり引き離されないように急いだ。

「死者を埋め、負傷者の手当てをしてから追いついてこい」反乱勢力の指導者は叫んだ。

道行きはなかなかはかどらなかった。負傷した兵士が二人、重い足取りではるかに遅れてついてくる。一行は来た道を引き返して山を登り、樹木限界線を越えようとしていた。岩がごろごろしている斜面を這い、一度越えてきた尾根にふたたびたどり着いた。

デ・サンチアゴはわずかな時間、そこにたたずんだ。肩越しに西を見はるかすと、奇妙な静けさが漂ってくる。インカ帝国時代の祖先が切り拓いた高地の道からは、雲がなければ、二〇〇マイル以上かなたの海が見える。そのときデ・サンチアゴは、はっと気づいた。いままでその考えに気づかなかったとは、なんとうかつだったことか。まさしくこの瞬間、山々をこよなく愛するこの革命指導者は、海こそが大願成就の鍵であることに気づいたのだ。

デ・サンチアゴは自らの考えに没頭しながら歩きつづけた。

彼らは峠のくぼんだ箇所で短時間の休憩を取った。この山の頂《いただき》には、何百年も前に先住民が積み上げた岩がそのまま残っている。二人の兵士が追いつき、その場にへたりこむ。急峻な山道に疲労困憊し、高山の薄い空気で酸素を求めてあえいでいた。兵士たちは間に合わせに巻いた包帯の具合を確かめた。グスマンはブーツの靴紐を緩め、腫れた足首をいたわった。

「あの方は休むことを知らないのですか？」兵士の一人がファン・デ・サンチアゴに顎をしゃくって言った。

「ああ」グスマンは答えた。

デ・サンチアゴは行きつ戻りつし、泥で汚れた顔に妙な表情を浮かべながら、しじゅう何事かをつぶやいている。ほかの男たちは、なるべくそちらを見ないようにしていた。いまだかつて、こんな状態の指導者を見たことがなかったのだ。

狭い道の上には、海抜一八〇〇〇フィート以上の高峰がそびえている。山の切り通しには風が吹き抜けていた。この高度の寒さは肌に突き刺さり、おまけに雪やみぞれが舞っている。険しい道は、ほぼ垂直の岩肌にへばりついていた。鋼《はがね》のような神経で一歩ずつ確実に足を運んで下山しなければ、深さ一〇〇〇〇フィートの谷を真っ逆さまに墜落し、即死するのはまちがいない。

デ・サンチアゴは道なりに曲がり、いままでよりさらに速いペースで歩きだした。まるで、余人には聞こえない声に導かれているかのようだ。グスマンは恨みがましい声をあげながらも、足首をかばいつつあとを追った。二人の兵士たちは顔を見合わせ、それから立ち上がると、怪我を押してあとに続いた。

ベースキャンプまではあと二〇マイルある。さらに悪いことに、あと一時間足らずで日没だ。暗闇のなかでこの山道を歩きつづけるのは自殺行為に等しい。デ・サンチアゴはそれでもかまわず、待ち受ける危険も呻吟《しんぎん》する部下も気にせずに先を急いだ。

グスマンは遠ざかる主人の背中に向かって叫んだ。

「待ってください！　もう少しゆっくり歩いてください。われわれには追いつけません。安全な道ではないのです」崖に声がこだまする。

反乱勢力の指導者には、聞こえていないようだ。グスマンは悪戦苦闘して追いつこうとした。二人の兵士たちはすでにあきらめている。彼らは数百ヤード後方で、狭い道をのろのろ歩いていた。グスマンにはもはや、彼らのあえぐような息遣いも、でこぼこした岩だらけの道を歩く足音も聞こえなかった。

デ・サンチアゴは立ち止まり、苛立ちを露わに振り向いた。

「がんばって追いついてくれ。後ろの坊やたちには、今夜は道で野宿して、夜が明けたら歩くように言え。なんならおまえも、いっしょに野宿していいぞ」

彼はぷいと前を向き、かたくなに猛然と下山しつづけた。グスマンは重い足取りであとを追った。主人のそばにつき、守るのが彼の義務なのだ。この狭隘な山道で姿が見えなくなったら、務めを果たすのは難しくなる。

二人は幅一フィート足らずの道にしがみつくように、切り立った山道を歩いた。足を踏みはずしたら、文字どおり千尋《せんじん》の谷へ落ちていくことになる。頭上の山頂は霧にかすんで見えない。

二人が山の肩を渡りきり、道幅がやや広がったときには、日はとっぷり暮れていた。崖もさっきよりはいくぶん緩やかだ。それでも、足下の緩んだ岩や岩屑《がんせつ》を誤って踏み抜いたら、落下しかねなかった。

グスマンが足を滑らせたが、突起部をとっさに摑み、危ういところで落下を免れた。息を整えると、彼はふたたび叫んだ。

「エル・ヘフェ、急いでここを抜け出すのが、それほど大事ですか？　墜落死せずにすんだとしても、キャンプには朝までかかりますよ」

グスマンには、コロンビアで最も危険な男のシルエットさえほとんど見えなかった。デ・サンチアゴはやにわに立ち止まり、返事をしようと振り向いた。このときのことを話す機会があれば、グスマンは主人の目から火花が見えたと断言するだろう。指導者の口調は穏やかながら、堅忍不抜《けんにんふばつ》の決意をにじませていた。風が冷たい霧とともに、その声を運んでくる。

「グスマン、わが友よ、われわれがすでに始めた闘争をやり遂げるために、一刻も早く戻らねばならないのだ。やるべきことは山ほどあり、未完成の仕事もまだまだ多い。今夜のことを、おまえは子々孫々まで語り継ぐだろう。最後の勝利は、まさに今夜から始まったのだと」

2

ジョナサン・ワード中佐は怒りを露わに、潜望鏡のハンドルをぴしゃりと叩いた。頭上に手を伸ばして、苛立ちの声をあげながら大きな赤い昇降用ハンドリングを操作すると、潜望鏡を降下させる。

「くそったれ、副長。あの貨物船はまったく動かんぞ！」艦長は副長のジョー・グラスに毒づいた。「やつがあそこに居座ったままだと、どいてくれるまで発射は不可能だ。発射可能時間はあとどれぐらいある？」

ワードはどんな答えが返ってくるか不安を覚え、手の甲で額の汗を拭った。青のつなぎの作業服はとっくによれよれだ。背中を幾筋もの汗が伝う。艦長は潜望鏡スタンドの周囲を歩きまわり、副長が確認するのを待つあいだ、もどかしさを紛らわせようとした。

床にこだまする艦長の足音を除けば、乗組員がひしめく攻撃型原子力潜水艦〈スペードフィッシュ〉の発令所は驚くほど静かだ。張りつめた発令所内でほかに響く音といえば、二十名近くの人いきれをやわらげようと格闘する空調の換気扇ぐらいだ。

副長のジョー・グラス少佐は、発令所の右舷前方に組みこまれた海図台から顔を上げた。

「あと五分です、艦長。発射するには時間がありません」彼はしぶしぶ告げた。

南カリフォルニアの海岸線を示した海図が、グラスの前のテーブルに広げられている。海図にはこの一帯を往来する船舶の航跡がすべて、さまざまな色で記されていた。〈スペードフィッシュ〉を示す点の周囲を、絡まったスパゲティさながらに航跡が囲んでいる。ジョー・グラスはどうにか、空いている場所を見つけようと悪戦苦闘した。しかし、そんな場所はなかった。

グラスはいろいろな意味で、ジョナサン・ワードと好対照の人物だ。外見もさることながら、性格もちがう。ワードが剃刀《かみそり》を思わせる長身痩軀の容貌の持ち主であるのに対し、グラスは小柄でずんぐりし、腹が突き出しかけていた。ワードの髪はふさふさしたブロンドだが、グラスの黒っぽい髪の生えぎわは、このところめざましい勢いで後退している。ワードは状況を瞬時に分析し、即断即決を旨とする一方、グラスは問題を熟考してから解決策の実行に踏み切るタイプだ。乗組員はずいぶん前から、漫画になぞらえて二人を『マットとジェフ』と呼んでいるが、それは彼らが聞こえない場所にいるときだけだ。

スティーブ・フリードマン大尉は、持ち場のコンピュータコンソールで身体をこちらに向けた。彼もまた先ほどから、複雑なパズルに取り組んでいる。モニターに映る無秩序な輝点の群れを、フリードマンはじっと見守っていた。グラスが沈黙を破ったのを潮に、彼も自らの報告事項を、訓練されてきたとおりに明確な口調でゆっくりと伝えた。ただし、強い南部訛りで。

「艦長、S45《シエラ》、S49ならびにS54を追跡し、解析中です」

ワードは小さくうなずき、了解の意を示した。

「艦長」発令所の別のところから声がした。声の主はスタン・グール、〈スペードフィッシュ〉の水雷長だ。彼は発射パネルの前で振り向き、艦長がそちらを見ると、話しはじめた。抑揚のない、鼻にかかったアクセントで、たとえばニューヨークは〝ニューヤウク〟のように聞こえる。クイーンズやブルックリン出身者の特徴だ。「魚雷発射管室からの報告によると、二番発射管のトマホークは、出力を落とすのにあと十分かかります」

ワードはいま聞いた情報をすべて咀嚼《そしやく》した。

「了解した、水雷長」艦長は一段高くなった潜望鏡スタンドから降り、フリードマンの肩越しに覗いた。「解析値は出たか、スティーブ？」彼は静かな口調で訊いた。

童顔に似合わず、スティーブ・フリードマンはCCSマークII発射管制システムの操作に長《た》けている。彼には最小限のデータから、最大限の情報を引き出す神秘的な能力があり、それはモニターに映る不可思議な数値や記号を読み取る能力も意味した。ワードは同じモニターを見ても、さっぱりわからないのだが。

「艦長」フリードマンはゆっくりとしたアラバマ訛りで言った。「S45が最も近いです。こいつが、潜望鏡から見えた貨物船にちがいありません。距離四〇〇〇、速力一〇、針路〇二五。十五分後のCPAは三〇〇〇ヤード、方位三四七です。ロングビーチに向かっているものと思われます」

CPAとは最近接距離のことで、分析がすべて正しければ、〈スペードフィッシュ〉が相手と最も近づく距離だ。船舶が二〇〇〇ヤード以内に近づくと、潜水艦の艦長は神経を尖らすことになる。これまでに記録されているあまたの接触事故は、潜水艦の艦長がちょっと目を離している隙に、接近中の船舶が不意に方向転換したことによるものが多い。

では貨物船の船長は、コーヒーに砂糖を何杯入れているんだ？　ワードは埒《らち》もないことを考えた。この若者がそこまで教えてくれたとしても、ワードは驚かないだろう。彼はモニターの複雑怪奇な図表を眺めた。そこには、当面する重要な問題に対するコンピュータの情報が表われている。

「ああ、そのとおりだろう。だが見たところ、その船は画面の数値より多少幅が広いようだ。主甲板の全体が見えた。前甲板のキングポスト（貨物処理用のマスト）は、ほぼ一列に並んでいた。正面からまっすぐ近づいてくるとすれば、予想より早くCPAに到達しているかもしれない」

フリードマンはスティックコントロールを軽く押し、図表をわずかに修正した。

「わかりました、艦長。その点も勘案します。他の二隻はさらに遠ざかっています。CPAはどちらも、約八〇〇〇ヤードです」

ワードは長いため息を漏らし、発令所の奥に無言でじっと立って一同を観察している上官のほうを向いた。

「ハンサッカー大佐、予定時間内にミサイルを発射することは不可能です。この海域の船舶の往来が多すぎ、計画に支障をきたしています。パールハーバーの司令部に、その旨打電するつもりです。同時に、新たな発射位置の設定を要請します。現在の海上交通の混雑ぶりでは、とても無理です」

マイク・ハンサッカーは艦長の言葉を聞いていないかのように、速記用のメモ帳に何やら念入りに書きつけた。ペンに力が入り、筆圧で顎がかすかに揺れる。静まりかえった発令所で、大佐がペンを走らせる音だけが響いた。やがて年輩の男は目を上げ、半眼鏡の頭越しにワードを見た。

「いいだろう、艦長。五分後に、きみの艦長室に来てほしい」

「イエッサー」

マイク・ハンサッカーは艦長の執務室で、狭苦しい折りたたみ式の長椅子に腰を落ち着けた。潜水艦乗りのあいだで、お決まりのジョークがある。潜水艦において〝執務室〟というのは名ばかりで、豪華クルーザーにあるような部屋とは似ても似つかぬ代物なのだ。かろうじてその名にふさわしい調度品があるとすれば、落ち着いたクルミ材に似せた合成樹脂の隔壁ぐらいだろう。驚くほど狭く、簡素な執務室だ。ジョン・ワードは、コンパクトで実用的という表現を好んでいる。

狭いウォークインクローゼットぐらいの執務室には、艦長が生活し、攻撃型原潜の指揮を執るのに必要な設備がすべて備わっている。長椅子の隣にある通話機を使えば、艦内の誰とでも話せる。のみならず、潜水艦の通信装置に接続すれば、彼の声は地球上のどこにでも届けられるのだ。前部隔壁には針路、速力、深度を表示する小型の表示計があり、潜水艦の動きをつねに把握できる。現在の〈スペードフィッシュ〉は潜望鏡深度で潜航し、混雑したカリフォルニア沿海を微速で遠ざかり、外海をめざしている。

ハンサッカーは目の前に置かれたコーヒーカップに口をつけようともせず、話を切り出した。

「ジョン、単刀直入に言おう。現状、きみの艦《ふね》の働きぶりは芳しくない。これは仮にも、戦術即応査定《TRE》なのだぞ。しかるに、これまでのところ本艦は、いかなる戦術行動も見せていないではないか。審査チームが好印象を受けるはずがなかろう」

ワードは艦長席にどさりと座りこんだが、上官の視線をまともに受け止めた。

「マイク、どうか公平に見てください。二カ月ほど前まで、大佐も〈トピーカ〉の艦長だったではありませんか。潜水艦の作戦行動がいかなるものか、お忘れではないはずです」

ハンサッカーが答える前に、艦内電話が鳴った。ワードは反射的にステンレス鋼製の受話器に手を伸ばしかけ、上官がうなずいて中断を了承するのを確かめた。

ワードは受話器を耳に当て、通話ボタンを押した。

「艦長だ」

「艦長、哨戒長です。太平洋艦隊潜水艦部隊《SUBPAC》に、海上交通による訓練への支障を伝え、新たな発射地点および可能時間を要請する電文を送信しました。電文は受領されました」

航海長のアール・ビーズリー大尉がこのときの哨戒長で、つまり潜水艦の行動全般を取り仕切っていた。

「よろしい。返答がありしだい、すみやかに知らせてくれ。その間、潜望鏡深度を維持せよ。訓練海域の西端まで潜航を続けるんだ。新たな訓練海域は、もっと外側になるにちがいない」

ビーズリーが了解すると、ワードは受話器を置いた。艦長はハンサッカーに向きなおった。年輩の男はコーヒーカップに口をつけている。相手が黒く濃い液体を飲み下す前に、ワードは機先を制して口をひらいた。チャンスがあるうちに、言い分を聞いてもらおうとしたのだ。

「さてと、これで要請はしました。向こうからなんと言ってくるかはわかりませんが。ともあれ、さっきの話に戻りましょう。大佐は本艦に、戦闘を想定したトマホークの発射をお望みですが、しかし同時に、われわれには平時の安全規則を遵守する義務があります。その点では、われわれの見解は一致しているはずです。しかるに大佐は、発射海域をロサンゼルスの沿海に指定されました。ビーチバレーの試合も観戦できそうなほど海岸近くに……ここは世界有数の混雑した海上交通の要衝で、われわれが操艦を許された海域はごく狭いものです。本艦がトヨタの自動車船を撃ち抜かずにミサイルを発射するには、いったいどうすればいいとお考えですか？」

ハンサッカーはことさらにゆっくりとコーヒーカップを置いた。いかめしい表情を浮かべ、身を乗り出す。小さな目は爛々《らんらん》と輝き、ワードの窮地を楽しんでいるようだ。

「ジョン、思い出してほしいのだが、きみは艦隊で最古参の艦を指揮するという光栄にあずかっている。本艦はスタージョン級最後の生き残りだ。原子炉の炉心は相当消耗している。われわれが沿海を訓練海域に指定したのは、炉心の消耗を最小限に抑えるためだ」大佐はにやりとし、舌鼓を打った。「それでも、この艦のコーヒーはすこぶるうまい」

ワードはようやくひと息つき、かすかな笑みを浮かべた。これでもうハンサッカーとやり合わずにすむとは思えなかったが、それでもここ数時間、二人にわだかまっていた緊張がややほぐれたのは確かだ。

「カウアイ島産です。ハワイの高品質の豆ですよ。補給担当士官が、パールハーバー所属の艦の乗組員から調達したものです。見返りに何を渡しているのかは、あえて訊かないようにしていますが」表情を見るかぎり、ハンサッカーは面白がってはいないようだ。「この艦が古いのはよくわかっています。毎日、悪戦苦闘していますよ。うちの機関長と話してみてください。いつもどこか故障した箇所の修理に追われていますから、捕まるとはかぎりませんがね」ワードはコーヒーをすすった。ハンサッカーの言うとおりだ。〈スペードフィッシュ〉のコーヒーは、大半の艦艇のものよりも段ちがいにうまかった。「この艦はうちの機関長よりも年上です。それでも、まだまだ一級品ですよ。ご存じのとおりです、マイク。最新鋭のバージニア級でさえ、できないようなことがいくつもできますから。チャンスを与えていただければ、それをご覧に入れましょう」

「わかった、ジョン。だが、次の訓練のことを話しておく必要がある」ハンサッカーの小さな目が冷たい光を帯び、ワードの背筋をかすかな震えが走った。「きみと〈スペードフィッシュ〉に何ができるか、とくと拝見するとしよう」

そのときジョー・グラスが、足を踏み入れてきた。彼の個室は艦長室と扉一枚で繋がっており、トイレは共有だ。

「失礼します、艦長。二番発射管のトマホークは、発射準備態勢の解除を完了しました。トマホークを二番発射管から取り出し、訓練用のADCAP魚雷を再装塡する許可を求めます。午後の魚雷発射訓練に備えて、訓練用魚雷の準備が必要です」

ワードはハンサッカーのほうを見た。この上官は彼らに、パールハーバーから訓練続行の返答が来るのを待つようにと言うこともできた。だがハンサッカーは無言でうなずき、了承の意を示した。これで乗員は、ハワイの潜水艦部隊司令部から了解が得られるのを前提に、準備を進めることができる。

「副長、二番発射管のトマホークを取り出し、訓練用のADCAP魚雷を再装塡せよ」ジョナサン・ワードは命じ、上官の大佐を一瞥した。そのときハンサッカーの顔によぎった表情が、彼を不安にさせた。それでワードは、とっさに口にした。「それからジョー、もう少しここに残ってくれ。次の訓練の概況説明《ブリーフィング》を、きみにも聞いてほしい」

グラスは躊躇することなく、窮屈な席に身体を押しこめた。

ハンサッカーは話しはじめた。

3

トム・キンケイドは自らの職務で、この瞬間を何よりも恐れていた。遠く離れたワシントンDCの役人にとって、キンケイドの敵に殺された被害者は、名前も顔もない存在だ。そうした被害者というものは、分析担当官が表計算ソフトにまとめた、無味乾燥な統計上の数値にすぎない。だが分析担当官と異なり、捜査官のキンケイドは、敵が本物の人間にもたらした結果をその目で見なければならない。かくしてキンケイドはいま、目を見ひらいたままの死体に近づいている。その無垢で若々しかった顔は、いまは血の気を失って冷たく、キンケイドを糾弾し、彼に向かって悲鳴をあげているかのようだ――どうしてわたしを守ってくれなかったの？　どうしてわたしを見捨てたの？

それでもキンケイドは、できるだけこうして被害者と〝対面〟するようにしていた。生死を問わず、被害者の軌跡がキンケイドと交差する瞬間だ。被害者が実在の人間だったと心に刻みつけることで、キンケイドは敵に対する憎悪を新たにし、戦意をかきたてる。そうすることで彼は、不快な思い、恐怖、煩瑣《はんさ》な官僚主義などを乗り越え、被害者をこんな目に遭わせた敵と戦いつづけるのだ。禁じられた快楽という餌で被害者をおびき寄せ、引きこみ、溺れさせて、骨までしゃぶり尽くした連中との戦いである。

麻薬のような犯罪は、暴力をともなわず関係者の合意もあることから、〝被害者なき犯罪〟と呼ばれることがある。だがトム・キンケイドには、そんな生易しいものではないことがよくわかっていた。これまで、あまりにも多くの死体の目、血の気を失って冷たくなった顔を見てきたのだ。どの被害者の遺体も、助けを求めて彼を見上げたまま、来るのが遅すぎたとなじっているように思えてならなかった。

今回の被害者は、かわいらしくうら若い女性だ。まだ二十五歳にもなっていなかっただろう。入念に梳《と》かしていたブロンドの髪は、いまは土埃にまみれ、蟻が這いまわっている。カールした髪を左耳の上で留めていた銀のきれいな留め金は、もう外れていて役目を果たしていない。きめ細やかな肌には斑点が浮き、青みがかっている。まだ、死後数時間ほどかもしれない。こんなところにそれ以上横たわっていたら、鼠の餌食になっていてもおかしくないからだ。

彼女はいったいどういう成り行きで、この橋の下で、胎児のように横たわることになったのだろう？　見たところ出血はなく、傷や打撲痕もなく、争った形跡はない。暴力の痕跡がないのに、彼女は塵芥《じんかい》のただなかに倒れていた。まるでちょっと昼寝をしようと横になったまま、ついに目が覚めなかったかのように。ほぼまちがいなく、死因は麻薬の過剰摂取だ。その可能性がなければ、キンケイドのところに知らせが来るはずがなかった。きっとパーティで乱痴気騒ぎをしたあげく、参加者がパニックに陥ったのだろう。そして彼女の遺体をここに遺棄し、浮浪者か警官が見つけてくれるのを当てにしたにちがいない。被害者の女性が麻薬の常用者であることを示す徴候は見当たらない。両腕の内側に、注射針の痕はなかったからだ。つま先にもそうした痕跡はなかった。服装もこぎれいだ。橋の下に寝るような人間にしては、身だしなみがよすぎる。

ともあれ、彼女がもう死んでいることには変わりがない。

トム・キンケイドは目を閉じ、これまでの人生で見てきた、命を落とした大勢の若者の顔を考えまいとした。来るのが遅すぎたとなじる、彼らの心の叫びに耳をふさぎたくなった。いったいなぜ、自分は勝つ見こみのない戦いに人生を捧げているのだろう。犠牲者は必ずと言っていいほど前途洋々たる若者で、彼らは不意を突かれるように、悪魔の餌食にされてしまう。

だが、キンケイドにはわかっていた。自分が目を閉じても、ここに横たわるブロンドのかわいらしい女性はこちらを凝視しつづける。だからこそ、彼は戦いつづけるのだ。勝算がきわめて乏しいのはもとより承知している。彼の側にいるはずの人々でさえ、敵と共謀して足を引っ張っているように思えてしまう。

キンケイドが咳払いをすると、遺体にかがんでいた男がぎょっとした。男は飛びのき、こちらを見上げた。身長六フィート半ほどの、がっしりした体格の男だ。上着のポケットから重そうに垂れ下がっている身分証で、シアトル市警の一員であることがわかる。皺くちゃのスーツ、土がついたレインコート、染みだらけのネクタイ。まぎれもなく、男が刑事である証《あかし》だ。

「よう、トム」男は言った。

「何かわかったか、ケン？」キンケイドは訊いた。

ケン・テンプル警部補は立ち上がった。関節が音をたててきしみ、見るからに大儀そうだ。彼はキンケイドが差し出した手を取った。

「フットボールで膝を痛めたんだ。こんな夜遅くに電話してすまん。いや、朝早くと言うべきかな。まあ、考えかたによるだろう。麻薬取締局《DEA》の捜査官《カウボーイ》がぐっすり眠りたいのはよくわかっているさ。それでも、きっと現場を見たがるだろうと思ってね。ひととおり調べてみたいか？」

ケン・テンプルは二年前に初めて会って以来、彼の友人だ。マイアミから異動してきたキンケイドが、最初に接触した地元の人間で、貴重な人脈でもある。二人はいくつかの事件で協力して、下っ端の麻薬密売人を逮捕したこともあった。ほとんどは、車のローンを支払うために裏庭でマリファナを栽培している地元の若者だ。かつて南フロリダにいたころ、キンケイドが率いていたDEAの麻薬撲滅ネットワークに比べれば、足下にも及ばない。当時の彼は、ラテンアメリカ全域に百名ものエージェント、つまりスパイを抱えていた。彼らはそれぞれ、元締めのカルテルや国際的な密売組織、何トンものコカインやヘロインを扱う二十一世紀の海賊に関する情報を提供してくれた。

マイアミでキンケイドは、麻薬カルテルとの歯がゆい戦いに勝利の兆《きざ》しを見出していた。世の中を安全にし、幾人もの犠牲者に報いることができると思ったのだ。しかしいまや、彼の味方はこの気さくな刑事だけで、戦う相手はアパートメントの植木鉢にマリファナを栽培している中学生になってしまった。

二人の背後で、非常線を張ったパトロールカーに雨が打ちつけている。青と赤の警告灯が夜闇を照らしていた。遠くからキンケイドの耳に、こちらへ向かってくる救急車のサイレンが聞こえてくる。

ゆっくり来ていいわよ。キンケイドの耳に、死んだ女性の声が聞こえてくるようだ。わたしは急いでいないわ。もう手遅れだから。

誰かが現場封鎖用の黄色いテープを張りめぐらせていた。キンケイドにはすっかりおなじみの光景だ。罪のない一般市民に、ここはもう清浄無垢な場所ではないと知らせるためだ。ここは犯罪現場です。善良なシアトル市民のみなさん、あなたがたには関係ありませんので、どうぞお引き取りください、というわけだ。

「ああ」彼はテンプルの問いに生返事した。

「大丈夫か、カウボーイさんよ?」

「うん? ああ、大丈夫さ。しかし、この天気がね。いささか気が滅入るよ」

「ビーチが恋しいかい? ビキニ姿のスーパーモデルが、布きれ一枚しかつけていないケツをさらしてひなたぼっこしているサウスビーチが? だが、天気は俺のせいじゃないぜ。話によると、ここの年間降水量はワシントンDCよりも少ないぐらいだそうだ」

とりとめなく話しながらも、テンプルはラテックスの手袋をつけて遺体にかがみこみ、若い女性の真下に転がっていた小さなハンドバッグを手に取った。ハンドバッグのなかから財布を取り出し、ひらく。

「当ててみよう」キンケイドは言った。「現金は盗られていない」

「ああ、ざっと……五、六十ドルあるな。物盗りの犯行ではない。運転免許証によると、名前はサンドラ・ミシェル・ホームズ。年齢は……二十二歳だな、俺の計算が合っていれば。クレジットカードが二枚。それから健康保険証——もう必要ないだろうが。住所はベルビューだ。あそこのコンピュータ会社の従業員証もある」

キンケイドは周囲を見まわした。現場は物流地区で、産業用の建築物に囲まれている。おそらくどれも倉庫だろう。建物の隙間から、船のマスト——昔誰かが、キングポストと呼んでいたっけ——と貨物船の船体の一部が見える。あたりに立っているのは警官だけだ。こんな夜中になると、本当に物寂しい場所だ。彼女はいったいどうやって、ここまで来たのだろう？　ベルビューからはずいぶん遠い。若い女性がふだん歩くような場所でもない。こんなに人けのない地区なのに。

テンプルがキンケイドの疑問に答えてくれた。

「俺の見立てでは、彼女はここに遺棄されたんだ。この一帯に、車は一台も見当たらない。きっと昨夜遅くに、パーティで大騒ぎしたんだろう。着衣の前側にこびりついているのは、ほぼまちがいなく精液だ。パンティはつけていない。争った形跡もない。となると、異存はなかったということになる」

キンケイドはたじろぎ、遺体から目を逸らした。東側の建物がシルエットになっている。すでに新たな一日の始まりを告げる曙光が兆しているのだ。霧とそぼ降る雨のなかで、夜は明けつつあった。土にまみれてここに横たわっている若い女性は、彼の娘であってもおかしくないような年齢だ——キンケイドが結婚して子どもをもうけていたら。そして、ありし日の妹とも大差ない年齢だった。

まだうら若い身空で。あんなに若かったのに、何もかも放り出してしまうとは。いったいどうして、あんなことになってしまったんだ？

一陣の冷たい風が、橋の下に吹きつけ、厚い霧をいくらか払った。キンケイドは身震いし、レインコートの襟をかき合わせた。制服警官が遺体を防水シートで覆う。救急車が停止し、サイレンと警告灯を消した。

彼はすぐ隣で立っているテンプルに、ほとんど気づかなかった。

「さあ、行こうか、カウボーイさん。鑑識の連中が仕事を終えるまで、ここで俺たちができることはもうない。コーヒーを一杯飲もう。この通りの先にいい店がある。終夜営業だ」

キンケイドは歩きだす前に、悲しみとともに、防水シートで覆われた遺体を振り返った。レインコートのポケットに両手を入れ、刑事のほうを見る。

「道案内してくれ、あんたについていこう」

キンケイドは湯気の立ちのぼるカップをすすり、唇から舌に広がっていく熱さに心地よく浸った。胃がじんわりと温まる。

「あんたの言うとおりだ、刑事さん。こいつは一級品だ」

テンプルは二人のあいだのテーブルに手を伸ばし、ドーナッツを摑んだ。

「だから言っただろう。この街では、一級品に満たないコーヒーショップに客は居着かないんだ」ドーナッツはあっという間に消えてなくなり、刑事は目にも留まらぬ早業で嚙み、飲み下した。「さてと、そろそろあんたも、わざわざこんな夜更けにあんたの色っぽい夢を台無しにして、呼びつけた理由が知りたいだろう。これが単なる殺人事件なら、俺だってそんなことはしないさ。あの女の子の死因が過剰摂取なのは、おそらくあんたの目にも明らかだろう。で、ほかに何か知りたいことはないか？」

キンケイドは、刑事がもう一個ドーナッツを頰張り、指についた砂糖をなめるのを待った。テンプルは何か知っているにちがいない。

「この街に、新たなディーラーが進出してきたという噂があるんだ。まだ確たる証拠はなく、あくまで噂の段階だがな。コロンビアの麻薬組織が来たらしい。コカインとヘロインしか扱わない連中だ。最も高値で取引されるやつだよ。俺がその噂を裏づける徴候を見たのは、今夜が初めてだ」ドーナッツがもう一個、皿から消える。「そいつらがこの街にどんな影響を及ぼすか、あんたは俺よりはるかによくわかっているはずだ。俺はもう、サンドラ・ミシェル・ホームズに続く犠牲者を見たくないんだ、トム。麻薬で人を殺している野郎どもを見つけ、一人残らずしょっぴいてやりたい。それで、ミスター・DEA、俺はあんたに助けてほしいんだ」

キンケイドはカップの縁から立ちのぼる湯気越しに、相手を見た。「年齢に似合わず、ずいぶん長広舌をぶったな。そろそろ帰宅して仮眠を取り、息を整えたいだろう?」

人好きのする警官はにこりともしなかった。真剣そのものの表情だ。ただ、ドーナツにまぶしてあった大きな砂糖のかけらが、顎にくっついていたが。

キンケイドは続けた。「いいとも、ケン、ここはもうぼくの街でもあるんだ。ぜひとも、きみの力になろう。ひとつ言わせてほしい。こいつは、トランク一個分の商品を密売しているような若造の仕業ではない。慎重で、凶悪かつ危険なやつにちがいない。コロンビアの麻薬組織の連中なら、なおさらだ。やつらは手段を択《えら》ばない。だが、そいつと組んでいる地元の人間は、商品の供給と援助を受けているから、足跡を残すだろう。きっと何か摑めるはずだ」

そのとき、テンプルの携帯電話が上着のポケットで大きな音をたてた。

「ちょっと失礼。電話に出たい」刑事は指に砂糖をつけたまま、電話を開けた。「テンプルだ」電話機に耳を澄ます。「確かか?」さらに相手の話を聞いた。「わかった、ありがとう。恩に着るよ」電話機を閉じ、上着の内ポケットに押しこむ。「現場での中毒検査報告だ。やっぱり過剰摂取だった。大量の薬物摂取によるものだ。それから、服についていたのもやはり精液だろうということだ」

キンケイドは立ち上がった。

「では、さっそく仕事にかかろうか。ぼくは電話をいくつかかける。きみはどこに行く？」

「署に戻るよ。まずは書類仕事を片づけちまおう。みんな、自分が死んだらいったいどれだけの書類仕事が必要になるか、わからんだろうがな。殺されたらなおのことだ。それから、被害者の勤務先に出かけて、事情を訊いてみるよ。取っかかりとしては、そのあたりからだな。うちの連中によると、彼女は一人暮らしだったそうだ。まだ勤務先や自宅を訪ねた人間はいないが」

「ぼくも同行したい。会社名は？」

テンプルはメモ帳をひらいた。

「えーと、ちょっと待ってくれ。ああ、あったぞ。シーダーテック社だ。所在地は一一二番アベニュー・ノースイーストの一〇三五番地。405号線を六番ストリートの出口で降りたあたりだろう。九時に現地集合でどうだ？」

キンケイドはうなずき、レインコートを着て、テーブルに五ドル札を置いた。

「よし、九時にまた会おう。それから、ケン？　ぼくのことを思い出してくれて、ありがとう」

大柄な男はウインクし、最後のドーナツを皿から取って、出口に向かった。

トム・キンケイドは店内から、降りつづく霧雨のなかへと踏み出した。太陽は弱々しい光で、雨雲を押し返そうと苦闘している。きょうも風が吹きすさぶ、雨の秋の日になりそうだ。キンケイドは踵《きびす》を返し、駐めたままの彼の車へ向かった。すぐそばに現場封鎖用の黄色のテープが伸び、その向こうには標章のない鑑識関係者の車が数台並んでいる。遺体は防水シートで覆われたまま、同じ場所にあった。ブロンドの髪の若い女性は、一人の人間だった。誰かの娘であり、恋人であり、妹だったかもしれない。キンケイドは、彼女の家族や友人がどんな思いをすることになるかわかっていた。彼らは泣き、悲しみに打ちひしがれ、遺体を土葬か火葬に付すだろう。そうしてさらに、別の若い命が禁じられたスリルを追い求めて、同じ目に遭うのだ。

キンケイドは不安だった。彼の直感は、とてつもなく不吉なことが起こりつつあると告げている。テンプルが言ったことは、おそらく正しい。あの刑事には、殺人事件を長年担当してきた警官に特有の、研ぎ澄まされた直感が備わっている。そのうえ、キンケイドはもうずいぶん前から、こうした問題に関しては彼自身の直感が信頼できることを知っていた。マイアミでの日々からこのかた、その直感が外れたためしはない。

今回もそうだろう。局内の権力争いもまた、コロンビアの麻薬組織と同様にキンケイドのキャリアにとっては脅威なのだが、そんなことにひるむような彼ではなかった。

実に二十年間、キンケイドは第一線で活躍し、ラテンアメリカ全域に比類のない人脈を築いてきた。やがてその努力は結実し、ラテンアメリカで起きていることはことごとく、彼とDEAの耳に入ってきた。彼こそはまぎれもない第一人者だったのだ。キンケイドをワシントンDCに異動させ、関係機関の統率をまかせてはどうかという声も出てきた。だが彼は、しごくもっともな理由からそれに抵抗した。キンケイドの戦略は着実に進展していた。麻薬との戦いは、勝てる寸前だったのだ。その暁《あかつき》には、被害者の生気のない目やまだらになった皮膚にうなされることもなくなるだろう。

DEA局長にリック・テイラーが任命されたのは、そんなときだった。それは純然たる政治的駆け引きの産物だった。テイラーは取り入るべき有力者に取り入り、効き目のある切り札を出して、力のある政治家とマティーニをすすったのだ。

折しも予算編成の時期だったので、テイラーには彼の帝国拡大を正当化するための逮捕劇が必要だった。キンケイドの進めていた捜査活動が、テイラーの欲望を実現させる恰好の手段だった。そのときキンケイドは、一年がかりの捜査を行なっている最中で、それが完遂したらファン・デ・サンチアゴを首魁《しゅかい》とするコロンビアの麻薬組織の息の根を止められたのだが、ティラーにはそんなことなどおかまいなしだった。あと半年あれば、キンケイドはそれが実現できたのだ。そのときには、すべてのピースがぴたりとはまる。キンケイドとその部下たちがひとたび鉄槌を振り下ろせば、インカ帝国時代の道に築かれた南米の帝国は雲散霧消するはずだった。

キンケイドはティラーが要求した拙速な逮捕劇を拒んだ。しかし、新局長はまったく事情を理解しなかった。

ティラーはキンケイドをシアトルに左遷した。大物の密輸入者との戦いという点では、決して主戦場ではない。キンケイドがマイアミ支局で机の掃除も終わっていないうちに、ティラーは彼の息のかかった人間を後任に送りこんだ。逮捕劇はその翌週に起きた。実に五トン以上のコカインが摘発された。テーブルには麻薬が山と積み上げられ、大々的に記者会見がひらかれた。ティラーとその取り巻きはカメラの前でにっこり笑い、政治家は予算の増額を承認した。しかしその逮捕劇によって、キンケイドは彼の人脈で最も優秀だった六人の命を失った。そして、現地の動向に精通した情報協力者たちは沈黙を強いられた。

かくしてトム・キンケイドは、ＤＥＡの世界における流刑の地《シベリア》へ追いやられた。太平洋岸の北西部地方では、麻薬との戦いにおいては何ひとつ大きな事件が起こらない。彼がリック・テイラーとその取り巻きの邪魔になることも、まずなかった。キンケイド自身がしばしば思うように、彼はこの戦争を戦うのに必要な人脈を失ったので、世界の片隅でじっとしていたほうがいいのだろう。

キンケイドはレインコートの襟を立て、足早に車へ向かった。濡れ落ち葉のにおいが鼻を衝く。キンケイドが車のドアロックを解除するのと同時に、最後まで灯っていた街灯が消えた。

午前六時だ。マイアミでは午前九時になる。電話をかけてもいい時間だ。

彼は携帯電話を取り出し、もうとっくに暗記している番号を呼び出した。番号が国の向こう端の電話を鳴らしているあいだ、彼の車は縁石を離れて、閑散とした早朝の道路に入り、サンディ・ホームズとその見ひらいたままの冷たい目をあとにした。

4

紺碧《こんぺき》に広がる太平洋は、微風に安らいでいた。真っ青な空に、白い雲が点々と流れていく。東の水平線近くでは、抜けるような青空の色はしだいに薄れ、海とロサンゼルス盆地が出会うあたりで、なめし革のような茶色に変わっている。南側に目を転じると、サンクレメンテ島の灰緑色のへばりつくようなシルエットがかろうじて見え、サンタカタリナ湾を守っている。その向こうには、サンディエゴ北部の南カリフォルニアの海岸線が伸びていた。

波頭から上空三〇〇フィート足らずのところを、P3Cオライオン対潜哨戒機がゆっくりと旋回している。四発のプラット・アンド・ホイットニー社製ターボプロップ・エンジンのうち三発は、大型のプロペラを楽々と回転させていた。飛行させるには、それだけの動力があれば充分なのだ。第四エンジンのプロペラは風にゆっくりとまわり、燃料を節約していた。オライオンの乗員はコンピュータのスクリーンに一心に目を注ぎ、眼下の濃青色の穏やかな海面にひそんでいるはずの〝敵〟を探し求めている。

「機長!」逆合成開口レーダー《ISAR》の前に座っていた若い下士官が、快哉《かいさい》をあげた。「コンタクトが出現、方位二一七、距離七マイル。潜望鏡の航跡です。コンタクトを、R《ロミオ》26とします」

「了解、シェパード」ジム・プルーイット機長が応答した。「よくやった。やつから目を離すな」インターコムから音声周波数無線に通話を切り替え、プルーイットは持ち場の訓練海域でコンタクトを探知したことを報告した。「管制センター、こちらV《ヴィクター》4T《タンゴ》。ISARでコンタクトを探知。敵潜水艦と思われる。これより、磁気探知機《MAD》を始動する」

管制センターの声が、プルーイットの通信に応答した。サンクレメンテ島のコンクリートの塹壕深くに配置された管制官だ。「ISARでコンタクト探知、了解した。成功を祈る」

プルーイットは大型機を急角度で左旋回させ、海面からわずか一〇〇フィートほどの低空で、磁気探知センサーを投下した。同時に、副操縦士のランディ・ダルトンが頭上に手を伸ばし、二人のあいだにあるスイッチを操作する。第四エンジンが咳きこみ、煙を吐き出すとともに、プロペラが勢いよく回転を始めた。エンジンが始動すると、ダルトンはプロペラの角度を調整し、推進効率を適正にした。

Ｖ４Ｔは戦闘態勢に入った。

シェパードがスクリーンを注視する。輝点が消えた。しかし、標的は煙のように消えたわけではない。ただスクリーンから姿を消しただけだ。

「機長、Ｒ26が潜航しました」

プルーイットはマイクを無線に切り替え、通話した。

「管制センター、こちらＶ４Ｔ。コンタクトが潜航した」

「了解、Ｖ４Ｔ」

プルーイットはインターコムで、オライオンの乗員に話しかけた。

「全員、しっかり見張っていてくれ。本機はこれよりＭＡＤを始動し、急降下する。センサー担当班、何か見つけたらただちに知らせろ」

Ｐ３Ｃは世界最大の金属探知機を始動しつつあった。ビーチでなくした小銭や宝石を探すのとはわけがちがう。このメカニズムは、海中にひそむ、はるかに巨大で強力な兵器をあぶり出すためのものだ。

ジェス・カーモンは副操縦士席後方の隔壁でセンサー制御員席に座り、機長の指示を聞くと、ヘッドセットを両手で耳にきつく押しつけた。その目は眼前の計器の針に注がれ、どんなに小さな動きでも見逃すまいとしている。Ｐ３Ｃの尾翼の後方からは、全長二〇フィートもの細長いアンテナ状の支柱《ブーム》が突き出していた。その内部にはきわめて繊細なコイルがあって、地磁気を感知するようになっている。このコイルが、カーモンの前の計器の針に繋がっているのだ。哨戒機が飛行している洋上に何もなければ、針は中央に静止している。だがコイルが大型の金属物体を通過したら、針は大きく振れる。

V4Tがレーダーで標的を見失った地点の上空に達すると、カーモンは目を見張った。針が左の端から右の端へと大きく振れ、ふたたび中央に静止したのだ。

カーモンは叫んだ。「強い反応あり！　強い反応あり！」これは真下に潜水艦がいるという徴候にほかならない。

プルーイットは低空飛行を続ける機を急角度に傾け、操縦桿を引いて上昇させた。ダルトンは計器盤のスロットルに手を伸ばし、四発のエンジンを全開にした。プラット・アンド・ホイットニー社製のエンジンはすぐさま反応し、咆吼《ほうこう》しつつP3Cを優雅に上昇させて元のルートへ戻した。

プルーイットはマイクのキーを押し、努めて平静な声を保った。

「敵潜水艦を発見。武器の使用許可を求める」

管制センターが間髪《かんはつ》を容れずに返答した。

「V4T、武器の使用を許可する」

高度一〇〇〇フィートに達すると、プルーイットは左側のハンドルをぐいと引いた。機の下部にある爆弾投下ハッチがひらく。それから彼は、インターコムと無線のマイクのキーを同時に押した。

「攻撃開始。センサーの位置へ投下」

カーモンは目の前の大きなコンピュータ画面に視線を転じた。そこには水中にひそむ大型の金属物体と遭遇したときの情報がすべて記録され、瞬時に的確な数値がはじき出される。彼は哨戒機を示す小さなマークが、大きなXの輝点に近づくのを見守った。そこがMADによって探知された敵潜水艦の位置、すなわち投下点なのだ。

「投下用意」ふたつの輝点が重なり合ったところで、カーモンは叫んだ。「投下！　投下！　**投下！**」

プルーイットは操縦桿の右にある小さな赤いボタンを押した。大型機は上昇しながら、重量七七五ポンドのマーク50魚雷を投下し、離脱した。魚雷が投下されると同時に、P3Cに取りつけられた索具《ランヤード》がぴんと張り、魚雷尾部の袋を破って、白い小型のパラシュートがひらいた。

こうして、武器が投下された。P3Cの乗員はなすべき仕事をやり遂げた。あとは結果を待つだけだ。

潜望鏡が海面に露頂した。ジョナサン・ワード艦長がすばやく一回転させ、周囲を確認する。最初は十字線を水平線に合わせ、水上目標が接近していないかどうかを見きわめた。異状なし。見わたすかぎり、穏やかな水面だけだ。

「いったいなぜ、一回目のテストからひらけた海域に出してくれなかったんだ?」ワードは声に出した。「機会さえ与えてくれれば、ハンサッカーとその戦術即応査定《TRE》チームに非の打ちどころのない動きを見せてやれる」

艦長はもう一度、潜望鏡を回転させた。今度は十字線を四五度仰角にし、脅威となる航空機がいないかどうか空を見るのだ。それが見えたのは、二度目の全周監視が終わりかけたときだった。まごうかたなきＰ３Ｃが接近してくる。対潜哨戒機は、潜望鏡の視界を一杯にふさいだ。

接近する哨戒機の爆弾扉がひらいた。見つかったのだ。こうなったら、一刻も早く逃げるしかない。

ワードは叫んだ。「急速潜航!　Ｐ３接近中!」

「急速潜航」の号令一下、発令所の乗組員たちはすぐさま、条件反射的に反応し、一糸乱れぬ連携ぶりを見せた。潜航長のライマン上等兵曹は、速力指示器《エンジン・オーダー・テレグラフ》に手を伸ばし、小さなダイヤルを〈前進全速〉に合わせた。ボタンを押してブザーを鳴らし、一〇〇フィート後方の機関室に配置されている機関員に、すぐにスロットルを全開にするよう伝える。

「空洞雑音《キャビテーション》にはかまうな」ワードは言った。「いまはスピードが最優先だ！」

潜舵手のコルテス上等水兵は、ライマン上等兵曹の真ん前に座っていた。命令を受け、この若い水兵は操舵装置を目一杯前方に押した。巨大な油圧シリンダーが、セイルの両側に翼のように突き出した潜舵を押し、艦の姿勢を前傾させて、急速潜航態勢にするのだ。こうして潜水艦は、速度を上げて深い水域へ向かいはじめた。

横舵手のマクノートン上等水兵は、コルテスのすぐ隣に座っていた。彼もまた、操舵装置を前方に押した。ばかでかい銅合金のスクリューのすぐ前に位置する横舵は、上方に傾き、艦首を海底に向かって押し下げた。マクノートンは横舵を下向き七度にした。最初からあまり急角度で潜航させると、スクリューが海面を乱し、〈スペードフィッシュ〉の艦尾の位置がP3Cをはじめ、海面にいる艦艇に知られてしまう。ライマン上等兵曹が深度を読み上げるに従い、マクノートンは徐々に操舵装置を前に倒していった。

「六二フィート。七〇フィート。八〇フィート。九〇フィート」

上等兵曹の一定した、抑揚のない声は、眠けを誘われるほどだ。潜水艦が深度一〇〇フィートに到達するころには、潜水角度は二〇度になり、速力は二〇ノットだった。

一連の操作がなされると、当直先任のラルストン上等兵曹は、頭上に手を伸ばして衝突警報の赤いハンドルを引いた。耳をつんざく警報が鳴り響き、全乗組員に対し、ただちにすべての水密扉および換気扉を閉め、浸水に備えるよう告げる。当直先任は持ち場の計器盤に手をやり、大きなクロムめっきのレバーに触れた。それを手前に倒すと、深度制御タンク——二層下の淦水《ビルジ》（汚水や不要液体）溜《だま》りに設けられている——のメーターに目をやり、海水が流入するのを確認した。海水で重量を増すことで、潜航を加速させるのだ。

こうして、アメリカ合衆国軍艦《USS》〈スペードフィッシュ〉は、艦長が命じたとおり、金床さながらに海中に沈んでいった。

海に潜るために建造された潜水艦は、いままさしく目的どおりに潜航し、危険から逃れようと深淵で息をひそめている。海上が安全な状態になり、浮上して狩りを再開できるようになるまで、大海原の深みにじっと隠れるのだ。深度一五〇フィートに達したところで、コルテスとマクノートンは二人とも、操舵装置を引き戻した。潜水艦は二〇ノット以上に加速し、Ｐ３Ｃに見つかった海域を大急ぎであとにした。

発令所の一五フィート後方では、狭苦しい仕切りのなかで、青みがかったほのかな光が灯り、ソーナー員長のレイ・メンドーサ上級上等兵曹が〈スペードフィッシュ〉周辺の海域を探索して、艦の脅威になる音がないかどうか耳を澄ましている。同時に彼は、周波数解析器の画面にも目を凝らしていた。四発のプラット・アンド・ホイットニー社製ターボプロップ・エンジンが最初に上空を通過したときにも、対潜哨戒機が戻ってきたときにも、画面ははっきりそれを映し出していた。

そのとき、別の音がした。聞きまちがえようのない、マーク50魚雷が海中に投下される音だ。リチウム金属を動力とする、魚雷の内燃推進システム《SCEPS》エンジンのくっきりした音が聴き取れる。誘導魚雷は〈スペードフィッシュ〉を追って水中を加速しているのだ。

メンドーサの広帯域ディスプレイが魚雷の音を画面に表示しはじめた。きわめて明瞭な音だ。汗がソーナー員長の額から噴き出し、あるいは背中を伝い落ちる。彼はソーナー系統の27MCマイクを掴んだ。

「発令所、こちらソーナー室。魚雷接近！　方位〇三三」と伝える。

艦長は艦内放送《1MC》マイクを掴み、「魚雷接近」と叫んだ。

このひと言に、乗組員はふたたびはじかれたようにいっせいに反応した。ライマン上等兵曹は指示器《テレグラフ》のダイヤルを〈前進最大速〉に合わせた。機関員のスコット・フロストは機敏に立ち働き、クロムめっきをした大きなスロットルをすぐさま全開にした。重厚なメインエンジンの双方に蒸気流《スチーム》が送りこまれ、轟音をあげて最大速力を出す。艦尾では、直径一七フィート、重量三〇トン以上もの銅合金のスクリューが、毎分二五〇回転以上でまわっていた。〈スペードフィッシュ〉は猛然と加速し、四七〇〇トンの艦体のスピードは三〇ノット近くに達した。

クリス・ダーガンは後部隔壁の制御盤室の狭苦しい自席から立ち上がり、フロストと原子炉制御員のバート・ウォーターズのあいだに踏み出した。乗り組んでまだ日が浅い下級士官のダーガンは、先週、当直機関士に任命されたばかりだ。彼が〈スペードフィッシュ〉のS3G原子炉の運転操作を行なうのはこのときが三度目で、戦術即応査定で全速前進するのは当然初めてだった。赤毛の若い新米士官の心臓は早鐘を打っていた。耳のなかで脈の音が響いている。原子炉出力計と蒸気流量計が、みるみるうちに一〇〇パーセントに近づいていく。何もかもがあっという間に起こり、目が追いつかない。

ウォーターズは肩越しに、ダーガンを鋭く一瞥した。新米の少尉が無言で目を見張ったまま、上がっていく出力計の数値を呆然と見ているので、ウォーターズはすかさず手を伸ばし、六基の主冷却ポンプのうち四基のハンドルを引いた。ポンプはすぐに動きだし、原子炉出力が安全限界を越える寸前で目を覚ました。二階建ての建物と同じ高さのポンプが稼働し、いかつい逆止弁が荒々しく閉じて、大量の冷却水が原子炉に流れこみ、瞬時に上昇する原子力熱を冷ます。その衝撃で艦体が震動した。

ダーガンは、はっとしてウォーターズを見た。瞬時の事態に気が動転し、適切な反応ができなかったのだ。「ありがとう。焦って、身体が動かなくなってしまったんだ」

ウォーターズは無言でうなずいた。失敗を咎めている暇はない。やるべきことが山ほどあるのだ。いまの失態が誰にも気づかれていないよう、彼は祈った。

〈スペードフィッシュ〉は深淵を全速力で進み、加速する魚雷をかわそうとした。メンドーサはソーナートラックに目を注ぎ、接近してくるマーク50魚雷の方位を大声で告げた。

「魚雷、方位〇三三。針路変わりません」

艦長はラルストンに叫んだ。「後部信号発射筒から、回避装置発射！　ただちに再装塡し、もう一発発射」

〈スペードフィッシュ〉は深度三〇〇フィートを潜航していた。キャビテーション、すなわち微細な泡が潜舵の後端ではじける音が、ブリキの屋根を打ちつける雹《ひょう》のように艦内に響いた。

ラルストン上等兵曹は手を伸ばし、スイッチを操作した。信号発射筒用の海水用内殻扉の電光表示板が〈閉〉から〈開〉に一瞬切り替わり、また〈閉〉に戻った。それにより後部左舷の機関室では、魚雷発射管によく似た小型の発射筒から、囮《おとり》となる回避装置が潜水艦の後流に放たれた。スクリューで押し流された回避装置は、水中にノイズの防壁を作り、迫り来る魚雷の〝耳〟を、猛然とスクリューを回転させて逃げる潜水艦から逸らそうとするのだ。

メンドーサはソーナー系統の27MCマイクに向かって叫んだ。「回避装置、作動。魚雷、方位〇三三」間があった。「魚雷、回避装置を通過！」

回避装置は魚雷をだませなかったのだ。日ごろ冷静な上級上等兵曹も、ソーナースクリーンで魚雷の航跡が〈スペードフィッシュ〉のそれと重なり合うのを見て、震えを抑えられなかった。

マーク50が潜水艦の真下へまっしぐらに向かってきた。ワードには、下部から耳をつんざく音が聞こえ、そのあとすぐ、4MC緊急報告システムが「艦内浸水！　魚雷発射管室に浸水！」と告げたが、衝突警報の音は拍子抜けするほど低かった。

一瞬照明が消え、それからすぐに点灯した。操艦系統の7MCスピーカーが、ワードに伝えた。「原子炉緊急停止！　タービン発電機、二台とも動力喪失。全艦、電力低下に備えよ。全機器停止！」

いったい何が起こっているんだ？　ジョン・ワードは思った。訓練だったはずが、現実の緊急事態になってしまったのか。

考えられる最悪の組み合わせだった。艦底の魚雷発射管室に浸水との報告があった。原子炉が自動的に停止したため、急速潜航のために取り入れた七〇〇〇ポンドの海水を抱えながら、漆黒の海中で潜航を続ける動力が失われてしまった。原子炉がなければ、推進力もなくなり、したがって艦は瞬く間に沈没するしかない。

平時であれば、取るべき方策はメインバラストタンクから緊急排水し、潜水艦を浮上させることだ。しかし、いまは仮想敵のP3Cが上空を舞っているので、浮上したら攻撃されてしまう。それ以外にも、どんな艦艇が待ち受けているか知れたものではない。

「制御盤室、こちら艦長。前進原速にし、原子炉緊急停止の原因を報告せよ」

ワードの耳に、クリス・ダーガンの返答が聞こえた。甲高い悲鳴のような声だ。

「艦長、緊急停止の原因は、全ポンプの停止によります。タービン発電機のブレーカーがすべて、衝撃によって作動してしまった……ものと思われます。各閉回路の低速ポンプを再起動しました。原子炉を再起動させるには、十分はかかると見こまれます。炉温が低すぎ、いまは運転できません。動力を緊急推進モーターに切り替えます」

ジョン・ワード艦長は歯を食いしばった。ブレーカーが落ちてしまったことは予想がついていた。だが、怒りで判断力を曇らせる余裕はない。事態は悪化の度を増している。原子炉が〝緊急停止〟し、自動的に止まってしまった場合でも、プラント内の蓄熱の一部を使って推進用のスチームを抽出し、原子炉を多少冷却することは可能だ。しかし、〈スペードフィッシュ〉は魚雷の〝命中〟を受けたとき、原子炉を限界まで運転していた。ハフニウムの制御棒が炉心に落ち、核反応を維持するのに必要な中性子をすべて吸収してしまった数秒後、彼らはプラント内の蓄熱を使い切ってしまったのだ。もはや彼らに残された動力は、バッテリーを電源とする小型の電動機しかなかった。

それだけでは充分ではない。いや、とうてい不充分だ。

「艦長、現在深度三五〇フィート、なおも沈んでいきます」ライマン上等兵曹が叫んだ。一拍おいて、彼は続けた。「三七五フィート。艦長、速力が確保できなければ、深度を維持できません。このままでは、海底にまっしぐらです」

先任伍長のレイ・ラスコウスキーは、衝突警報が聞こえるや、兵員食堂の席から飛び上がった。浸水箇所がどこか、疑う余地はなかった。足下から水音が聞こえたのだ。彼は居合わせた人間に「おまえとおまえ、おまえ、それからおまえ、俺についてこい」と叫び、その場で応急班を編成した。彼らは先任伍長に続き、梯子を降りて魚雷発射管室に駆けつけ、浸水箇所と報告された現場に着いた。

魚雷発射管室に駆けこむと、ラスコウスキーは手を伸ばして赤い緊急閉鎖ハンドルを引き、発令所区画と繋がるすべての内殻弁を閉鎖した。

副長のジョー・グラスは先任伍長とその応急班の真後ろにいた。彼は赤い4MCの送話器を摑んだ。

「魚雷発射管室の浸水は止まった。緊急閉鎖システムが作動中」彼は息を切らして報告した。

緊急閉鎖システムは、ある区画の海水バルブをすべて閉鎖し、緊急事態の起きた場所をほかから隔離するものだ。電力は使用せず、油圧だけで作動し、いかなる事態でも動かせるよう、複数の動力源を持つ。発令所区画の海水バルブをすべて閉鎖することで、〝浸水〟は止まった。だが、訓練で想定された被害がどの程度かはまだわからない。そして浸水箇所を特定できないかぎり、海水バルブを開けなおすことはできないのだ。さもなければ、ふたたび浸水が始まってしまう。

前を向いたグラスは、床に倒れて動かない人間を見つけた。持ち場についていた水雷科員のサム・ベニテスだ。彼の胸には〈意識不明、額より大量出血〉と書いた小さなカードが置かれている。〝重傷〟の乗組員はなすすべなくグラスを見上げ、その表情は「どうしましょう?」と問いかけていた。

格納された魚雷の舷側、四番魚雷発射管のそばでは、二人の上等兵曹が立っていた。両名とも、戦術即応査定チームを意味する〈TRE〉の文字が入った赤い帽子をかぶっている。一人はずっしりした空気ホースを抱え、もう一人は空気バルブを操作していた。先任伍長が緊急閉鎖システムを作動させるとともに、二人は空気バルブを閉めはじめた。いまはささやくような音だ。魚雷発射管室での〝浸水〟を再現していたのは、この空気の音だったのだ。

グラスは魚雷発射管の下の海水管に、テープで留められた大きなカードを見つけた。そこには〈両端とも破断〉と書かれている。その下には別のカードがあり、〈ビルジ浸水、この位置まで〉とあった。

「先任伍長、わかったぞ、問題はこいつだ」グラスが大声で言った。「このパイプを隔離して、何人か修理に向かわせろ」

破断したパイプを隔離することで、彼らは浸水を再開させることなく緊急閉鎖を解除できる。それはまた、海水の浸水箇所を特定し、そこへ通じるバルブを閉鎖することでもある。これらがなされれば、〝被害〟は食い止められ、艦の安全が保てたものと判断されるのだ。

梯子を降りてついてきた二人の乗組員に向かい、グラスは叫んだ。「ベニテスを士官室へ搬送し、ドクに診察させろ」

二人は慎重に〝意識不明〟のベニテスを運び、梯子を昇りはじめた。重傷者の役割を演じる水雷科員は、遺体さながらの重さだ。衛生班員の〝ドク〟・マーストンは、ベニテスが運ばれてテーブルに寝かされたとき、まだ士官室を緊急治療室に設置替えしている最中だった。

「艦長、深度四〇〇フィート。速力が足りません」ライマンは哀願した。その声はもはや演技ではない。〈スペードフィッシュ〉は正真正銘のトラブルに陥っているのだ。

「艦長、制御盤室です。緊急推進モーター《EPM》に切り替えました。前進原速にします」

ダーガンのチームはＥＰＭを使ってスクリューを回転させ、緊急用のモーターは最大出力で稼働した。それでも得られた速力は、わずか三ノットだ。海底への沈没を食い止めるにはとても足りなかった。仮に食い止められたとしても、電動モーターはバッテリーの電源を瞬く間に使い果たす。そうすると、原子炉を再起動させる貴重な電源がなくなってしまうのだ。

ラルストンはワードのほうへ向きなおった。

「艦長、急速潜航したときに深度制御タンクに取り入れた海水の重量で、沈下が止まらないのです。緊急閉鎖システムを解除できれば、深度制御タンクの海水をすぐに放出できます」

「上等兵曹、そんなことは言われなくてもわかっている」ワードは切り返した。「まずは浸水区画を隔離するのが先決だ」

そのときワードの耳に、水中電話の音がこだました。

「O《オスカー》、O《オスカー》、S《シエラ》。OOS」

これは別の潜水艦が〈スペードフィッシュ〉を探知し、魚雷を発射したという訓練信号である。

ワードはマイク・ハンサッカーのほうを一瞥した。あの野郎は涼しい顔で、いまいましいメモ帳に克明に何か書いている。

「兵学校の101物理学クラスで、ノートを取る訓練生みたいだ」ワードは小声で言った。眼前で繰り広げられている大混乱は、〈スペードフィッシュ〉に乗り組んでいるハンサッカーと八人のTREチームが仕組んだものだというのに、当の本人は知らん顔を決めこんでいる。

メンドーサ上級上等兵曹が甲高い声で報告した。「発令所、ソーナー室です。バッフル（スクリュー音のためソーナーが効かない艦尾付近の死角）からコンタクトが現われました。潜水艦が接近してきます。本艦の真下にいるようです、艦長！　近接効果でひどい雑音です」

ライマンは蒼白な顔をワードに向けた。

「艦長、深度四五〇でなおも沈降中。EPMは効果がありません！」

ワードがいま一度ハンサッカーに目をやると、彼はなおもメモ帳に何やら書きつづけている。ハンサッカーは目を上げ、のんびりした口調で言った。「艦長、深度四七五フィート以下には行かないほうがいいぞ。〈ソルトレイク・シティ〉が真下にいるから、やっかいなことになるだろう」

ワードは悪態をこらえた。このお高くとまった野郎は、まさしく八方ふさがりの状況にわたしを追いこんだらしい。エンジンが停止してとめどなく沈没していくというのに、よりによって別の潜水艦を真下に仕込むとは。これ以上沈降を続けるのはあまりにも危険だ。衝突した場合、取り返しのつかないことになる。そうなったら両艦とも失われるだろう。それなのにこの下衆野郎は、わたしが窮地に追いこまれるのを拱手《きょうしゅ》傍観している。

もはや選択の余地はなかった。TREは中止だ。

ワードは1MCマイクを摑み、全艦に命じた。「浸水訓練は中止だ。海面へ緊急浮上する」彼はラルストン上等兵曹に向かって言った。「全メインバラストタンク、緊急ブロー」

ラルストン上等兵曹は躊躇なく、頭上に手を伸ばし、二基の緊急放出バルブ作動装置を摑んだ。ふたつの掛け金を握りしめ、両方とも勢いよく押し上げる。発令所に響く高圧空気の音は、耳をつんざくばかりだ。数分前、TREチームのメンバーが圧搾空気の音で至近距離での魚雷爆発を再現したときよりも、はるかに大きい。艦が震動するとともに、艦首がゆっくり上がりはじめた。

ラルストン上等兵曹は潜航警報に手を伸ばし、緑のハンドルを押した。

ウガー、ウガー、ウガー。

緊急浮上アラームが艦内に響きわたる。

ライマン上等兵曹が、高圧空気の轟音に負けじと叫んだ。

「深度四七五で変わらず」幸いにも、艦の沈下は止まった。「深度四七〇、上昇中」

艦首は水平よりも上向きになり、潜水艦が上昇しはじめる。深度計の数値も下降から上昇に転じた。その数値の回転は見る間に速くなり、ついには読み取れなくなった。コルテスとマクノートンは艦首の角度が三〇度を超えるのを見て、それ以上になるのを止めようと格闘した。

〈スペードフィッシュ〉は海面の光へまっしぐらに向かい、誰もが手近なものに摑まった。

三〇〇フィート。

二〇〇。

一〇〇。

艦はついに、巨大な曲芸用のイルカさながらに水面に飛び出し、艦体のほぼ三分の二を海上に突き出した。それから、ジェットコースターのようにがくんと揺れ、盛大な水飛沫をあげて浮上した。

アメリカ海軍の誇る原潜は、まるで巨大な黒いコルクのように、泡立つ海面に浮き上がった。

ジム・プルーイット大尉はP3Cのコクピットの窓から、口をぽかんと開けて、しっぽで立ち上がるイルカのように水面から飛び出す潜水艦を見た。機長は目を疑った。

「おおっ！ ランディ、いまのを見たか？」水飛沫をあげて猛然と浮上する〈スペードフィッシュ〉に、彼は驚きの声をあげた。すぐにマイクのキーを押す。「管制センター、こちらV4T。潜水艦が水面に出てきた。緊急浮上と思われる」

「V4T、こちら管制センター。引きつづき待機せよ。潜水艦と通信を試み、支援が必要かどうか確認されたし」

プルーイットは上空一〇〇〇フィートで大型機をゆったりと旋回させ、静止している潜水艦の助けになれるものかどうか、様子を見ることにした。つい数分前まで、〝撃沈〟しようとしていた相手なのだが。

「いやはや」プルーイットは言った。「やっこさんの乗組員は、よほど肝を冷やしたんだろう」

ジョナサン・ワード艦長はボルトを噛み切りそうなほど怒り心頭に発していた。

「ハンサッカー大佐、わたしの艦長室にいますぐ来ていただきたい」

乗組員の前では覆い隠そうとしていても、艦長の声にはまぎれもない憤怒がにじんでいた。ワードはつかつかと発令所の後部を出て、狭苦しい艦長室に向かった。ハンサッカーは艦長を見送ると、例のメモ帳を閉じ、しぶしぶあとに続いた。

上官の大佐は艦長室に入り、後ろ手に扉を閉めた。ワードは後部隔壁を背にして立ち、顔を朱に染めてハンサッカーを睨んだ。

「一体全体、なんということをしてくれたんですか！　あなたはわれわれ全員を死なせるところだったんですよ。訓練のブリーフィングを受けたとき、あなたは原子炉の緊急停止についても、タービンを停止させることについても、ひと言も言わなかった。わたしの艦に、よくもそんな真似をしてくれたものだ！」

ハンサッカーは閉め切った扉のきわまであとずさった。ワードが襲いかかってくるのではないかと思ったのだ。艦長はそれほど大変な剣幕だった。

「ちょっと待て、艦長。わたしは本艦で最先任の人間だぞ……」

「いかにも、しかし艦の指揮はわたしが執ります」ワードは鋭く言い返した。「こんないんちきには、もう我慢なりません。よくご存じのとおり、わたしは本艦の安全に責任を負っているのです。つまりそれは、本艦において行なわれる訓練はすべて、わたしが事前に知り、承認する必要があることを意味します。帰港したら、太平洋艦隊潜水艦部隊司令部《COMSUBPAC》で、貴官、本官および司令部員を交え、討議します。これをもって、審査は中止とします」

　室内に重苦しい空気が垂れこめ、丸三十秒ほど、二人とも沈黙し、息を詰めた。そのとき、扉が控えめにノックされた。返答はなかったが、機関長のディブ・クーン少佐はかまわずに開けて首を突き出した。

「艦長、失礼します。原子炉が臨界に達し、メインエンジンとして使用可能になりました。バッテリー充電を行なう許可を求めます。もうバッテリーはほとんど残量がありません。六四番と七二番の電池は、転極（過放電状態になり、マイナスの電圧になること）に近づいています」

　ワードは怒りのさなかでも職務に戻り、沈着な表情を繕った。

「機関長、通常の充電を命じる」

　クーンはうなずき、報告を続けた。

「二番コンプレッサーにより、エアーチャージを開始しました。一番コンプレッサーが、また故障してしまったんです。帰港するまで、替えの部品がありません。高圧コンプレッサーが一台しかないので、ふたたび潜航できるまで八時間かかる見こみです」

高圧コンプレッサーは、老朽化して機関長の仕事を増やしている設備の一部にすぎなかった。相次ぐ故障により、彼は辛辣なジョークを飛ばす気もとっくに失せていた。

「デイブ、替えの部品は、きみが思っているよりずっと早く手に入るだろう」機関長は訝しげなまなざしを向けた。あと数週間、帰港する予定はないはずだ。ジョナサン・ワード艦長はマイケル・ハンサッカー大佐をひたと見据えながら、機関長に説明した。「本艦はこれより、ただちに帰港する！」

5

トム・キンケイドは黒のサバーバンを駐車場に入れ、ギアの位置をパーキングにした。実に気持ちのいい天気だ。風が心地よく、青空に白い雲がたなびいていく。身の引きしまるような海風が、早朝の雨を吹き払ってくれた。植樹されたオレゴンハンノキとオオバカエデは、もう最後の数葉を残すのみだ。駐車場の片隅に積み上げられた金色と紅《くれない》の落葉が、死を目前にした輝きに燃え立ち、濡れた光を放っている。

シーダーテック社の敷地は、最新設備を整えた大学を彷彿させた。広大な敷地には、手つかずの森林と手入れの行き届いた芝生が何エーカーも続いている。ロゴ入りのセーターを着てそぞろ歩く学生や、友愛会の会館、フットボール競技場が似合うような景色だ。しかしキンケイドには、どこか違和感があった。整然と配置された灰色の現代的な低層建築群、ガラス張りの冷たい壁、あまりにも整った並木と灌木。

最初は違和感の理由がわからなかったが、ほどなく思い当たった。この敷地は、以前に見た最先端の設計による刑務所に似ているのだ。とても刑務所には見えないのだが、実に合理的に造られていた。誰一人、内部を覗き見することはできない。この建物群に収容されている従業員は、囚人さながらに、駐車場や道路を行き交うドライバーによる好奇の視線から守られている。背が高く、草に覆われた盛り土と、鬱蒼《うっそう》とした常緑の灌木は、難攻不落の城壁のようだ。刑務所との相違点といえば、有刺鉄線がないところぐらいだろう。キンケイドは思った。これから彼は、無表情な窓の向こうに入り、巣箱のような仕切りで働く人々を訪ねることになるのだが、ここの経営者は従業員に、仕事以外のいかなる気晴らしもさせず、一分たりとも注意を逸らさせまいとしているのではないか。

キンケイドはSUVを降り、深呼吸した。敷地を囲むアラスカトウヒの森が土のにおいを放ち、隣接する幹線道路から流れてくる排気ガスのにおいと入り混じる。どのにおいも、トム・キンケイドにとっては快く感じられた。ときには、生きていてよかったと思えることもある。

キンケイドは昨夜風が置いていった、濡れた木の葉の絨毯を飛び越えて歩道に出た。曲がりくねった小道を目で追うと、盛り土を抜けて鉄とガラスの大きな建物へ続いている。途中、ところどころに木の柱があり、シーダーテック社の施設の方向を示す小さな金属製の標識が見えたが、彼にはなんのことやらさっぱりわからない。

〈ASPラボ〉だの〈eCRM開発棟〉だの、いったい何をするところなのだろう？　考えてみようとしたところで、背後に車がタイヤを鳴らして停まり、ドライバーが二度クラクションを鳴らした。見るとケン・テンプルが、新車とおぼしき紺のインパラに乗っている。

「いい車だな」キンケイドは冗談めかして、降りてくる大男に言った。「白と黒に塗って、ルーフに警告灯をつけたら、パトロールカーにぴったりだ」

テンプルは顔をゆがめ、頭を振った。

「ああ、わかってるとも。備品購入係の役人どものおかげだよ。あいつらの発想では、同じ車種をたくさん買うほど、安く上がるんだ。ぺえぺえの巡査から俺たちまで、みんないっしょの車を買えば。ただ、色だけは何種類かあるという話だった。俺は赤を頼んだんだがね。実際に来たのはこいつだったわけさ」

キンケイドは標識を指さした。

「どこに行けばいいと思う？」

「〈Admin〉に行ってみよう。たぶん管理棟だ」テンプルはいちばん高い建物を指さした。「警備課長のマイク・グレイにアポを取っている。俺たちを待っているはずだ」テンプルは慎重に周囲を見まわした。視界が届く範囲の建物の角には、ことごとく監視カメラが配置されている。「ちがう場所に向かったら、レーザー光線で殺されそうだな」

会ってみると、マイク・グレイは彼らの同類であることがわかった。退職したシカゴ市警の警官だったのだ。髪は白く、腹の突き出た熊のような大男で、気安い様子で二人を歓迎してくれた。テンプルもキンケイドも、そろって安堵した。

「仲間に会えることはめったになくてね。ここにいるのはオタクばかりだからな。さあ、コーヒーを一杯やろう」

グレイは二人を案内して淡い色調の壁に囲まれた廊下を歩き、建物の奥へ向かった。くすんだ色の壁には、数フィートおきに大きな額縁入りの絵が飾られ、どの絵も鮮やかな色がでたらめに塗りたくられている。何を表現しているかわからない代物だが、どれも誇らしげにアーティストの署名が入っていた。塗料工場でひどい事故にでも遭ったのだろうか。キンケイドはそんな辛辣な感想を口に出さないようにした。

グレイの事務室は奥まった小部屋で、三人も入れば一杯だった。室内にはさまざまなファイル、シカゴ市警時代の記念品、マクドナルドの朝食の残りなどが散乱している。壁にはほとんど何も飾られていない。金属とプラスチックでできたオレンジの椅子が二脚、机の前に並べられている。壁ぎわには、小さな冷蔵庫の上にコーヒーメーカーが置いてあった。グレイは三人分の合成樹脂のカップに黒い液体をなみなみと注ぎ、キンケイドとテンプルに差し出した。二人に椅子に座るよう促すと、彼は机の奥にまわって、場違いに大きな革張りの贅沢な椅子に腰を下ろした。

「痔持ちでね。ほかのどんな原因より、こいつでキャリアにとどめを刺される警官が多いんだ」道理で、さえない事務室に不釣り合いな椅子を置いているわけだ。彼はキンケイドとテンプルに向かって言った。「さてと、お二方がわざわざ、わたしのうまいコーヒーを飲みに来たわけではあるまい。さりとて、わたしのケツの穴を心配してお見舞いに来たわけでもなさそうだ」

快活な口調だが、眼光鋭い青い目は、社交辞令が終わったことを告げていた。そろそろ本題を切り出すときだ。

テンプルが答えた。

「電話で言ったように、サンドラ・ホームズの不審死を捜査していてね。けさ、港湾地区で遺体が発見された。いま、彼女についてわれわれにわかっているのは、ここシーダーテックの従業員だったことだけだ。彼女のことを知っていて、いっしょに仕事をしていた人間と話をしてみたいんだ。もしかしたら誰かが、彼女から昨夜の行き先を聞いていたかもしれない。あるいは誰といっしょだったのかを」

グレイはテンプルを見据え、それからキンケイドに目を向けた。

「それで刑事さんが来た理由はわかったよ。しかしなぜ、DEAの捜査官がここに？」

テンプルはすかさず言った。「死因はコカインの過剰摂取の可能性大だ。キンケイド捜査官は、その角度から調べている」

グレイは机に積み上がった書類の山を漁りながら、説明を聞いた。何か探しているようだ。ケチャップがたっぷりついたエッグマックマフィンの残りが、すでに染みだらけのカーペットに落ちた。

「ここのファイリングシステムは、実に複雑をきわめていてね。探している情報は神出鬼没だ」やがてグレイは、淡黄色のフォルダーを引っ張り出した。「きっと、お目当てはこれだろう。ホームズの人事記録ファイルだ。刑事さんに差し上げるよ。わたしは一度も会ったことがないがね。よくあることさ。ここには二千人以上の従業員がいて、そのほとんどは紹介予定派遣だ。その場合は、あまり詳しい履歴書はない」

紹介予定派遣とは、大手のソフトウェア企業に雇われた、臨時雇いだが長期間勤務する従業員のことだ。こうした雇用体系により、企業は正社員に要する福利厚生費を節約でき、なおかつプロジェクトが完成したら彼らを解雇できるというわけだ。

グレイはファイルのページを繰った。

「では、彼女は正社員だった？」テンプルは訊いた。

「そのとおりだ。社内では〝サンディ〟で通っていたけどね。書類によると、〝グーイ〟開発部門で〝ビートゥビー〟を担当していたようだ」グレイが目を上げると、訪問客は二人ともぽかんとしている。「ああ、失礼。気がつくと、この会社のオタク連中と同じ言葉遣いをしているんだ。わかりやすく言うと、彼女はグラフィカル・ユーザー・インターフェイス……つまりGUIで勤務していた。一般のユーザーがよく目にする、マウスで操作できるコンピュータ画面のことさ。そこで彼女は企業間《ビジネス・トウ・ビジネス》取引を担当していた。その部署は、あのあたりの新しい建物にある」グレイは立ち上がり、フォルダーをテンプルに渡した。「さあ、行こう、そこまで案内するよ。彼女の上司はアン・マーションという女性だ。仕事一点張りの奴隷監督という悪名を馳せている。若い連中のなかには、〝犬ぞり《マシュ・》使《マシュ》いのマーション〟と陰口をたたくのもいるぐらいだ。俺から聞いたことは、内緒にしてくれ。じゃあ、これから紹介しよう」

　グレイはレインジャケットを羽織り、扉へ向かった。テンプルとキンケイドがあとに続く。

　三人は広々とした芝生を横切り、別棟の建物へ移動した。トム・キンケイドは、彼らが地球上で最後の三人になったように思えてならなかった。どこまでも広がる緑に陽差しがさんさんと降り注いでいるのに、ほかの人間は誰一人見かけなかったのだ。

テンプルの携帯電話が不吉に鳴った。歩きながら、彼はポケットから電話を取り出して開けた。刑事は二、三度うなずいた。短い通話中、テンプルはもっぱら聞く側だった。用件が終わると、彼は相手に「失礼」も言わずに通話を切って、電話を折りたたんだ。

「トム、遺体がもう一体見つかった」唇を引き結び、テンプルは言った。「今度の現場はブレマートン、造船所のすぐそばだ。二十代後半の男性で、身なりはよかったらしい。持っていた身分証によると、やはりコンピュータ企業の関係者だった。現場での中毒検査では、コカインの反応が検出された。過剰摂取による死者は、この街では年間で平均二人だ。それが昨夜は、立てつづけに二人も見つかっている」

キンケイドはうなずいた。心は波立っている。あるいは偶然の一致かもしれない。巨額の金がうごめくこの街で、息つく暇もなく働き、強いプレッシャーに苛まれているハイテク企業の大勢の若者にとって、コカインの誘惑は魅力的に映るのだろう。そして金と欲求がある顧客のところには、いつだって市場の需要を満たそうとする売り手が近づいてくるものだ。

コカインの過剰摂取はそう簡単に起きるものではない。とりわけ、知識水準の高いユーザーであればなおのことだ。そうした人々は、典型的なコカイン依存症の人間や麻薬常習者よりも賢明な行動を取るはずだ。何かが起きている。キンケイドにはそれが感じ取れた。

晴れた空の陽差しに温められたトウヒの香りと同じぐらい、確かににおう。

アン・マーションは三十代前半のアフリカ系アメリカ人だった。いかにも堅物然としたヘアスタイルで、隙のないビジネススーツを着た、無表情な女性だ。グレイの描写はまさにぴったりだった。彼女が監督しているのは、倉庫のような広さの大部屋にひしめく、せせこましい仕切りに押しこまれた大勢の従業員なのだ。大部屋に響くのは、コンピュータのキーボードを叩く指の音だけだった。トム・キンケイドは閉所恐怖症になりそうだった。聞くべき情報を聞いたら一刻も早く、トウヒのにおいが漂う陽差しのなかに戻りたくてたまらなかった。

この部屋に閉じこめられた人間は、誰一人として美しい自然を眺めることはできないにちがいない。例外があるとすれば、窓がついたオフィスに入れる特権にあずかる者だけだ。しかし、このガレー船の船底のような空間では、ぎらついた蛍光灯の明かりしかなかった。あとはフィルター越しの、清浄で除湿された空気しかない。外界の景色が見られるとすれば、仕切りの壁に画鋲で留められた旅行会社のポスターだけだ。あるいは、コンピュータ画面で誘うようにひらめくスクリーンセーバーか。

キンケイドはプログラマーの列を見た。誰もがキーボードに身を乗り出し、スクリーンから数インチのところまで鼻先を近づけて、無表情な顔は青白く照らされている。低賃金で労働者を搾取する第三世界の工場と、どこがちがうのだろう。

マーションはにこりともせず、三人を先導して、大部屋を取り囲むように配置された、多くの小部屋の一室に入った。そのあいだにも背後に目を光らせ、自分が訪問客に対応している隙に、従業員が怠けていないかどうか確かめている。

「できればみなさんに座っていただきたいところですが、空いている部屋がここしかありませんので」マーションは言った。「どういったご用件でしょうか？　手前どもも忙しいので、手短におっしゃっていただけると助かります」

早口だが明瞭なニューイングランド訛りで、早くすませてくれといわんばかりに、両手を腰に当てている。テンプルとキンケイドが身分証を出し、そのあいだにグレイが、サンドラ・ホームズの不審死を二人が捜査している旨を説明した。テンプルが細かい点を補足した。

話を聞くにつれ、マーションの目がかすかに大きくなった。キンケイドは、テンプルが若い女性の死因に触れたとき、彼女の呼吸がいささか速くなり、息を呑んだことに気づいた。

「何かのまちがいではないでしょうか」刑事が説明を終えると、マーションは言った。「サンディは……うちの職場では、彼女をサンディと呼んでいましたので……サンディはいつも、物静かで内気でした。でも、優秀な社員でしたよ。プロジェクトに一心に打ちこんでいました。一部の者たちとちがい、噂話やくだらない話に時間を浪費することもありませんでした。一日も休まずに出社していました——つい最近までは。ここ数日は電話もメールもなく、無断欠勤でしたが」

「彼女のことはよくご存じでしたか？」テンプルは訊いた。

「あまりよく知らないのです。会話も数えるほどでした。でも刑事さん、わたしは百人近くのプログラマーを抱えているんです。入れ替わりもひんぱんにあります。そんなに深く知り合う機会はないのです。彼女のことで覚えているのは、中西部のどこかの出身だということぐらいです。履歴書で見たのかもしれません。一度、アイオワにお母さんが住んでいると聞いた覚えがあります」

テンプルは上着の内ポケットから小さな手帳を取り出し、ちびた鉛筆でのたくるようにメモを取った。

「職場に友人がいたかどうかはご存じですか？　仕事が終わったあと、いっしょにどこかへ出かけるような？」

マーションは考えこむように、何秒か天井を仰いだ。

「いいえ、特にいませんでした。彼女は一人でいるのが好きな……いえ、好きだったように思います。実を言うと、わたしにとってはそのほうがいいのです。そうした社員は、わたしの手を煩わせるような問題を起こしませんから。ああ、そういえば、彼女の話し相手が一人だけいました。ファラガットと話しているところを見たことがあります。リンダ・ファラガットです。問題のある従業員です。素行が奔放だという評判ですが、二人が友だちづきあいをしていたとは思えません。というより、皮肉に思えます。サンディのようないい子が、よりによってファラガットのような女と。まったくおかしな話です。ファラガットと話してみたいですか？」

テンプルは手帳から顔を上げ、鉛筆の先をなめて、答える前に名前を書き留めた。

「ええ、ぜひ話したいですね」

マーションは机越しに、電話に手を伸ばした。ボタンをいくつか押し、机を指で叩いて応答を待つ。

「おかしいわね、ファラガットが机で電話を取らないなんて」腕時計を見る。「あのチームの休憩時間でもないわ。まさか、さぼっているんじゃ……」アン・マーションは立ち上がり、扉へ向かうと、出たところのすぐそばにある仕切りで誰かと話した。「シセル、あなた、きょうはファラガットを見た？」

どこかから女性の声が答える。

「いいえ、けさは見ていません。金曜日も休んでいました。自宅で仕事をしているのかもしれませんが、電話はありませんでした。DLLファイルのロック解除の方法を訊きたくて電話したときにも、出なかったんです」

マーションはコンピュータのキーボードを押し、ピンクの付箋に何か書いて、テンプルに渡した。

「ファラガットの住所と電話番号です。サンディを殺した犯人を突き止めてください。彼女はいい子でした」

そのとき、彼女はやや声を詰まらせた。マーションからなんらかの感情がうかがえたのは、このときが初めてだ。三人の男たちはそれを合図に扉へ向かったが、テンプル刑事が引き返し、彼女に名刺を渡した。

「最善を尽くします。何か手がかりになりそうなことがわかったら、こちらにご一報ください」

女性はうなずいてから、三人に続いて部屋を出、ガレー船の奴隷を詰めこんだような大部屋の監督に戻った。キンケイドが振り返ると、〝犬ぞり使い〟のマーションは、持ち場のモニターから目を離して訪問客のほうを見た、身のほど知らずのプログラマーを睨みつけていた。

キンケイドは足早に出口へ向かった。フィルターのない、新鮮な外気を吸いたくてたまらなかった。

6

ファン・デ・サンチアゴはこれから、一語一句言葉を慎重に選び、声の抑揚や響きにも、細心の注意を払わねばならないことをわきまえていた。人民革命の指揮を執ってこのかた、最も重要な交渉に臨むのだ。彼にもその人民にも、失敗は許されない。デ・サンチアゴは深呼吸し、太平洋を隔てた電話回線の金属的な雑音越しに、相手が答えるのを待った。

東洋人は手強い交渉相手で、アメリカ人よりも狡猾にしてあいまいだ。いかなる言葉やニュアンスにも微細な意味のちがいがあり、その真意は、たまねぎの皮のように幾重にも包まれている。ファン・デ・サンチアゴは直截な物言いを旨とする男で、相手とじかに会って交渉するのを好むが、これからしばらくは、電話の向こうで地球の反対側にいる男の流儀に合わせる必要があるだろう。

「ごきげんよう、わが友ミスター・デ・サンチアゴ」電話機から声が聞こえた。

デ・サンチアゴは安堵の息をついた。英語が通じる相手のようだ。であれば、通訳を介する必要はない。意を伝えるのは、はるかに容易になる。東洋人が共通の中立言語を選んだのは吉兆だ。相手が母国語にこだわっていたら、もどかしい伝言ゲームになってしまっただろう。

「隋海俊《スイカイシュン》、わが友よ。ご家族の安泰とご子息のみなさんの繁栄をお慶び申し上げる」デ・サンチアゴは携帯電話に向かって言った。慎重に計算された言葉を、彼は明快に発音した。

「そしてもちろん、ご令嬢の活躍を」

報告によると、隋は娘を、彼の組織内で責任ある地位に就かせたらしい。デ・サンチアゴ自身はそんなことを想像もできなかった。

彼の挨拶が衛星回線を経由し、地球の裏側へ伝わるまで、少しタイムラグがあった。東南アジアで最も強い勢力を誇る麻薬王がふたたび口をひらくと、かすかな中国語の訛りが、回線のうつろな反響で目立ち、その声はいっそう冷淡に響いた。

「いやいや、よくご存じで。ありがとう。わが友フアン、最近あなたがこうむった災難に、心よりお見舞いを申し上げる」

やれやれ、そう来たか。社交辞令もまだ終わっていないうちに。彼のコカ畑が襲撃された情報が、これほど速く伝わったのは驚きとしか言いようがない。あれはつい数日前の話で、山間部のジャングルからもう黒煙はほとんど消えているのに。しかし、隋は知っていた。だとすれば、アムステルダムやマルセイユやマイアミの同業者も知っているにちがいない。

デ・サンチアゴがいささか驚いたのは、東洋人がもう切り札を切ってきたことだ。このことで交渉の局面はたちどころに変わった。隋はデ・サンチアゴを守勢に立たせようとしているのだ。対等な立場を取り戻すためには、軽く受け流すしかない。デ・サンチアゴはそれをわかっていた。

「大したことはない。心配ご無用だ。豊かな実りをもたらす土地は、ほかにもあまたあるのだから」一拍おき、彼も手持ちの切り札をお見舞いした。「聞いたところでは、あなたもDEAのせいで迷惑をこうむっているそうだね。ロングビーチで大々的に喧伝《けんでん》された摘発が、あなたの事業に影響していないことを願うしだいだ。麻薬取締局《ドラッグ・インフォースメント・エージェンシー》、すなわちDEAのミスター・テイラーは、アメリカのテレビで、納税者と行政機構に利益をもたらしたと自慢しているらしい。まったくもって、迷惑千万な話だ」

隋は声をたてずに笑ったが、そこに愉快そうな響きは微塵もなかった。

「わが友《ミ・アミーゴ》よ、まさしくそのとおりだ。あの道化役者どもには本当にうんざりさせられる。うるさい蚊は叩いて殺すにかぎるよ……できるだけ早く」

デ・サンチアゴはすかさず本題に切りこんだ。

「大いに同感だ。だからこそ、わたしはきょうの話し合いを持ちかけたのだ。わたしはあなたに、あの小うるさい蚊に未来永劫悩まされずにすむ計画を提案したい。ティラーの同類連中にも」

「興味あるお話だ」隋はすぐに反応した。DEAによる密輸品の押収と、マスメディアによる宣伝工作は、デ・サンチアゴが思っていたとおり、東洋人の麻薬王を苛立たせているらしい。相手は飛びついてきた。「では、具体的にどのような計画なのかな?」

デ・サンチアゴは計画の概要を話したが、東洋人の興味を惹きつける部分だけを聞かせるように慎重に留意した。かねてからの縄張り争いは、いったん棚上げだ。彼らの未来はデ・サンチアゴの計画の成否にかかっており、隋の協力を取りつけられれば、成功の可能性はぐんと高まる。

「そこでひとつ提案したい」計画をひととおり話したところで、デ・サンチアゴは言った。「わたしが最も信頼する腹心の部下を、すぐにあなたのもとへ遣わし、詳細な点を詰めたいのだ。あさって香港で、そうした会合を手配していただけないだろうか? マンダリン・ホテルが適地かと思う。場所はご存じかな?」

デ・サンチアゴの側で、広々としたマホガニーの会議用テーブルを囲んで聞いている人々は、革命指導者の顔に浮かぶ笑みを見て取った。隋は会合の手配を承知した。とりもなおさず、これは彼が計画に乗り気であることを意味する。ただし、細部の詰めを隋が気に入れば、だが。

世間話を終えると、ファン・デ・サンチアゴは〈切〉のボタンを押し、これ見よがしに電話を閉じた。その顔にはまだ笑みがにじんでいる。

「諸君が聞いたとおりだ。隋は計画に参加するだろう。やつはもう、断われる立場ではないのだ。アントニオ、いますぐ荷造りにかかってくれ。あしたじゅうに香港に着いてもらう」

デ・サンチアゴの背後の窓に陽光が降り注いでいる。花の香りがする熱帯の風に、薄手の白いカーテンが舞っている。一同は拍手喝采した。デ・サンチアゴは立ち上がり、窓辺に近づいた。輝かしい勝利の瞬間だ。

窓の下のゆったりした中庭では、配下の兵士たちが警備するなか、いまの愛人が二人の子どもたちとジャグジープールで水をかけあい、戯れている。兵士たちは丘陵や空に敵の徴候がないかどうか見張っていた。エル・ヘフェはしばし、まばゆいほど美しいその女から目を離せなかった。デ・サンチアゴに二人の子どもを授けてくれたあとも、なおその美しさは変わらない。彼女の小麦色の肌を水が濡らし、子どもたちとふざけ合って笑い声をあげるたびに、豊満な乳房が悩ましげに揺れる。子どもたちはプールの浅瀬に出たり入ったりして、彼女を捕まえようと鬼ごっこをしていた。ここから見ていても、デ・サンチアゴには、彼女の乳首がごく薄い水着の下でぴんと立っているのがわかった。長く華奢な両脚の付け根に息づく、鬱蒼《うっそう》とした花園が思い出される。人民革命の指導者は、身体がうずくのを覚えた。

東洋の同業者との外交辞令と、それに続く計画の提案はこのうえなくうまくいった。これ以上は望めないほど。それにより、デ・サンチアゴは奇妙にも性的渇望を覚えている。戯れている彼女を窓辺で手招きし、子どもたちとの鬼ごっこを中断させ、彼の私室に呼んで、たったいま結ばれたばかりの強力な同盟関係の成立を心ゆくまで祝ってもらいたかった。

いや、いまはそのときではない。その前にやるべきことがある。

彼の背後で室内に集まっている一団はいくぶん静かになり、次の議題へ移るべきかどうか、様子を見ている。デ・サンチアゴはひそかに頭を振り、たったいま覚えた衝動を振り払った。

窓から向きなおると、アントニオ・デ・フカが出席者たちから口々にはなむけの言葉を受けている。彼こそは一同の旗手として香港に赴き、計画を進めるべく朗報を持ち帰ることを期待されているのだ。

指導者がうなずいたので、フィリップ・ザーコが発言のため立ち上がった。長身痩軀の男だが、いまにも涙があふれそうな大きな茶色の目をしている。黒い顎鬚を短く刈りこみ、ベテラン外交官のようにゆったりと落ち着いた物腰で話す。しかし、彼がメモを取っていたペンを置いたとき、その手がかすかに震えていたことには誰も気づかなかった。

「エル・ヘフェ、喜ばしいことに、かねてからわたしに命じられた計画は順調に進捗しています。ロシア人はこの計画に一千万ルーブルの追加を求めてきましたが、それはわれわれの予想どおりです。エル・ヘフェが予言していたように、彼らのアメリカ人への憎悪を上まわるものは、飽くことを知らない貪欲さだけです。それはともかく、計画の資金はすでにスイス銀行の口座に預けられ、彼らの到着を待つのみとなっています」彼は言葉を止め、氷入りのグラスを摑んだ。グラスに口をつけたとたん、氷が軽やかな音をたてる。ザーコは氷水をたっぷりと飲んで喉の渇きを癒すと、話を続けた。「ロシア人たちは三日以内にリマに到着する予定です。そしてもちろん、われわれは全行程を通じて、彼らを見張っています」

デ・サンチアゴは長身で浅黒いラテン系の男を、じっと見据えた。彼とザーコは幼なじみで、隣り合った大農場《ハシエンダ》で育ち、無条件の信頼関係がある。いま会議をひらいている部屋は、かつてはザーコの父の正餐室で、壁は彼の一家の写真で埋め尽くされていた。その当時は年代物の食器棚がずらりと並び、高級品の陶磁器や銀器がひしめき、窓は輸入物の織物で飾られていたものだ。デ・サンチアゴはまさにこのテーブルで何度も楽しんだ夕食会のことを覚えている。彼の少年時代にセニョール・ザーコが、デザートと強いコーヒーを前にしながら語ってくれた物語のことも。しかし、ハシエンダはエル・プレジデンテに奪われ、先代のザーコはずいぶん前に非業の死を遂げた。デ・サンチアゴの父も同じ運命をたどった。ジャングルは久しく以前から、彼の父親の骨だけでなく、デ・サンチアゴが少年時代に過ごした館の廃墟も飲みこんできた。

だがいまは、この地はふたたび反乱勢力の手に取り戻された。ファン・デ・サンチアゴが、帝国主義者の傀儡《かいらい》どもや大統領から奪還したのだ。そして早晩、奪われたものに対する復讐を、彼はやり遂げることだろう。

「ロシア人はリマからどこへ行くんだ？」彼はザーコに訊いた。

「準備はすっかり整っています。われわれはチクラヨ（ペルー北西部の太平洋岸の商業都市）の小規模な造船所と契約し、貨物船の改装を依頼ずみです。ロシア人たちはまずそこを訪れて寸法など諸元を確認し、それからカハマルカ（ペルー北部の盆地にある都市。インカ帝国最後の皇帝アタワルパがこの地でピサロに幽閉され、処刑された）近郊の山間《やまあい》にある小さな屋敷へ向かいます。そこは人里離れた場所で、地元の人間は恐れて近づかず、見慣れない外国人がいるからといって詮索を受ける恐れはありません。各部の組み立てはそこで行なわれます。準備が完了したら、各部を海岸に輸送し、全体を組み立てる段取りです」

デ・サンチアゴは竹馬の友の言葉を聞きながら、いま一度窓の外を眺め、はしゃぎまわる女と子どもたちを見ていた。プールを囲む壁の向こうには緑の芝生、高木、美しい花をつけた灌木が広がっている。エメラルドハチドリが花から花へ飛び移り、蝶との踊りを繰り広げていた。

なんと心安らぐ眺めだろう。この館で何が行なわれているか、気づかれる心配はあるまい。

「大変結構だ、フィリップ。いつもながら、細部まで完璧に手配してくれている。ありがとう」長身の男は着席した。デ・サンチアゴは次に、重厚なテーブルの向こう端に座っている、小柄で日焼けした男のほうを向いた。「アルヴェーネ、科学者たちの進み具合は？」

小柄な男はいつものように、汗びっしょりだった。アルヴェーネ・デュラは大きなハンカチで、額と首を拭いながら口をひらいた。

「エル・ヘフェ、こちらはちょっとした問題に直面しています。シアトルのラミレスからの報告によると、試験的に輸出された新製品は、やや強すぎたようです。テスト市場に出して早々、一週間に数件の過剰摂取があったと聞いています」アルヴェーネ・デュラはしとどに濡れたハンカチで、上唇と顎の下を拭いた。この無骨な容貌の男はこれまでずっとデ・サンチアゴとともに戦い、激しやすく汗かきで、指導者が見てきたなかで最も勇敢にして忠実な男だった。「科学者たちにはすでに、試験品よりも少しだけ効力を弱めたものを調合させています。残念ながら、科学者のうちセニョール・ジェンカは、ブカレストの商売女《ピューータ》が恋しくなったようです。彼は山のなかへ脱走を試みました。その遺体はすでに、ナポ川《リオ・ナポ》に投げこまれ、ピラニアの餌になっています。ジェンカの研究は、添加物の効果をやわらげつつ……その……副作用を軽くしながら依存性を維持する製品を開発するうえで、鍵になるものでした。彼の脱走により、その成果も水の泡になってしまったことが懸念されます。まだまだ課題は山積していると言わねばなりません」

デ・サンチアゴはうなずいた。

「きみの行動は正しかった、アルヴェーネ。東洋人と交渉し、流通メカニズムを完全に構築するまでのあいだ、製法を調整する時間はある。当面、カルロスのところに新製品を送るのは取りやめだ。われわれの特別な新製品《プロダクト・エスペシアル》の準備が完了するまで、アメリカ人に不審念を抱かせるリスクを冒すわけにはいかない」

アルヴェーネ・デュラが大きくうなずくと、鼻から汗がしたたり落ちた。その次にデ・

サンチアゴは、室内でただ一人の白人に顔を向けた。

「セニョール・ホルブルック、報告事項は？」

　めかしこんだドナルド・ホルブルックは一分の隙もない服装だった。南国的な薄地の綿《シアサッカー》のスーツに、ラベンダー色のシルクのシャツ。落ち着いた縞模様の勝負ネクタイの結び目はゆがんでも傾いてもいない。彼は咳払いし、話しだした。ハーバード出の訛りがいやに耳につく。

「エル・ヘフェ、残念ながら朗報ではないのですが、われわれのスイス銀行の口座残高がほとんどゼロになっています。ケイマン諸島の口座がアメリカ財務省に見つかった直後、リヒテンシュタインの口座も発見されてしまったのです。両方とも没収されました」

　怒りのこもったつぶやきが一同から漏れた。デ・サンチアゴは片手を上げ、沈黙を促した。

「親友諸君《コンパドレス》、どうかセニョール・ホルブルックの話を傾聴願いたい」

　ホルブルックはネクタイの位置を直した。たとえ一同が聞きたくないような話であっても、この男は歯並びのよい歯を見せ、笑みを絶やさない。

「ありがとうございます、ミスター・デ・サンチアゴ。ただいま申し上げた、没収された口座の合計額は四億五千万ドルにのぼります。一方で明るい面に目を向ければ、合衆国のタバコ企業や医療保険団体への投資は、年間で一五パーセント以上の利益をもたらしています。こうした投資による純利益の合計は、今年だけで一億五千万ドルになります。マイアミ、ロサンゼルス、ニューヨークに所有している土地も、今年一年で一〇パーセントの利益を出しており、その合計額は約七千五百万ドルです」

ホルブルックは言葉を止め、手元のノートを見なおした。一同が居心地悪そうに身動きする。この鼻持ちならない白人《グリンゴ》は、現金だの投資だの償却だの債務だのといった話題なら何時間話しても飽きないらしい。

「細かな事項に気を取られる必要はない」デ・サンチアゴは促した。「われわれの使命は革命を成し遂げ、人民のかぎりなき力をいかんなく発揮させることなのだ。そのための手段としてビジネスを展開している」

まさにビジネスこそ、ホルブルックがここにいる理由だ。彼は人民にも、資本主義者との闘争にも、なんら忠誠心を持たない。彼は純然たる資本主義者なのだ。

「おっしゃるとおりです、ありがとうございます。ひとつ言っておかなければならないのは、かねてから申し上げていたように、ただいまご説明した投資はすぐに現金化できるわけではないということです。当局に露見する危険を冒さずに解約するには、一年以上待たなければなりません。しかしそのあいだにも、資金繰りの問題はわれわれに重くのしかかってきています」

アルヴェーネ・デュラがかの有名な癇癪《かんしゃく》を爆発させ、怒りで顔を朱に染めて立ち上がった。

「何が資金繰りの問題だ、グリンゴ？　アメリカの当局とか吐《ぬ》かしやがって、本当はきさまがネコババしたんだろう？」

デュラは切れ味鋭いナイフをベルトから抜いたが、すかさずデ・サンチアゴが手を上げて制し、苛立たしげに席へ戻れと身振りで示した。

ホルブルックは無意識のうちに一歩、扉のほうへあとずさりした。この部屋に集まっている面々が思っているよりもずっと、デュラの言葉は真実に近かったのだ。デュラが本当に、ホルブルックが巨額の金を横領していると疑っていたら、問答無用ではらわたをえぐっていただろう。ホルブルックの首筋を冷や汗が伝い落ちた。だが彼は、この太った汗かきの小男がスイス銀行口座の実態を調べるすべはないと自らに言い聞かせた。デ・サンチアゴは、この金融の専門家が少なからぬ上前をはねていることを重々承知していた。しかしホルブルックの横領がどの程度の規模になるのか、あるいはさらなる手数料を要求されてもおかしくないのかはわからなかった。反政府組織の経理責任者として負っているリスクを勘案すれば、一〇パーセントの手数料でも安いものだ。優秀な投資カウンセラーなら、同じような仕事でそれぐらいの額を請求してくるだろう。

たとえそうであっても、このテーブルを囲んでいるほかの人間がそのことに気づいたら、ドナルド・ホルブルックは日没前にカラスの餌にされるにちがいない。デ・サンチアゴはそのことを知りすぎるほど知っていた。であれば、ホルブルックの収入は危険に見合うものだ。

デュラがアメリカ人をねめつけ、その場に立ちつづけていたので、デ・サンチアゴはテーブルに拳を叩きつけた。

「アルヴェーネ、いいかげんにしろ。セニョール・ホルブルックはわれわれの味方なんだぞ。悪い知らせを携えてきた人間をいちいち殺していたら、おまえたち全員、いまごろはとっくに、父祖たちが住まう天界に昇っていただろう。ミ・アミーゴ、おまえだってきょうは、悪い知らせを聞かせてくれたじゃないか」

アルヴェーネは顔を朱に染めたまま、どさりと椅子に腰を下ろした。怒りをこらえて彼は言った。「エル・ヘフェ、お許しください。アメリカ人に奪われた金は、われわれが多大な危険を冒して稼いだものでした」ホルブルックを鋭く一瞥する。「それが我慢ならなかっただけです」

デ・サンチアゴは手を振り、不承不承の詫びを受け入れて、ホルブルックに話を続けるよう促した。

「申し上げたように、われわれには資金繰りの問題がのしかかっています。現在の流動資産と得られる収入から勘案すると、次の四半期には支払いが滞ってしまいます。それを回避するには、支払いを減らすか、収入を増やすしかありません」

デ・フカはデ・サンチアゴに向かって言った。

「イランやパキスタンにいるわれわれの味方は、支払いを待ってくれないでしょうか？スイス銀行の口座を没収したアメリカは、われわれの共通の敵ではありませんか？」

デ・サンチアゴは悲しげに首を振った。デ・フカは最も有能な副官だ。革命指導者が一心同体とみなす部下の一人だ。

「わが友よ、われわれの世界は金でまわっているのだ。いかにアメリカがわれわれの共通の敵であっても、イランやパキスタンが支払いを待ってくれるということはありえない。だが、タイミングは渡りに船だ。きみが隋の部下と交渉するにあたり、真っ先に取り決めるべきなのは、同盟関係の証《あかし》として、相当な金額を拠出してもらうことだ。セニョール・ホルブルック、われわれにはいくら必要なんだ？」

ホルブルックは数秒間、頭をめぐらせた。四千万ドルあれば、当面の支払いは充分カバーできるし、新製品が軌道に乗るまでしのげる。それでも、彼は金のにおいに敏感だった。

彼はとっさに計算し、笑みを絶やさぬまま言った。

「エル・ヘフェ、少なくとも六千万ドルあれば、新製品が輸出されるまで、次の四半期はしのげるでしょう。資金繰りがプラスに転じるまで、革命運動の努力を後退させてもよければ、五千万ドルでも足りますが」

第二案は論外だ。六千万ドルなければならない。

デ・サンチアゴはゆっくりうなずき、ふたたびアントニオ・デ・フカを見た。

「きみは六千万ドルを調達しなければならない。隋が今回の計画に参加する際の頭金として、出してもらうんだ。この期に及んで、われわれの目標を後退させることなどあってはならない」

「最善を尽くします」デ・フカは答えた。

「必ずや、そうしてくれることを期待している」指導者は言い、今度は会議用テーブルの向こうに並んで座っている、三人のほうを向いた。組織の中枢を統率する幹部のなかで、最後に発言する三人だ。いずれも迷彩服を着、これまでの議事進行中、沈黙を守ってきた。

「いよいよ、革命の最前線であるジャングルからの報告を聞くときだ。われわれがけさ、ここでコニャックとシュリンプカクテルの朝食を楽しんでいたときにも、なお戦闘を続けていた勇敢なる戦士たちよ、よく来てくれた。アベッラ大佐？」

起立した浅黒い兵士は、六フィートあまりの長身で、屈強な体格は室内全体に存在感を放った。報告のあいだは直立不動で、目は指導者をひたと見据えていた。

「この十日間で、わが軍は政府軍に七度の待ち伏せ襲撃を行ない、喜ばしいことに、わがほうの大勝利に終わっています。われわれは十数名の勇敢なる自由の戦士たちを失いましたが、エル・プレジデンテの裏切者どもを四十名以上も倒しました。かくして、われわれは警告なしに、コブラのように襲いかかる使命を続行し、人民の敵どもの士気をさらにくじくことで、われらが指導者、エル・ヘフェの手でこの国が解放されるまで、闘争を続けるのです」

怪物のような男が着席するまで、一同から熱意に満ちた拍手が沸き起こった。ただしドナルド・ホルブルックは例外だ。このアメリカ人は自らの爪を眺め、できるだけ早いうちにマニキュアを塗ろうと考えていた。

「マルケス大佐？」拍手が鳴りやんだところで、デ・サンチアゴは言った。「防諜活動の報告事項は？」

マルケスのトレードマークは、左目の下から鼻梁を通り、右耳の下にかけて刻まれた、長いピンクの傷跡だ。伝わっている話によると、革命の敵との白兵戦になり、銃剣で顔面を切られてもなお、彼は十数人の敵をなぎ倒したという。

「前回の会議以来、引っかかったのは鼠一匹だけです、エル・ヘフェ。そいつはアベッラ大佐が率いるゲリラの動向を漏らし、たったいま大佐が報告したとおり、味方の損失を招く元凶になりました。われわれはそいつが見ている前で、妻と五人の子どもたちの喉をかき切り、次にそいつの手足を切って、村の広場の旗竿に胴体をさらし、裏切者の末路を村人に見せつけてやりました」

身の毛のよだつような報告に、ふたたび熱狂的な拍手と歓声が渦巻いた。デ・サンチアゴのまなざしは、室内で順番を待つ最後の兵士に向けられた。分厚いレンズの眼鏡に長い鷲鼻は、学者を思わせる風貌だ。

「お待たせした、フェルナンデス大佐」

その男は立ち上がっても、ようやくアベッラ大佐の腰まで届くかどうかだ。彼は選び抜かれた破壊工作員や爆発物専門家のリーダーなのだが、部下たちからは〝蚤〟というあだ名で呼ばれている。

「コロン・デ・パソの兵舎への破壊工作が大成功に終わったことは、すでにご存じかと思います。近日中に、新たな爆破攻撃を仕掛け、必ずや成功させてご覧に入れます」

いま一度、室内が大きな拍手に包まれるなか、小柄な反政府組織の兵士は着席した。その姿は、目の前の書類の山に隠れそうだ。

これまでの面々が報告してきた活動に対し、何人かが質問しようとしたところで、オークの扉が控えめにノックされた。デ・サンチアゴの用心棒のグスマンが、扉から頭を突き出した。

「お取りこみ中すみません、エル・ヘフェ。ボゴタからの客人が到着しました」

デ・サンチアゴは手を振った。

「すぐに通してくれ。わが友よ」テーブルを囲む面々が一様に、訝しげな表情を浮かべる。

「諸君にぜひとも会ってほしい客人が来てくれた。革命の真の英雄だ」

グスマンに続いて扉から入ってきた風采の上がらない小男は、とても革命の英雄には見えなかった。用心棒の陰に隠れようとしているかのようだ。目を大きく見張り、顔は蒼白く、いかにもおどおどしている。安物のスーツは皺くちゃで、白いワイシャツは黄ばんでいた。どう見てもせいぜい下級官僚で、どこかの政府部局で椅子を温めているだけの男に見える。

デ・サンチアゴは立ち上がり、小男に近づいて抱擁すると、両方の頬に口づけした。

「友人たちよ、ここに来て、革命の偉大なる英雄に挨拶をしてくれ。このホセ・シルベラスこそは、エル・プレジデンテのギテリーズ政府の中枢における、われわれの耳目《じもく》なのだ。彼がいなかったら、人民の戦いはすでに敗北していただろう」

デ・サンチアゴは小男の肩を抱き、テーブルに誘った。出席者はみな立ち上がり、彼に近づいて、厳粛な面持ちで握手した。小柄な官僚はいまにも逃げ出しそうで、両膝をがくがく震わせている。

ようやくみなが席に着いたところで、デ・サンチアゴは訊いた。「話を聞かせてくれ、わが友よ。きみがボゴタから遠路はるばる訪ねてきてくれたからには、重大な用件があるにちがいない」

シルベラスは重い口をひらいた。左のこめかみが脈打っている。テーブルを囲む出席者の誰もが身を乗り出し、鳥のさえずりやプールではしゃぐ子どもたちの水音にかき消されそうな彼の声に耳を澄ました。

「エル・ヘフェ、用件はふたつありますが、いずれもあなただけにお伝えしたいのです。できれば二人きりでお話ししたいのですが」

デ・サンチアゴは寛容な笑みを浮かべた。

「心配ない。ここにいる者はみな、わたしが最も信頼する人々だ。わたしはこの人たちに命を預けている。ここで包み隠さず話してほしい」

シルベラスはテーブルを見わたし、面々の顔を見てから、不承不承、静かに話しはじめた。

「そこまでおっしゃるのでしたら。ひとつ目は、国際共同麻薬禁止局《ジョイント・ドラッグ・インターディクション・エージェンシー》、略称JDIAという組織についてです。わたしは彼らの姿をこの目で見ました。彼らはエル・プレジデンテの軍司令部と共同で活動しています。ボゴタの国防省本部内に、〈国内活動司令部〉を置いているのです。彼らには強大な権限があります。きわめて強大です」シルベラスは唾を飲みこみ、唇をなめた。「エル・ヘフェ、とても喉が渇きました。水を飲ませていただけませんか?」

デ・サンチアゴがグスマンに手を振ると、用心棒はテーブルの中央からクリスタルガラスのピッチャーを取り、グラスに水をなみなみと注いだ。そして、小柄な男に手渡した。シルベラスはうまそうに飲み、話を続けた。

「JDIAはアメリカ合衆国の麻薬取締関係機関を、軍も含めてすべて統括していますが、DEAだけは蚊帳《かや》の外に置かれています。DEAの捜査官が二人、JDIAについて話すのがたまたま聞こえました。彼らはとてもうらやんでいました。その話によると、アメリカ大統領はJDIAに多額の予算を与える一方、DEAに対する関与は公然と避けているそうです」

デ・サンチアゴは考えに耽りながら、顎を撫でた。利用価値のありそうな情報だ。もしかしたら、アメリカの政府部局内のひびに付け入り、引き裂くことができるかもしれない。

あとでとくと考えてみなければならないが、なかなか興味深い可能性を感じる。

「ふたつ目の用件は？」

シルベラスは冷たい水をもう一度飲んでから、これまで見たこともないほど大きく、豪華なテーブルを囲み、彼を注目している出席者を見わたした。その顔色からはいっそう血の気が引き、下唇は震えている。

「本当に、包み隠さず話してよろしいのですか？」

デ・サンチアゴは苛立ったように手を振った。「もちろんかまわんとも。さあ、話したまえ」

「わかりました、ありがとうございます、エル・ヘフェ。大変気がかりなことがあるのです。はなはだ気が進まないのですが、あなたの兵営にはスパイがいると申し上げねばなりません」その瞬間、室内の空気が凍りついた。居合わせた全員が、下級官僚に不信の目を注いでいる。「まちがいありません。あなたの栽培地襲撃に関する報告書を目にしました。〈鷹《エル・ファルコーネ》〉という暗号名の誰かが、公安警察に情報を伝えています。その報告書によると、栽培地の情報を漏らしたのも〈ファルコーネ〉だったということです。大変悲しいことですが、この裏切者はあなたの身近にいます、エル・ヘフェ。わたしが知っているのは、それだけです」

部屋は死んだように静まりかえった。聞こえるのは、窓の外のプールで、子どもたちが金切り声をあげてはしゃぎ、女が幸せそうに笑う声だけだ。

誰一人、シルベラスに出ていけと告げる必要はなかった。彼はグラスに残った水を飲み干すと、立ち上がり、来たときと同じく静かに部屋を出て、後ろ手に扉を閉めた。

残された一同はそれぞれに室内を見まわしたが、お互いに目が合うのを注意深く避けた。シルベラスが暗示していることは明らかだ。このうちの一人が、〈エル・ファルコーネ〉なのだ！　誰であろうと、その裏切者は結ばれたばかりの同盟関係に深刻な脅威をもたらしている。これから実行されようとしている、大胆不敵な秘密の計画にも。

ファン・デ・サンチアゴは立ち上がり、窓辺に戻った。花や小鳥や、雲に包まれた遠くの山々を望むために。そして彼の美しく、多産な女性と、幸福な子どもたちを愛でるために。

しかしいまは、室内の一同に背を向けるのにふさわしいときではないようだ。

7

ジョナサン・ワードは穏やかに広がる真っ青な太平洋にじっと目を注いでいた。彼が持ち場に就いている〈スペードフィッシュ〉のセイルの上は、水面から二五フィート以上高く、ラホヤ（カリフォルニア州サンディエゴの高級リゾート地）の北にあるトーリー・パインズの崖がよく見える。さらに南に目を転じれば、サンディエゴ港のランドマークを形作るポイント・ロマの突き出した岬が見えた。いまは、低く垂れこめた雲に少し隠れている。岬の突端には、沿岸警備隊が運営している新しい灯台があった。丘の上にはカブリヨ国定公園内の旧ポイント・ロマ灯台があるが、こちらは霧に覆い隠されている。

ワードは一人になれるこの時間をこよなく愛していた。もちろん乗組員とともに働き、彼らの同志愛や確固たる目的意識を実感するのは、艦長の喜びだ。だがここで、優しく包みこむような波の動きに身をまかせ、湿った香ばしい潮風を顔に感じていると、不思議に気持ちが落ち着く。ワードが一人で、四六時中突きつけられる決断の重圧から解放され、とりとめのないことを考えていられるのは、このひとときだけなのだ。いつの時代も、男たちが海に惹きつけられてきたのはなんの不思議もない。海には、苛まれてきた男たちの魂を癒す力があるのだ。

とはいえ、艦長はまったくの一人きりというわけではなかった。潜水艦のいかなる乗組員も、一人きりになるということはありえない。哨戒長が、艦橋《コクピット》の近くで静かに控えている。艦長をよく知る哨戒長は、いまのワードが一人で物思いに耽っていたいのを察していた。とりわけいまは。とりわけ、つい先ほど起きたことを考えれば。

ワードはわが家のことを考えていた。そしてもちろん、エレンのことを。ここ二十年というもの、彼はほとんど家を空けていた。しかし、今回の帰港は決して甘美なものではないだろう。今晩、ドネガン大将との会合が終わってからも、彼は引きつづき〈スペードフィッシュ〉の指揮を執りつづけられるだろうか？　あるいはハンサッカーに、完膚なきまでに叩き伏せられるだろうか？　先ほどの出来事のあと、ワードはあのイタチのように狡猾な男をまったく信用ならないと確信していた。ああいう手合いは、甘言を弄し、笑みを繕って人を出し抜くのに長《た》けている。要領よく立ちまわって出世してきたのだ。梯子の上段に昇ろうとするときには、邪魔な人間を押しのけ、踏み越えて、振り返りもしないだろう。

ワードは昨今の海軍に蔓延している出世争いに辟易《へきえき》していた。進退を賭して、信じるところに殉ずる人間など、誰一人残っていないように思える。最近では国防総省詣《ペンタゴン》でが、出世のために欠かせないらしい。ペンタゴンから戻ってきた者は誰もが、骨抜きにされ、洗脳されているようだ。彼らにとって重要なのは、有力者との顔合わせ、情報工作、次の昇進で邪魔な者を押しのけることであり、海軍軍人としての任務は二の次なのだ。

ジョン・ワードはときおり、そうしたものを一蹴できる気骨があればと思った。大学時代のルームメイト、トム・キンケイドのように。彼はDEAで約束されていた将来を懸けて、政治的圧力に立ち向かった。このあいだシアトルに立ち寄ったとき、ビールを片手に夕食をともにしながら、生き生きと語り合ったのを思い出す。すさまじいプレッシャーに敢然と立ちはだかり、断固拒否を貫くのは、なまなかな勇気でできることではない。

実際、ワードは旧友にそう言ったのだった。高い代償を厭わず、信念を守り抜いた彼を誇りに思う、と。しかしワードを驚かせたのは、キンケイドの答えだった。

「あまり買いかぶらないでくれ、ジョン」彼はほとんど瞑目し、物静かな口調で言った。「ぼくは大した勇気の持ち主ではない。あのときは、度胸や名誉心や義務でさえも及ばないものに駆り立てられたんだ」

ちょうどそのとき、サーモンステーキが運ばれてきたので、ワードは彼に、いったいなんのことを言っているのか確かめるタイミングを逸してしまった。

そしていま、今晩直面することになる修羅場を前に、ワードは認めざるを得なかった。彼が最も能力を発揮できるのは、この美しい潜水艦を指揮しているときなのだ。それは麾《き》下《か》の乗組員たちの敬意と献身のまなざしに応え、この国の自由と安全を守ろうと最善を尽くすことだ。

しかし今回のような不条理に直面すると、そうした昂揚感を覚えたのが遠い昔に思えてしまう。

コククジラが飛沫を上げ、右舷の甲板に近づいて、ワードの物思いをさえぎった。海獣がもう一度深みに飛びこみ、巨大な尾鰭《おひれ》を空中に突き出す。ワードは双眼鏡すら使わずに、西の水平線を見はるかし、二十頭以上の鯨の群れを数えた。鯨たちは潮を吹き、はしゃぎ、あるいはただ泳いで、冬が近づく海を南に向かっている。

いい暮らしだ。冬のあいだずっと、カリフォルニア半島（メキシコにある半島）沖で過ごせるなんて。新鮮な海産物を食べ、雌鯨の尻を追いかけて。気が向いたら北へ泳いで戻り、アラスカで夏のクルージングとしゃれこんでもいい。まったく、いい暮らしだ。

「艦長？　発令所からです」

デイブ・クーン機関長がワードに電話機を差し出していた。艦長には、クーンが彼と同様に海面の景色を楽しんでいるのがよくわかった。この機関長は、〈スペードフィッシュ〉をただ走らせるだけで苦労のしどおしなのだ。航行中に汚れ仕事ばかりさせてしまったクーンにいささかでも報いるため、機会があると、ワードは彼が甲板に出られるよう配慮した。

ワードは電話機を受け取り、耳に当てた。西の水平線の低いところに、サンクレメンテ島の淡褐色と緑が見える。いよいよ港が近づいてきた。

「艦長だ」ワードは言った。

三〇フィート下の発令所から、ジョー・グラス副長が報告した。「艦長、部隊司令部と無線交信し、入港の許可が出ました。N埠頭の北側の中央に接岸されたし、とのことです。タグボートがいつもどおり、乾ドック付近で待機しています」

ワードは報告を受諾した。

「よろしい、副長。SD《シエラデルタ》ブイを通過したら、制御盤室当直を配置せよ」

制御盤室当直は、航行制限水域で潜水艦を浮上航行させる際に配置され、艦内で最も熟練した乗組員が選ばれる。深い水域では優雅な動きを見せる〈スペードフィッシュ〉だが、艦底は竜骨がないので、水上ではバランスが取りづらく、しかもスクリュー一本のみで港湾周辺の浅海を操艦しなければならない。とりわけサンディエゴの潮流は不安定なので、微妙な舵取りが求められる。航海規定では、サンディエゴ港の入口を示すブイの通過を許される前に、制御盤室当直を配置しなければならない。そのブイの通称が〝SDブイ〟なのだ。

「それから」グラスはささやくような声で続けた。「この十分ほど、ハンサッカー大佐はずっとデソー司令官と無線で話しています。ライマン上等兵曹によると、単なる時候の挨拶ではなさそうです。悪天候に備えたほうがよろしいでしょう、艦長。嵐が近づいています」

「気象予報をありがとう、副長」

そうしたことについては、ワードの力ではどうにもならない。いまは〈スペードフィッシュ〉の艦体を傷つけないよう、無事に入港させることに集中しよう。今回ばかりは、彼はエレンが桟橋へ迎えに来ていないことを祈った。彼女を近くに感じ、唇を重ねたいのはやまやまだが、その前に越えなければならない試練がある。今夜は遅くまで家に帰れないだろう。

ポイント・ロマに近づくにつれ、船舶の往来はますます増えていく。これまで航行してきた深い水域では、大型の商船や艀《はしけ》を引くずんぐりしたタグボートぐらいしか見なかったのが、いまは無数のヨット、釣り船、プレジャーボートに圧倒されそうだ。南カリフォルニアで船に乗るのを趣味にしている連中がこぞって、本物の潜水艦を見に押しかけているようだ。

クーンの顔に、しだいに憤慨の色が浮かんできた。観光船をよけたり、危険を警告したりするのにうんざりしてきたのだ。どうやら彼は、沿岸警備隊の『海上交通ルール』に新たな手信号を付け加えたいらしい。それは片手を指先までまっすぐ上げ、もう片方の腕をぶんぶん振りまわすというものだ。

ワードは若き機関長に目を向け、たしなめた。「機関長、納税者には笑顔で手を振ることだ。《サンディエゴ・ユニオン・トリビューン》に、怒った町の船乗りから手紙が届いて、わたしが釈明するような事態はご免だからな」

「イエッサー」クーンはいささか恥じ入ったように答えたが、またも大型ボートが接近し、進路に入りこんできたので、そちらに向かって勢いよく手を振った。

SDブイは眠っているアシカの群れに取り囲まれ、右舷側をよぎっていった。クーンは操艦系統の7MCマイクに手を伸ばし、命じた。「操舵員、取舵一杯、針路三五六」二人は肩越しに転舵を確認し、正確を期した。

双眼鏡越しに、シェルター島のヨット繋留地の入口横に設置された導標が見えてきた。導標は二枚の大きな白い看板で、それぞれの中央にオレンジの縦線が入っている。通航する船から、二枚の導標の中央の縦線がどの位置に見えるかで、水路での船の位置がわかるようになっている。一枚の導標は、もう一枚の数百フィート前にあり、少し低く設置されているのだ。船が水路の中央を航行しているときには、二枚の看板のオレンジの中央線が、まっすぐ繋がって見える。船が左に寄っていたら、高い看板の中央線が低い看板の左にずれ、船が水路の右に寄っていたら、高い看板の中央線は低い看板の右にずれて見えるというわけだ。

針路を変更した〈スペードフィッシュ〉は、水路の中央よりやや左に寄っていることがわかった。引き潮のせいで、左に寄ってしまったのだ。

「操舵員へ、こちら艦橋。針路三五五」

幅わずか一〇〇ヤードの狭い水路で、大きく針路変更する余地はなかった。刻々と変わる油断のならない潮の流れで、微速で前進しながら小刻みな針路変更を繰り返すことになる。

7MCスピーカーからふたたび声がした。

「艦橋、こちら航海長です。現在、ノースアイランド・ポイントで転舵中の大型ローローー船と交信中。お互いの左舷側を通過することにしました。埠頭に入る前に、少し待ったほうがいいかもしれません」

ローロー船とは、自動車がクレーンに頼らず自ら乗り降り《ロールオン・ロールオフ》できる運搬船のことだ。略してローロー船と呼ばれている。艦橋のワードから、その姿が見えた。東洋からおびただしい新車を運ぶために造られた船だ。ローロー船は、ノースアイランド海軍基地に繋留されている巨大な空母〈ニミッツ〉の背後から姿を現わしている。自動車運搬船はサンディエゴ港を出発し、コロナド橋をくぐり抜け、新たな車を載せるため韓国に戻るところだろう。どうやら、航海長の言うとおりらしい。〈スペードフィッシュ〉が水路を通って埠頭に入るには、バラスト・ポイントの乾ドック付近を通過する必要がある。だが水路は狭く、大型の運搬船と潜水艦がすれちがうのは難しそうだ。

「機関長、微速に減速せよ。相手を先に、幅の広い場所へ通してやれ。水路の右側を空けてやるんだ。あの船には相当なスペースが必要だろう」

クーンはうなずいた。「アイ、サー」マイクに呼びかける。「操舵員、前進微速。針路三五六に変更。補助推進電動機をリモートコントロールで使用できるよう準備」「錨を三〇尋《ひろ》まで下ろせ」「もやい作業員を甲板に待機させろ」

矢継ぎ早の指示で、乗組員がいっせいに行動を起こした。艦内の奥、原子炉区画の後方にある補助機械室では、電気員が一連の操作を行ない、小型のモーターで動く補助推進電動機をバラストタンクの下に降ろした。この電動機はバスフィッシングで使われるトローリングモーター（湖沼や川で、主にガソリン船外機の補助として使われる）のような形状で、三六〇度いかなる角度にでも〈スペードフィッシュ〉の方向を調整できるのだ。電気員は機器の動作を確認し、操舵員が制御できるようにした。

コルテス上等水兵は〈リモートコントロール〉の電光表示板が点灯するのを見ると、補助推進電動機の動作を再確認した。

「艦橋、操舵員です。補助推進電動機降下、動作確認、リモートコントロールにしました」

そのころ、機関室では巨大なシャフトが回転を始め、そのかたわらでビル・ラルストンが錨を下ろそうと苦労していた。この装備が実際に使われることはほとんどないのだ。潜水艦乗りとしてはベテランの域に入るラルストンも、埠頭の前でテストされるとき以外、錨が下ろされるところは見たことがなかった。〈スペードフィッシュ〉の錨の巻上機は、他の大半の装備と同様に老朽化している。ラルストンはなかなか動かないギアと格闘しながらつぶやいた。

「このろくでもない機械が要るんなら、頼むから動いてくれ」彼は息切れしながらうめいたが、誰一人聞いていなかった。

ラルストンは苦心惨憺《さんたん》の末、どうにか制輪鎖を緩め、持ち場の下のバラストタンクから錨を下ろせるようにした。手を伸ばし、出し綱の巻上機から鎖を三〇尋だけ下ろすようにセットする。大半の人々が考えているのとはちがい、艦を一定の場所にとどめるのは錨それ自体ではない。海底に垂らした鎖の重みで艦体を繋ぎとめるのだ。水深が艦底より一〇フィート下なので、〈スペードフィッシュ〉をしっかり止めるには、長さ三〇尋の鎖が必要になる。

ラルストンは7MCのマイクを掴んだ。

「艦橋、錨鎖庫《びょうさ》です。投錨用意よし。錨鎖三〇尋で止めるようにセットしています。艦長、今回は入港したあとで、錨を下ろして錨鎖を伸ばし、動作をスムーズにする必要があります。固くて、なかなか言うことを聞きません」

「了解した、上等兵曹」ワードは答えた。「手入れする時間は、たっぷり取れるはずだ」

「艦長」機関長がワードを見て言った。「魚雷搭載ハッチを開け、もやい作業員を甲板に出す許可を願います」

ワードは許可を出し、セイルの向こうにある主甲板を見た。大きなハッチを跳ね上げ、先任伍長が真っ先に飛び出してくる。彼はただちにフックを、甲板の溝に取りつけた。フックは先任伍長がつけている安全帯《ハーネス》と繋がっており、命綱の役割を果たすのだ。丸みを帯びた甲板は非常に滑りやすい。この狭い水域で乗組員が足を滑らせて転落した場合、艦を方向転換して救助するのは、危険な作業になる。先任伍長は、ハッチを出てきた全員が各自の任務にあたる前に、ハーネスのフックを溝に取りつけているかどうかしっかり見届けた。

ワードはセイルの端から身を乗り出し、呼びかけた。「先任伍長、索止め《クリート》と巻上機を用意せよ。左舷の三番クリート横にタグボートを引き寄せて水先案内人をこっちに乗せ、もやい綱をいったん解いて、ローロー船が到達する前に潜水艦との距離を開けるんだ」

ラスコウスキー先任伍長は「アイ、サー」と大声で答え、もやい作業員たちのほうを向くと、艦長の指示を伝えた。大型船の起こす波があまり近づかないうちに、水先案内人にタグボートから〈スペードフィッシュ〉に乗り移ってもらうのだ。

ものの数分で、オレンジとからし色のツートンカラーに船体を塗った民間のタグボートが、潜水艦に横づけし、軽い繫留索を投げてよこした。民間人の水先案内人が潜水艦の主甲板にひょいと飛び移り、鋼鉄製の梯子を伝って艦橋に上がってきた。

「こんにちは、艦長！　またお会いできてうれしいですよ」彼は顔をほころばせ、陽気な口調で挨拶しながら、ワードが差し出した手を握った。

「ありがとう、船長。母港に戻るのはいつだっていいものだ」ワードの声にはしみじみとした実感があった。水先案内人は、〈スペードフィッシュ〉がこれほど早く戻ってきた理由を知らない。「ミスター・クーン、航海長に伝えるんだ。水先案内人はミスター・ソレンセンと、航海日誌に記入するように」

「N埠頭の北側中央に入港すると聞いています。ローロー船が通過したらすぐ、タグボートと、潜水艦右舷の一番クリートと二番クリートを分岐索で繋留し、タグの船尾のもやいを四番クリートに結びましょう」

ワードはうなずいて同意した。

こうした新型のタグボートは、船体が大きく馬力も強いので、〈スペードフィッシュ〉をやすやすと進みたい方向へ押せる。タグボートの船首を、潜水艦のセイルの右舷に向ける形で繋げば、埠頭に向けて押したり引いたりするのが容易になるのだ。

タグボートの配置について打ち合わせしながら、二人は出港したばかりの貨物船を見上げた。船は水路のど真ん中を進んでくる。ワードは船舶間無線を使って呼びかけた。

「バラスト・ポイント付近を出港中のローロー船に告げる。こちらは入港中の潜水艦だ。汽笛短音一声《ワン・ホイッスル・パッセージ》の通過を提案する。船長、水路中央から少しだけ右に寄ってもらいたい。本艦との間隔を少々空けてほしい」

すべての船乗りが従う『海上衝突予防法』は、汽笛信号による船舶間の交信に基づいている。船舶はいまなお汽笛を使うが、現在では船舶間無線が主流だ。〝ワン・ホイッスル

・パッセージ〟というのは、互いの左舷側を通過することで合意したということであり、アメリカの道路をすれちがう二台の車と同じだ。

ワードはすぐ目の前を通る、青白い鋼鉄製の巨大な壁を見た。貨物船が〈スペードフィッシュ〉とぎりぎりの間隔で、水路を通過していく。ワードには船首の高いところに記された船名が読み取れた。〈インチョン・ムーン〉だ。貨物船の主甲板はワードの位置から五〇フィートも高く、船橋はさらに五〇フィート高い。船橋ウイングから相手の船長が、ちっぽけな潜水艦を見下ろしている。艦長が船長と挨拶を交わしたとき、強い波が〈スペードフィッシュ〉の真横から打ちつけ、埠頭の方向に押しやった。相当強い力だ。タグボートの強力なエンジンをもってしても、抗うのは難しいように思われる。

ソレンセンはワードの心を読んだ。

「心配ご無用です、艦長。この〈チェリー二号〉にかかれば、どうってことありませんよ。波で埠頭まで押し流されないように潜水艦を繋ぎとめてやれば、あとは奥さんをベッドに運ぶようなもんです」

彼らは潜水艦基地の南端にある、巨大な浮きドックを通過した。ロサンゼルス級の潜水艦が一隻入渠《にゅうきょ》し、修理中だ。〈ヒューストン〉にちがいない。かつてワードが副長を務めたことがある艦だ。あれだけ速力が出て、操艦も容易な艦の指揮を執れれば、さぞかしいい気分だろう。だが、この〈スペードフィッシュ〉は船乗りを鍛え、育ててくれる。

F／A-18ホーネットが二機、轟音をあげて、右舷側のノースアイランド基地滑走路から飛び立っていった。まるで潜水艦の乗組員のために、エアショーをひらいてくれているようだ。戦闘機は頭上わずか一〇〇フィートほどのところをかすめ、洋上を飛び去っていった。

なかなか派手な歓迎をしてくれるじゃないか。ワードは思った。そして、これだけの軍勢の一員であることに、改めて昂揚感を覚えた。

〈スペードフィッシュ〉は潜水艦基地の長い埠頭を三本通りすぎた。いまの埠頭ががらんとして見えるのは、かつてN埠頭の端から突き出ていた、大きな灰色の塊のような潜水母艦がもういないからだ。母艦は二年前からすべて、ワシントンの予算削減の犠牲になってしまった。いまごろはスクラップにされ、剃刀《かみそり》の替刃にでもなっていることだろう。かつて母艦が担っていた役割は、いまは陸上基地の設備に置き換わるか、民間のサービスを活用している。

「艦長」クーンが叫んだ。「方向転換しましょう」

艦が差しかかっているあたりに、かつてはイルカの訓練施設があった。高い知能を持つ哺乳動物に、高度な機密の任務を教えようとしていたらしい。確かにそろそろ、埠頭の方向に転換し、片舷を強い潮流側に向ける頃合いだ。ワードは水路に設置されたブイを見た。潮は強い勢いで引いており、引き潮は海に向かって波の跡を残している。ソレンセン船長は七ノットと予想していたが、きっとそれ以上に速いだろう。

ワードはクーンに向かって叫んだ。

「あと数分待とう。もう少し、間合いを取りたい」

「アイ、サー」

艦長が埠頭を見ると、かなりの人だかりだ。乗組員の妻子、恋人、通りすがりの観光客が、こぞって彼らを出迎えている。潜水艦に気づき、手を振っている者もいた。

ワードは強い引き潮を勘案し、潜水艦がこれに充分対応できるよう、水路のはるか上まで進むのを待った。

「いまだ、ミスター・クーン、取舵一杯」

艦長は肩越しに、縦舵が動くのを確かめ、次いで艦首が方向転換して、陸地のほうへ向かうのを見届けた。すぐに、潜水艦が埠頭へ向かって潮に押されるのを感じた。タグボート〈チェリー二号〉の船尾の下が泡立ち、綱をぴんと張って、潮に負けじと潜水艦を引く。綱が張りつめて音をたてるのが聞こえた。

潜水艦とタグボートは水路を抜け、ゆっくりと埠頭に近づいた。すべて予定どおりに運んでいる。甲板に出ている乗組員のなかには、歓迎する群衆に目を向け、知った顔を見定めようとする者もいた。

不意に、〈チェリー二号〉の煙突から、灰色の混じった黒煙が噴き出してきた。それとともに、船尾の白い泡が消える。タグボートのエンジンが止まってしまったのだ！

ワードの身がこわばった。〈スペードフィッシュ〉が速度を増し、埠頭へ向かっている。四七〇〇トンの鋼鉄の塊が、木とコンクリートの埠頭へまっしぐらに突っこんでいく。愛する家族が出迎えに集まっている埠頭へ。

水路へ引き返すにはもう手遅れで、タグボートと繫留されている状態では、艦を制御する余地もない。それでも、強い潮流に抗い、潜水艦を埠頭に激突するのを食い止めなければならない。この速度では埠頭の構造物に激突し、出迎えの人たちを殺傷してしまうだろう。埠頭に立つ人々は降ってわいた危険などつゆ知らず、うれしそうに手を振っている。

ワードは7MCマイクをひっ摑んだ。

「補助推進電動機を〇九〇に向けろ。電動機始動。錨入れ」

「電動機を〇九〇に向け、始動します」コルテスは間髪《かんはつ》を容れずに答えた。

艦底では、ラルストン上等兵曹が信じかねて頭を振った。いまのは本当か？　艦長は錨を下ろせと命じたのだろうか？　いや、そんなはずはない。彼は7MCマイクを摑んだ。

「艦橋、錨鎖庫です。〝錨入れ〟とおっしゃいましたか？」

「上等兵曹、ただちに錨入れ！　艦を止めねばならん！」ワードの叫びは、切迫した危機を如実に表わしていた。

ラルストンはもう躊躇しなかった。錨鎖機のブレーキを解放しようとギアをまわす。

ギアはびくともしない。

もう一度やってみたが、何も起きなかった。

「艦長、だめです。固くて動きません！」

ワードは胃の腑が覆りそうだった。埠頭がどんどん迫ってくる。笑みを浮かべて手を振っている乗組員の家族は、潜水艦が埠頭に突っこんでいることなど念頭にもない。

「ソレンセン。〈チェリー二号〉の錨をすべて下ろせ」

水先案内人は目を見張った。

「できません。スクリューを傷めてしまいます」

「船底が切り取られようとかまわん、錨を下ろすんだ！」ワードが叫び返した。

水先案内人は、不承不承従った。首を振りながらも、甲板員に手を振る。二基のどっしりした錨が茶色の水面に突っこみ、タグボートの両側から水飛沫が高く上がった。

一方、ラルストン上等兵曹は御しがたい錨のギアを大きなレンチの柄で叩いた。油まみれのいかつい顔から憤りの汗と涙がしたたる。

このくそったれギアが！　何年も手入れしてきてやったのに、肝心なときに動かないのか。

レンチをいま一度振り上げ、ありったけの力で叩きつける。

バン！

ブレーキが不意に外れ、巻上機が盛大に回転を始めた。鎖が鳴り響き、格納された床下から下りていく。

「艦長！　ギアがまわりました！　動いています！　錨が降りています！」

間一髪で間に合った。補助推進電動機、タグボートの二基の錨にくわえ、潜水艦の錆びついた錨がようやく動いて、艦の勢いを止めた。潜水艦は埠頭に沿って並んでいる浮きに優しく接岸し、ほぼ完璧な入港に見えた。訪れていた群衆の誰一人として、いかにきわどいところで惨事を免れたか気づく者はいなかった。

ジョナサン・ワードはようやく安堵の息をつき、額の汗を拭った。震えている両手には、あえて注意を向けなかった。

やれやれ。彼は思った。一歩まちがっていたら、どうなっていただろう？

艦首と艦尾で、もやい綱が埠頭に投げられ、軍艦旗の星条旗が艦橋から後部へ移された。

これは艦が、〝航海中〟から〝停泊中〟になったことを意味する。ワードは埠頭を一瞥し、これまで幾多の入港に立ち会ってきた、美しくすらりとした赤毛の女性を探してみた。ありがたいことに、エレンの姿はなかった。

よかった。今回の上陸の意味は、これまでとはまったく異なる。率直なところ、ワードは自分と家族にいかなる将来が待っているのかわかるまで、妻と顔を合わせたくなかった。

幸福そのものの笑顔を浮かべたほかの家族たちのなかに、ジョン・ワードは見知った顔を認めた。サンディエゴ潜水艦部隊司令官のデソー大佐が、群衆から離れた暗がりに、一人で立っている。

その顔は、断じて笑っていなかった。

8

ファン・デ・サンチアゴは薄暗い戸口の奥へ足を踏み入れた。錆びつき、荒廃したブリキの納屋のなかへ。幾多の大規模農園の廃墟と変わらず、そこは蔓が絡み風雨に朽ちた、蛇の巣にしか見えなかった。革命運動の指導者はあたりの様子を確かめ、満足げに笑みを浮かべた。

このあばら屋はかつて、革命運動でも屈指の熾烈をきわめた戦闘の中心地だった。まさしくこの納屋のなかで、デ・サンチアゴは部下とともに幾晩も蠟燭の下に集い、人民を解放する光輝ある戦いの作戦を練ったのだ。そしてデ・サンチアゴに最も忠実だった大勢の戦士たちの血が、周囲を囲むジャングルの赤土に混じっている。

いまや前線は、この聖地からはるか遠くへ移動した。ここはいま、静けさに包まれ、忘れ去られた場所だ。地元の農民でさえも寄りつかない。戦闘はもう何年も前に終わったが、農民たちはそこで死んでいった兵士たちの亡霊を恐れているのだ。夜になると響きわたる、苦悩に満ちた声に、彼らは恐れをなす。暗闇の鬱蒼《うっそう》たる茂みに踊りまわる、不気味な光の群れにも——その正体は夜行性のジャガーの鳴き声であり、腐敗する植物の発光現象にすぎないのだが。しかし農民たちは、ここでむごたらしい死を遂げた大勢の兵士たちの魂が、いまだにこの土地を徘徊していると信じている。したがってここでは、いかなる農作物も栽培されていない。農民たちは、ここへ来るいかなる理由もないのだ。貪欲なジャングルは、かつてこの地に栄えた大農場《ハシエンダ》の畑も建物もすべて飲みこんでしまった。

まさにそれこそが、ファン・デ・サンチアゴにはうってつけだった。人里離れた密林のただなかにうち捨てられ、うらぶれたこの掘っ立て小屋は、彼が導く革命運動のなかで、きわめて重要な役割を担っていた。

彼はジャングルのうす暗がりと暑熱をあとにし、戸口をくぐった。案内人に続き、納屋の汚らしい床にうまく隠された跳ね蓋を開けて、階段を下りる。その先には、目を疑うばかりの光景が広がっていた。みすぼらしい納屋に隠されていたのは、最新設備を備えた化学研究所で、蛍光灯の光にガラスやステンレスが輝きを放っている。広い部屋の冷たく乾燥した空気が、デ・サンチアゴの汗じみた迷彩服から湿気を吸いこんだ。指導者に鳥肌が浮いたのは、冷気だけのせいではない。一瞬、彼はまばゆい明かりに目をなじませるため立ち止まったが、その表情は笑みを浮かべたままだ。

デ・サンチアゴは誇らしい思いで広々とした室内を見わたした。この施設の話は、いままでに何度となく聞いている。それは本当に奇跡的な成功だ。アメリカの偵察衛星が発見することは、決してできない。いちばん近い道路はここから五マイル以上離れ、ジャングルを越えられる敵はいない。密林の泥道は、どんな車でも通れない。ここへ来る最も確実な方法は、川伝いに来ることだが、流れは速く、訪れる者は多大な労苦を覚悟しなければならない。これまでに必要な物資や設備はすべて、ボートで運ばれてきた。そこからさらに、地元の農民に背負われ、草木が絡み合った熱帯多雨林を通ってこなければならない。農民たちが動くのは、曇った漆黒の闇夜だけだ。彼らはいずれも、革命運動の熱烈な支持者たちだ。秘密を漏らしたら、家族ともども殺されるのを厭わないと誓約している。

こうした厳重な予防措置により、この場所を探知するのはほぼ不可能だ。電力を供給しているディーゼル発電機は、半マイル離れたジャングルのなかに隠されている。その排気口でさえ、川の水中に設置されているので、人工衛星の赤外線センサーをもってしても、熱を感知することはできず、アナリストの疑惑を招くことはありえない。

この研究所を建設するには、長い月日と多額の費用を要したが、ここはデ・サンチアゴの計画の要《かなめ》だった。設計はきわめて巧妙だ。厚さ二フィートの断熱材が、納屋の錆びついた屋根の内側に隠されているため、赤外線センサーに引っかかることはない。換気用の配管も、地下を数百ヤードも通って、施設から離れたところに設けられている。研究所の九割は地下に造られ、デ・サンチアゴとそのブレーンが想像しうる、およそあらゆる感知装置や検出装置から守られている。政府軍のパトロールが、ハシエンダの廃墟に遭遇しても、研究所を見つけ出すには僥倖《ぎょうこう》が必要だ。万一見つかったとしても、緻密に設計された防護システムにより、偶然の発見をしたパトロール兵が生還することはできない。ここに守るべき何かがあるのだろうかという疑問を抱く暇もなく、その兵士は命を落とすだろう。

ホルヘ・オルティエスが階段の急勾配を上がり、誰よりも重要な訪問客を迎えに出てきた。立ち止まり、息を整える。

「エル・ヘフェ」肥満した小柄な男は、なおもあえぎながら言った。「またお会いできて、大変光栄です。セニョール・デュラから、お会いできなくて申し訳ないと伝言を頼まれています。彼はカルタヘナで、物資の受け渡しを監督しなければならないのです」

デ・サンチアゴは片手を振り、気分を害していないことを伝えた。

「それには及ばん。果たすべき義務を優先させてくれ」小柄な男の肩を抱き、指導者は朗らかに言った。「さて、ホルヘ。きみたちが造った、このすばらしい研究所を案内してくれないか。特に、話題の〝新製品〟をこの目で見てみたい」

一点の染みもない白衣を着た科学者の一団が、部屋の片隅でそわそわしながら二人を待っていた。研究所に漂う消毒剤のにおいは、いささかデ・サンチアゴの鼻についた。彼がこよなく愛するジャングルの湿った土のにおいに比べると、甘ったるく感じる。しかし同時に彼は、この甘ったるいにおいこそが計画の達成に、ひいては祖国をわが手に取り戻す目標を実現させるために、不可欠な部分であることがわかっていた。そうすれば、彼の支配を通じて、この国を人民の手に取り戻せるのだ。

ステンレスのカウンターの列が、ずっと遠くまで続いている。室内に満ちあふれる複雑なガラス管や奇妙な装置にいかなる目的があるのか、彼には想像もできない。色がついた液体が泡立ち、不吉にしたたり落ちるさまは、邪悪な魔法使いの館を思わせる。ここで調合された物質が、疑うことを知らない若者たちにいかなる効果を及ぼそうとも、それは究極において、この国の人民、彼の人民のためなのだ。

デ・サンチアゴは科学者の一団と力強く握手し、背中を叩いた。彼らは一様に、おどおどしている。指導者の名声はすでにあまねく響きわたっていた。科学者たちは、たっぷりと報酬をはずんでくれる男を目の前にして、どう対処していいのかわからなかった。彼らはビーカーや試験管や分析器を相手にするほうが、はるかに居心地がいいのだ。デ・サンチアゴもまた、科学者たちのことをほとんど知らなかった。デュラやほかの幹部から渡される写真や略歴書を見て、有能な人間たちであることだけはわかっている。彼らはこの作戦においで、いわば殺し屋のようなものだ。科学者たちがこの高地のジャングルの秘密研究所にいるのは、アメリカ人への復讐という甘言に釣られたからだった。その甘言には、巨額の報酬というおまけまでついていたのだ。

デ・サンチアゴがこの科学者たちを、革命運動の同志として心底から受け入れることはできないだろう。ここで進められている研究はあくまで、革命遂行のために達成すべき目標の一部だ。科学者たちは、闘争のための道具にすぎない。トラックやラバや武器と同じく、故障したり利用価値がなくなったりしたら、捨て去るだけのことだ。

この科学者たちには、ある複雑な問題に関する膨大な知識がある――人体と危険な麻薬の相互作用および依存過程の生化学だ。ここにいる二人は、旧ソ連の化学兵器研究所の出身者で、彼らの超大国が四分五裂してしまったことを、いまだにアメリカ合衆国のせいにして恨んでいる。

ほかの三人は湾岸戦争以前のイラクで、化学兵器実験の経験を積んできた。それぞれがアメリカの〝ピンポイント〟爆撃により、愛する家族を失い、サダム・フセインにより、完膚なきまでの敗戦の責任を取らされて国外追放された。

最後の一人は、アメリカのタバコ産業に見切りをつけてここへ来た。アメリカに対する政治的な恨みはない。彼がここにいるのは、ひとえに金のためだ。

どの男たちも、デ・サンチアゴの目から見れば、軟弱で顔色が悪く、目には生気がない。革命指導者のまっすぐな視線や力強い握手を受け止められそうな者は、いそうになかった。彼らは一様にうつむき、訛りの強い言葉で何やらもぐもぐ言っている。ただ一人、アメリカ人だけは握手に応えた。デ・サンチアゴは思った。この男が一人で勝手に実験を進めているようなことはないだろうか、と。目は血走り、口調はろれつがまわらず、握手した手はじっとり湿っていたのだ。しかし、この男たちが秘密研究所にいるのは、肉体の屈強さゆえではなく、如才ない会話術を期待されているからでもない。あるいは、精神状態が正常かどうかさえも関係なかった。デ・サンチアゴは、彼らの頭脳を買っているのだ。ただ一人の、脱走を試みて死んだ例外を除けば、ここにいる者たちは報酬相応の働きをしているだろう。

オルティエスは慇懃《いんぎん》な物腰で、偉大な指導者を白衣の群れから離し、研究所の設備を案内した。彼は奇妙な角度を描いたガラス管の前で立ち止まった。肥満した小男は、憔悴《しょうすい》した表情で言った。

「エル・ヘフェ、誠にお恥ずかしいしだいですが、この部分が目下のわれわれの問題になりつつあります。ジェンカ――あの男の骨が地獄の業火に焼かれますように――が、ここの担当をしていたのです」オルティエスは指を震わせ、複雑に入り組んだ小さなバルブを指さした。そこからは、ごく少量の透明な液体がしたたり落ちている。「これはヘキサアルデヒドの派生物です。この液体は、依存度を制御するうえで大きな効果を示しつつありました。ジェンカはこの研究をしていたのですが、性欲《カホーネス》に打ち負かされ、女を探しに逃げ出してしまったのです」

デ・サンチアゴは迷路のようなチューブを見ながら、意味のわからない言葉を聞いていた。彼はオルティエスに向かって微笑み、肩に優しく手を置いた。小柄な男は、指導者からナイフで刺されたかのように飛び上がった。

「ホルヘ、われわれが金と時間をかけてきみをマサチューセッツ工科大学《MIT》へ送り出したのは、決して無駄ではなかったと信じている。なんとしても、その液体を完成させるんだ。逃げ出したろくでなしの研究データから、どんな成果でも吸収しろ。きみならできる。一カ月で完成させてくれ、わが友よ」

オルティエスは呆然と、立ち去るデ・サンチアゴの背中を見送った。指導者の表情は笑みを浮かべたままだった。小男の背筋を震えが走った。

エル・ヘフェは決して失敗を許さない。とりわけ、これほど重要な計画では。降りかかった窮地から逃れるすべを見出せないまま、ホルヘ・オルティエスは、秘密研究所の冷気のなかに立ち尽くしていた。

りになる」

「行くぞ、グスマン」デ・サンチアゴはもどかしげな口調で叫んだ。「これから長い道の

ジャングルの秘密研究所を訪ねたことで、革命指導者は昂揚していた。一刻も早く戻り、計画のほかの部分の進捗状況を見きわめるのだ。彼の用心棒は、納屋の周囲を覆う下草のなかから現われ、主人に追いつこうと急いだ。二人の男たちはジャングルの狭い道を、足早に歩いた。真昼の太陽が容赦なく照りつけ、湿気の多いジャングルは煮えたぎる釜のなかのようだ。二人の顔に、虫がたかってくる。下草がカサカサと音をたてるのは、バクが通っているのだ。二人は暑熱を避けようと、日陰の深いところを選んだ。絡みつく蔓や腐った丸太に足を取られるのはしかたのないことに思えたが、グスマンの主人は決して速度を落とさない。グスマンはついていくほかなかった。

急な角を曲がると、小道はなくなり、一面草が生い茂っている。二人は下草をかき分け、滑りやすくぬかるんだ土手を下った。その先には、密生した蔓や木々に覆われた、三日月湖が隠れている。世界最大の蓮《はす》であるオオオニバスが、小さな湖を花の香りで満たしている。

名前のない、流れの緩慢な茶色の小川が湖に注ぎ、似たような無数の流れが、はるか下

流で大河のリオ・ナポに合流する。この湖からの水はアマゾン川を通じて大西洋へと注いでいる。その距離は、実に二〇〇〇マイル以上だ。

デ・サンチアゴはかつて部下に、この湖で起きたさざ波は、コロンビアのジャングルを下り、やがてヨーロッパやアフリカや北アメリカの海岸を飲みこむだろうと言った。指導者の言葉から彼らは、革命の壮大な理想を思い描いた。

小さな丸木舟のカヌーは、水生植物や葦に覆われたまま、二人が繋留しておいた湖畔にあった。彼らは敵に見つかった痕跡がないかどうか、慎重に確かめた。デ・サンチアゴは前に飛び乗り、グスマンは注意深く土手からカヌーを押し出して、後ろに飛び乗った。櫂《かい》で生ぬるい茶色の水をかきながら、二人は小さな湖を抜け出し、水路の中央に入った。眠けを催すほど緩やかだった流れが、徐々に速くなる。彼らは丸木舟の舳先《へさき》を下流へ向けた。

ファン・デ・サンチアゴは少年時代、幾度となくこのような川下りをした経験を思い出した。カヌーが滑走する静かな水面を、デ・サンチアゴ少年は楽しんだ。櫂で小舟を漕ぎ進めるにつれ、心地よく緊張する背骨の筋肉。岸辺に水を飲みに来る、さまざまな動物たち。しかしやがて、この川を下るのは任務の一環になり、楽しみではなくなった。政府軍の部隊を追うときか、追われるときだったのだ。土手に現われるのは野生動物ではなく、カービンを携えた死の使いになった。

らでもある。いまは回想に耽っているときではない。革命を達成した暁《あかつき》には、楽しみの時間はいく

午後に入ってから、二人は見捨てられた集落の焼け跡を通りすぎた。インカ時代からそこにあり、征服者《コンキスタドール》の攻撃にも耐え抜いた村だったのに。デ・サンチアゴは、かつてはこの川沿いにいくつも集落があったのを思い出した。いまはみな消えてしまったが。ずいぶん前に、住民は多年にわたる抗争の犠牲になり、死んだか逃亡を余儀なくされた。彼らは裏切者の同郷人、ギテリーズ大統領の手先によって殺されたのだ。

待っていろ。もうすぐこのわたしが、まだ生きている住民を正当な持ち主として故郷に戻してやる。エル・プレジデンテを地獄に突き落としてやったらすぐに。デ・サンチアゴはそう思った。

二人はひたすら川を下った。櫂を使い、丸木舟を流れに乗せ、頭上に垂れ下がる木の枝から遠ざける。枝からは蛇が落ちてくるかもしれず、あるいはなお悪いことに、クモザルが糞を落とすかもしれない。カヌーの速度が上がるにつれ、風が心地よく肌に当たる。密林には鳥の鳴き声や、蔓から蔓へ飛び移る猿の声が響きわたっている。デ・サンチアゴは、オレンジの腹をしたフウキンチョウや、白い襟のアマツバメの鳴き声を聞き分けることができた。ハチドリやヒタキも木々を飛びまわっている。このジャングルには、地球上のど

こよりも多様な鳥たちが生息しており、なかには名前すらない種もある。ありし日の父がこの森で、鳴き声や羽毛の色による鳥の聞き分けかたや見分けかたを、デ・サンチアゴ少年に教えてくれたのだ。

こんなにのどかな時間を味わえることはめったにない。デ・サンチアゴは少しでも早く、次の視察先へ急ぐ必要があった。しかし彼は、密林を抜ける行程を急ぎたくはなかった。いくつもの思い出が押し寄せてくる。船外機つきのボートを使わずにすむのは、むしろ幸いだ。それは鳥や猿の声、水面を進む丸木舟のきしむ音を聞くためではなく、はるかに現実的な理由によるのだが。彼らがこれまでに費やした多大な労苦を思えば、革命指導者が先を急ぐからというだけのことで、秘密研究所を発見されるリスクを冒すわけにはいかない。ここを通る地元の住人は、手漕ぎ舟を使っている。船外機を使えば、敵の注意を惹いてしまうのだ。しかし手漕ぎ舟のほうが、静けさを楽しみ、自然の音を堪能できる。

二人は長く蛇行した川を漕ぎ進んだ。やがてデ・サンチアゴの目に、リオ・ナポとの合流地点が見えてきた。リオ・ナポの茶色に濁った広い川は、幅が数百ヤードにわたり、向こう岸は青々とした緑に覆われている。デ・サンチアゴは安堵の念を覚えた。ここで何者かに発見されても、彼とグスマンは秘密研究所からはるかに遠ざかっており、ここから迷路のようなジャングルの流れをさかのぼって研究所を見つけるすべはないからだ。

左岸で木の葉のこすれる音が聞こえ、鳥たちがいっせいに大河の上空へ羽ばたいた。デ・サンチアゴがカヌーの揺れを感じた。グスマンが身体を動かしたのだ。革命指導者はグスマンと同じ方向に目を向け、凍りついた。岸辺には、用心棒を驚かせたものがあった。いくつも見えるライフルの銃口が、すでに激しく火を噴いている。デ・サンチアゴは丸木舟をひっくり返し、暗い水中に二人を突き落とした。カヌーの船底に突き刺さる銃弾が見える。ほんの数秒前まで、彼が座っていた場所だ。水面に顔を出すと、さらに荒れ狂うような銃声が聞こえた。

デ・サンチアゴは息を止め、少し水中に潜ってから、ふたたびカヌーのそばに顔を出した。同時にグスマンが、水を吐き出しながらすぐ隣に浮き上がる。丸木舟が二人の盾になってくれたが、銃弾が雨あられと襲いかかり、船体から木っ端を吹き飛ばしている。あとどれだけ持ちこたえられるだろう。

「大丈夫か?」デ・サンチアゴが叫んだ。

「腕をやられたようです」グスマンは痛みにひるみながら答えた。「ですが、こんなものはなんでもありません」

川の水が血で黒ずんでいる。

さらに差し迫った危険があった。新たな方向から銃弾が襲いかかってきたのだ。二人の背後から、頭部を狙う弾丸が近くの水を打った。右岸からも自動小銃の銃火が見える。

これは用意周到に張りめぐらされた十字砲火だ。突破口はなく、反撃の手段もない。腰につけた護身用のリボルバーでは歯が立たない。カヌーに積んだカラシニコフＡＫ－47も、もはや川底に沈んでしまった。

襲撃者の頭目が両岸の兵士に向かって叫ぶ声が聞こえる。

「見つけたぞ！　撃ちつづけろ！　デ・サンチアゴの耳を持ってきたやつに、賞金一万ペソだ！」

デ・サンチアゴは丸木舟を指さした。グスマンはうなずき、デ・サンチアゴの一瞬前に潜水した。二人はいっしょに、転覆した丸木舟のなかに顔を出した。船体はすでに銃弾で穴だらけになり、そこから日光が差しこんでくる。

デ・サンチアゴは叫んだ。「深く潜って、リオ・ナポへ向かって泳げ！　チャンスはそこしかない。肺が破れるまで水に潜るんだ、わが友。革命成就のために！」

グスマンは何度か深呼吸してから、水中へ消えた。デ・サンチアゴの目に、船体の横から飛びこんでくる銃弾が見えた。一瞬前まで、用心棒がいたところだ。

「神のご加護を《バヤ・コン・ディオス》、わが友」デ・サンチアゴはつぶやいた。そして肺一杯に呼吸し、彼のあとを追って川底へ潜った。

革命指導者はブーツのつま先で川底の泥に触れた。そのとき恐ろしい爆発が起こり、デ・サンチアゴは茫然自失した。脳震盪で一瞬、感覚が麻痺する。それでも、息を止めるだけの意識は保っていた。気がつくと、身体が川面に浮き上がっていく。深層意識に眠っていた、原始的な生存本能や闘争本能が目を覚まし、浮上する寸前で意識を覚醒させた。濁った泥水が陽光に照らされて黄色に輝き、つかのま浮き上がって新鮮な空気を思いきり呼吸しろと誘惑する。

デ・サンチアゴはその衝動に力強く抗った。身を翻《ひるがえ》し、長くゆっくりしたストロークで肺に残った貴重な空気を保ちつつ、深い水中に潜っていく。襲撃地点からできるだけ離れなければならない。

あと五〇ヤード。俺ならできる。水面に顔を出すな。焼けつきそうな肺のことは考えるな。泳ぎつづけろ。速度を増していく川の流れに乗って、悪魔どもから離れるんだ。

息が苦しく、もう耐えられなかった。思考の片隅が灰色に濁りはじめる。そのとき背後でもう一度、激しい爆発が起こった。最初の一回ほどひどくはないものの、感覚が遠のいていく。

手榴弾だ！　あいつら、手榴弾で俺たちを水面に追い出す気だ！

デ・サンチアゴは意識を失い、戦いに敗れようとしていた。

その刹那、これまで感じたことのないほど、強い感覚が沸き起こった。最初に脳裏に浮かんだのは、愛人のことだ。身体を重ねたときの感触が思い出され、彼女のなかに入ったときの嬌声、桃源郷に達した忘我の叫びが聞こえてくる。続いて、子どもたちの笑い声も聞こえてきた。彼女の子宮からこの世に送り出された子どもたち。愛人と子どもたちが彼に注いでくれる愛が、デ・サンチアゴの心を灯してくれる。館の中庭に咲き乱れる花の香りが漂ってくる。ハチドリが羽ばたく音も聞こえてきた。

その瞬間、デ・サンチアゴの全身が内的な力に満たされた。恍惚とするほどの力強い目的意識だ。

このとき彼は、自らがこの世に遣わされた真の目的に気づいた。もはや彼の目標は、エル・プレジデンテの悪魔を征服することだけではない。この地を人民の手に取り戻すことで、指導者たる彼は、土地を切り拓いて得られた豊かな暮らしを謳歌するのだ。

神がデ・サンチアゴに与えた目的ははるかに遠大なものだ。彼が破壊しなければならない悪魔は、ボゴタの主《あるじ》よりもはるかに大きい。エル・プレジデンテは大悪魔の傀儡《かいらい》にすぎないのだ。人形遣いは、ずっと北にある大国だ。その大悪魔を打ち負かすことこそ、何より難しい。しかし彼は、すばらしい事実に気づいている。デ・サンチアゴはすでにそのメカニズムを設置し、作動させて、神の命令を実行しているのだ。彼は必ずや、最後の勝利を手中にするだろう。

エル・ヘフェの使命は、この小国の農民たちを解放することだけではない。略奪されたインカの祖先たちの復讐を果たすのだ。彼は早晩、全世界の解放者として歓呼の声で迎えられるだろう。かくも壮大な規模の解放を成し遂げたら、彼自身はどれほどの富を手にし、どんな暮らしを謳歌するだろうか？

デ・サンチアゴの身体が本能的に、濁った泥水を吸いこもうとした。水の流れが明らかに変わり、後ろからではなく、横から叩きつけてくる。

リオ・ナポだ！　ついに合流点に達した。

デ・サンチアゴは水面に顔を出し、むせび、咳きこみながらも、新鮮な空気を思いきり吸いこんだ。

大河の強い流れが彼の身体を押し、襲撃地点から遠くへ引き離す。兵士たちは蔓が絡まる川岸で、速い流れに運ばれる彼に追いすがることはできない。ここまでボートで来て待ち伏せしていたとしても、ふたたびボートを川に出すには時間がかかる。政府軍の襲撃部隊からは逃れられたにちがいない。

デ・サンチアゴは川の中央に向かい、何度か水をかいた。と、動かなくなった、生気のない身体にぶち当たった。用心棒のグスマンが、うつ伏せで漂っている。

デ・サンチアゴは旧友の襟首とベルトを摑み、あおむけにした。苦労して、グスマンの頭を水面に出す。彼自身も浮いていなければならない。デ・サンチアゴは強いストロークで、グスマンをリオ・ナポの向こう岸まで引っ張った。植物が垂れ下がり、二人の姿を覆い隠してくれる。首まで水に浸かりながら、デ・サンチアゴはグスマンの喉に手を当て、脈を取った。

動いている。とてもかすかだが、まだ脈はある。

グスマンをこのまま死なせるわけにはいかない。いまこそ、この男が必要なのだ。

彼はグスマンの鼻をつまみ、人工呼吸を試みた。口をつけて息を吹きこむと、グスマンの胸が上下する。もう一度、旧友に呼気を吹きこんだ。三度目に人工呼吸したところで、グスマンが咳きこみ、水を吐き出した。大量の泥水を吐き出すと、ついに自ら呼吸しはじめた。

目をしばたたき、本能的に伸ばした腕が水をかいて、グスマンはまだ死んでいないことに気づいた。

「おかえり、わが友よ。昼寝は気持ちよかったか?」デ・サンチアゴが訊いた。

グスマンが答える前に、デ・サンチアゴは彼を岸に寄せ、用心棒の体力が戻るまで、乾いた土で休ませた。あまり長くここにはいられない。さらに遠くまで川を下れば、安全な待避場所がある。敵に見つからずにそこまで行けるかどうかは未知数だ。それも用心棒が負傷し、溺れかけた状態では。

「あれからどうなったんです？」グスマンはあえぎながら訊いた。

「あとで話す。まずはここから出るんだ。エル・プレジデンテの部隊はもうすぐ、われわれを取り逃がしたことに気づくだろう。それまでに、距離を稼ぐ必要がある」

「あれは待ち伏せです！」グスマンは嗄《しゃが》れ声で言った。泥水とともに、ありったけの怒りを吐き出しながら。「どういうことかおわかりですか？〈エル・ファルコーネ〉は本当にいるんです。われわれがこのルートで来ることを、政府軍が知る方法はそれ以外にありません。あのハシエンダの会議室に、スパイがいたんです」

「もちろん、おまえの言うとおりだ、わが友。この件についてはわたしに考えがある。ちょっと待て。そこに手ごろな乗り物があるぞ」デ・サンチアゴは言い、流木を指さした。アンデスの山中で嵐が起こり、根こぎにされたのだろう。デ・サンチアゴはそれを神の贈り物と考えた。すなわち、彼は天啓を受けた人間であり、超越的な存在なのだ。「あそこまで泳いで、木に摑まろう。頭を低くするんだ」

グスマンは川を泳ぎだした。しかしその泳ぎは、まるで手負いのアヒルのようだ。ただでさえこの用心棒は泳ぎが下手なのに、負傷した腕のせいでさらに前へ進めなくなっている。これでは速い流れに負け、流木まで泳ぎ着けないだろう。デ・サンチアゴは彼に続いて飛びこみ、グスマンの襟首をもう一度ぐいと摑んで、長く確実な、力強いストロークで、二人の身体を前に進めた。流木のはるか手前で待ち、川のまんなかで捕まえる。

木の陰に身体を隠しながら、二人は下流へ向かった。デ・サンチアゴはシャツを包帯代わりに使い、グスマンの傷の手当てをした。血はほとんど止まった。グスマンはきっと生き延びる。こんなけちな襲撃で命を落とすような男ではない。

デ・サンチアゴは薄気味の悪い音をたてはじめた。ざらついた低い笑い声がしだいに高まり、危険なほど大きくなる。グスマンは主人の鬼気迫るようなぎらついた目に、ただならぬ恐ろしさを覚えた。

「どうしたんですか、エル・ヘフェ？」グスマンは訊いた。「危うく射殺されそうになり、溺れかけて、鰐や水蛇がうようよしている川を流されているというのに、いままでのことがすべて冗談だったかのように、高笑いするとは？」

ファン・デ・サンチアゴの顔は、この世のものならぬ熱気を帯びていた。それでいて、熱帯多雨林のまっただなかのように暗く、アンデスの雪のように冷たい。グスマンの身体が震えだしたのは、リオ・ナポの水に浸かっているせいではなかった。

「われわれの目的に、わたしは気づいたのだ、わが友《ミ・アミーゴ》よ」デ・サンチアゴの声は、原始時代の動物のように嗄れていた。「死の苦しみのなかで、神がすべてを明らかにしてくれた。これから鰐に食われなかったら、とくと聞かせてやろう。もうすぐわれわれが、おまえとわたしが、アメリカの悪魔を未来永劫、破壊するにちがいないことを」

9

ジョナサン・ワードは頭を下げ、舗道を蹴って坂を上がっていた。全身をしとどに流れる汗に、身体が喜んでいる。海からの新鮮な空気を腹の底まで吸いこむのは、〈スペードフィッシュ〉艦内の人工の空気から解放されたあとでは、ひときわ心地よい。足下の確固とした大地の感触、走っている背中に降り注ぐ陽差しの熱も、こよなくいとおしい。航海中は決して味わうことができない感覚だ。言うまでもなく、潜水艦の艦内をジョギングすることはできない。艦を預かる重責からひとときだけ逃れることも、筋肉の凝りをほぐす運動をすることもできないのだ。

この点はジョー・グラスに感謝しなければならない。副長がワードに、少し艦を離れ、ひとっ走りして汗をかき、気持ちを落ち着けたあと、今晩の討議に臨むことを強く勧めたからだ。事態はおのずから、落ち着くべき方向に落ち着くだろう。どのみちワードはあと二時間、ドネガン大将の飛行機が到着するまで待たねばならなかった。埠頭で顔を合わせたデソー司令官はいたってそっけなく、ドネガン大将が到着して、あらゆる側面から事実を整理するまで、問題となっている状況については話したくないと告げた。埠頭での歓迎セレモニーはごく形式的で、陳腐な決まり文句を交換しただけで終わった。司令官はそそくさと立ち去り、ハンサッカーが子犬のような足取りで、ぴったりと後ろにくっついていった。

マクレランド・ロードの急カーブを描いた勾配を上がるにつれ、ワードは息を切らした。頂上には潜水艦基地のカブリョ門がある。かすかに肺が焼けつくような感触を覚えるが、気分は爽快で、走りに出てきてよかったと思えた。心身ともに、空気が入れ替わるようだ。いつもながら、副長の言うとおりだった。彼の艦長は、誰よりも運動を必要としていたのだ。

微風がユーカリの芳香を運んでくる。久遠《くおん》の歳月が風雨の跡を刻んだ、柔らかい砂岩の崖が左手にそびえ、アイスプラントやサルビアが密生する渓谷を覆い隠している。どんどんきつくなるポイント・ロマの勾配を上がりながら、ワードはシェルター島を見下ろした。美しい景色を眺めながら、温かくかぐわしい微風に吹かれて、脈打つ血液に新鮮な酸素が取りこまれるのを感じる。ジョン・ワードはにわかに楽観的な気分に満ち、意気揚々とペースを上げていった。

「わたしには、糾弾されるいわれなどない！」口に出しながら、スピードを上げる。艦内における自らの行動に、やましいところは一点もなかった。父はいつもなんと言っていただろう。〝つねに正しくあれ、そしてひたすら前に進め〟だったか？　父は必ず、そのモットーをデイビー・クロケット（アラモの戦いで戦死したアメリカの国民的英雄）の言葉だと言い、折に触れて唱えていた。

父を思って笑みを浮かべたワードは、不意に背後から荒々しい声で呼びかけられ、ぎくりとした。

「おい、おっさん！　もっと速く走れないんなら、道をどけろ！」

彼は本能的によけた。肩越しに、無礼な輩《やから》のほうを振り返る。せっかくのいい気分が台無しになりかけていた。後ろから日光が差しているので相手の顔はよく見えないが、聞き覚えのある声だ。

ワードより若い長身の男が楽々と坂を上がってきており、息切れさえしていない。ワードは少し速度を落とし、相手に追いつかせた。

「おっさん呼ばわりしたな。五〇メートルのハンディをつけたって、おまえなんかに負けるか！」ワードは怒ったふりをして言った。ビル・ビーマンは彼に並走し、二人は掌をぶつけ合った。「調子はどうだ、B・B？　海軍特殊部隊《SEAL》が、わたしに挑戦者を送りこんできたのか？」

これまで何度となくいっしょに走ってきた二人は、お互いのペースがわかっていた。歩幅を合わせると、最後の角をまわり、山頂の門のそばにいる歩哨へ手を振る。二人は海軍基地消防署の前を通りすぎ、左に曲がってカブリヨ・ドライブへ出た。ペースを整えるまで、二人とも口をひらかなかった。

ビル・ビーマン少佐はコロナド島海軍水陸両用戦基地で、SEALのチーム3を指揮している。彼とワードは何度か連携して作戦を遂行してきた。二人が互いに敬意を抱いているのは、相手が重圧下で能力をいかんなく発揮するところを見てきたからだ。走るのが共通の趣味だったことで、友情はさらに深まった。二人は同志であり、かつライバルなのだ。いまでさえ、並んで走りながらも、二人は相手の一歩前に出ようとしていた。

ビーマンがようやくワードを一瞥した。

「どこまで走るんだ？」

「灯台まで走って、引き返そうと思っていた。そこまでついてこられるかな？」

「消防署で俺が一度止まって、あんたのために酸素ボンベを持っていってやろうか？」SEALの部隊長は切り返した。

ワードは思わず笑い声をあげた。

「走りたくてうずうずしていたよ。この坂を登るのは本当に気持ちがいいんだ。サンディエゴ・マラソンには出場できそうか？」

　ビーマンは心持ちペースを上げた。

「次の作戦地からいつ戻れるかによるだろう」彼は答えた。「国際共同麻薬禁止局《JDIA》が、俺たちを南に送りこむらしい。短期間の作戦と思うが、やってみなきゃわからん」

「じゃあ、いまは麻薬撲滅作戦に参加しているのか？」ワードは訊いた。

「麻薬撲滅と対テロを組み合わせた作戦だ。麻薬カルテルとテロ組織は、紙一重だからな。俺たちがコロンビア軍の兵士を、特殊作戦向けに訓練することになるだろう」ワードを一瞥する。「それにしても、ずいぶん早く戻ってきたじゃないか？　あと二週間は、あんたがこのへんでふうふう言っているところにはお目にかかれないと思っていたよ」

　二人は尾根の稜線を走っていた。その左にはコロナド島と、ティファナの丘陵まで続くサンディエゴの絶景が見わたせる。右側には紺碧《こんぺき》の太平洋が、ハワイやミクロネシアまで、どこまでも広がっていた。一羽の鷹が、海に向かって落ちこむ断崖のあたりを悠々と旋回している。道の両側には白い十字架が並び、フォート・ローズクランズ国立墓地の手入れされた芝生が伸びていた。軍人にはつねに、命を懸けて任務に臨む覚悟が求められる。この墓地を通りすぎるたびに、二人はそれを肝に銘じていた。

ワードは墓地を通りすぎるまで、答えなかった。ようやく重い口をひらいたが、きわめて慎重な言葉遣いだった。

「少し問題があった。それで、太平洋艦隊潜水艦部隊《SUBPAC》に帰投して討議することになったんだ」

ビーマンはワードの口調から、あまり詮索すべきではないと直感した。

「あんたは討議したくないんだな？」

「まあ、そんなところだ」ワードは会話を切り上げ、速度を上げた。二人の男は何分か、無言で走りつづけた。

ビーマンが不意に立ち止まった。カブリヨ・ロードが沿岸警備隊の灯台に向かう直前の、海側の丘陵だ。そこには掩蔽壕《えんぺいごう》があった。第二次世界大戦時代に構築された、沿岸防衛網の遺構である。沿岸に点在する掩蔽壕は、その後もさまざまな目的に転用され、その多くは高度な機密任務だった。門に歩哨はいなかったが、それはむしろ、セメントの奥で行なわれていることが高度な機密事項である裏づけかもしれない。

「俺はここまでだ」ビーマンは門のほうへ親指を向けた。「いまはここが俺のオフィスなんでね。ようこそ、ＪＤＩＡ本部へ」ビーマンはワードに手を差し出した。「きょうの午後は、これしかつきあえなくてすまん。あすも走るのか？」

ワードはビーマンと手を握った。

「まだわからない。艦に電話してくれ」

ビーマンは友人の目をまっすぐに見た。

「SUBPACでの幸運を祈る」

ワードはウインクすると、走り去った。灯台公園の入口で曲がり、来た道を引き返して、ペースをどんどん上げ、全速力で走って身体を痛めつける。全身から滝のような汗が流れ、〈スペードフィッシュ〉の舷梯《げんてい》の前で立ち止まったときには、すっかり息が上がっていた。運動で気分爽快だったのに、埠頭に繋留されている乗艦の輪郭が見えてきたとたん、いままでずっと心にわだかまっていたかのように、目下の懸案が重くのしかかってきた。

ワードは岸壁から舷梯を渡り、彼が知り尽くし、こよなく愛している艦の、丸みを帯びた主甲板へ上がった。この艦を手放すことになったとしたら、どんなにつらいだろう。もし彼が艦長の任を解かれるとしたら、この老朽艦も同時に退役となるにちがいない。そうなったら、なんと恥ずべき事態だろう。まったくもって、恥ずべき事態だ。

後甲板当直士官の敬礼にうなずいて応えると、ワードは魚雷搭載ハッチへと向かった。艦内放送《1MC》スピーカーが「〈スペードフィッシュ〉艦長、帰艦」とがなるのを聞きながら、ハッチを通り、下へ降りる。

梯子を降りたところは、副長室の前の廊下だ。ジョー・グラスが副長室を飛び出し、ワードを迎えた。

「おかえりなさい、艦長。騎兵隊を捜索に出すところでしたよ。たったいま、部隊司令部の秘書室から連絡がありました。ドネガン大将の飛行機が予定より早く到着したそうです。いましがた、着陸しました。艦長は三十分以内に、司令官の執務室に出頭せよ、とのことです。それから、もうひとつ言わせていただければ、艦長は陸軍のラバのようなにおいがしますよ」

「ほかには?」ワードは訊きながら、グラスが差し出したタオルを受け取った。

「いいえ、特にはありません」副長は答えた。「ですが、最近の司令部の連中には本当に頭にきます。差し出がましく、海軍の問題はすべて書類上の手続きだけで処理できると思いこんでいるようです」

ワードは艦長室へ向かって歩きだした。

「ああ、よくわかっている。ところが、彼らが処理すべき問題はすべて、この艦に乗っているわれわれが引き起こしたものだ。いっそわれわれがいないほうが、問題が複雑にならず、事は処理しやすいんじゃないかな、ジョー?」

副長は艦長と声を合わせて笑ったが、ワードには、まさに彼らの官僚主義といかに渡り合うかが問題の核心であることがわかっていた。午後のランニングでたっぷりかいた汗をシャワーで洗い流すとき、彼はいつもとちがって口笛を吹かなかった。

ジョナサン・ワードのタイミングは完璧だった。管理棟の建物の入口まで来たところで、前側のフェンダーの両側に青い小旗を掲げた黒いシボレーの姿を見かけたのだ。シボレーはちょうど、検問をくぐるところだった。歩哨が直立不動の姿勢で敬礼し、即座に車を通す。車はワードが入ろうとしている扉の前で停まった。

ワードは立ち止まり、公用車の後部から降りてきた長身の黒人男性に敬礼した。トム・ドネガン大将は機敏な動作で答礼し、ワードのそばに来ると、笑みを浮かべて艦長の手を握った。

「ジョン、会えてうれしいぞ。きみとエレンが、パールハーバーを離れてずいぶん経つからな。さて、今度はどんなトラブルが起きたんだ?」

彼はワードの肩に手を置き、いっしょに扉をくぐった。

「大将、またお会いできて光栄です。父の言葉を借りれば、〝土砂降りの雨でも、俺は熊手ひとつで出かけるまでだ〟というところです」

ドネガンはにやりとした。

「きみのお父さんについて、わたしがどう思っているかはよくわかっているだろう、ジョン。その田舎臭い言いまわしは、いかにも彼らしい」

「わたしの戦術即応査定《TRE》で、マイク・ハンサッカーといささか見解のちがいがありました」

二人は並んで歩き、一階の作業場から金属製の階段で、執務室がある二階へ上がった。

ドネガンは階段の途中で立ち止まり、ワードのほうを向いた。彼は艦長の目をしっかりと見据えた。

「わたしが聞いた話とはちがうぞ、中佐。わたしが聞かされたところでは、きみはTREを時期尚早な段階で中止し、ハンサッカーに指揮権を戻さなかったということだ」海軍大将は周囲を見まわし、話が聞こえる範囲に余人がいないかどうか確かめた。「だが、わたしはあの見下げ果てた男に好感を持ったためしがない。セルビアにミサイルを二発ばかり撃ちこんで、勲章を授与されたぐらいのことで、英雄気取りでふんぞり返っているやつだ」ふたたびワードを見据え、続ける。「さて、きみにちょっとしたアドバイスをさせてほしい。よく聞いてくれ、艦長。われわれがあの部屋に入ったら、きみはきみの話を、ありのままに語り、あとはじっと口を閉じているんだ。きみの有名な癇癪《かんしゃく》は抑え、怒りは敵と思え。そういうところもお父さん譲りだがな。ここはわたしにまかせるんだ。わかったな?」

ワードはうなずいた。あとは二人とも押し黙って階段を上がり、デソー司令官の執務室に入った。

室内にはどっしりしたクルミ材の机が鎮座し、革張りの椅子やソファが並んで、調度品は羽目板張りだった。デソーは自室を、かつての旗艦だった潜水母艦の艦長室に似せてしつらえたのだ。真鍮のランプや壁の張り出し棚も、予算削減の犠牲になった母艦から持ち出したにちがいない。ワードは司令官との聴聞に際し、まるで水上艦にいるときのように、床が穏やかに揺れはじめるのではないかとさえ思った。

デソーとハンサッカーは、会議用のテーブルからさっと立ち上がり、入室するドネガン大将を迎えた。海軍大将に続いて足を踏み入れたワードを見て、二人は驚きに目を見張った。ドネガンとワードがいっしょに来たのが、思いがけなかったのだ。執務室の空気は、水平線の向こうに稲妻が走ったかのように重苦しい。デソーとハンサッカーが何を話し合っていたのか、ワードは想像するしかなかった。

ドネガンは片手を振って堅苦しい儀礼をやめさせ、テーブルの首座に着席した。

「さて諸君、わたしがはるばるここまで飛んできたのは、単なる腕白小僧どもの口喧嘩の仲裁のためではあるまい。そうしたくだらんことにつきあう時間も忍耐力も、わたしは持ち合わせていないんでね」

デソーは深呼吸し、言いだした。

「大将、本官が思うに……」

「思うに、だと？」ドネガンはさえぎった。「ここで話し合う議題について、貴官たちはきちんと整理し、問題は何か、確たる事実に基づいて把握しているものとばかり思っていたぞ」

司令官は怒りを飲みこみ、言いなおした。

「大将、まちがいなく言えるのは、〈スペードフィッシュ〉での戦術即応査定《TRE》実施において争議があったということです。これにより、同艦の艦長の能力ならびに乗組員の適格性に疑義が生じています。ハンサッカー大佐は、本官はもちろん、貴官の参謀からも同意を得たうえで、一連の作戦訓練を監督しました。実施に先立ち、大佐はワード艦長に訓練の概要を説明しました。わたしの理解では、説明された時点では、ワード艦長は訓練に異議を唱えませんでした。艦長は、乗組員がＴＲＥの課題に適切に対処できないことが明らかになった時点で初めて、異議を申し立てたのです。本官が知るかぎり、かつあらゆる徴候から見て、ワード艦長は指揮下の乗組員を適切に訓練しておらず、ハンサッカー大佐とＴＲＥチームに馬脚を露わした時点で、審査を中止したものと思われます。これは明らかに、深刻な事態です。由々しき事態であると判断したからこそ、大将にわざわざご足労いただいたしだいです」

ジョン・ワードは嫌悪のうめきを抑えられなかった。ドネガンは彼のほうに片手を上げ、制止した。

「待ってくれ、艦長。貴官にはあとで発言してもらう。ハンサッカー大佐、付け加えることはあるかね?」

ハンサッカーは居心地が悪そうに身動きした。

「それほどありません、大将。司令がおっしゃったように、本官はワード艦長に訓練の内容を完全に説明し、同意を得たうえで、試験を実施しました。しかし彼の艦は、適切な操艦がまったくできていませんでした。そのまま続けていたら、〈不適格〉の判定が下されていたでしょう。しかし艦長は、われわれにその機会を与えませんでした。彼は訓練を中止したまま、本官に指揮権を戻すことを拒否したのです。わたしの二十四年の海軍生活のなかで、これほどひどい不服従を経験したのは初めてです」

ドネガンは感情を表に出さず、ハンサッカーの言葉にいかなる反応も示さなかった。彼はワードのほうを向いた。

「では艦長、この件に関して言うべきことはあるか?」

ジョン・ワードの口に、スチールウールを嚙んでいるような苦い味が走った。奇妙にも、ワードの心境は平静そのものだった。これまでも、のるかそるかの局面が訪れるたびに、彼はこの見えざる不思議な手に導かれてきた。この落ち着きと胆力によって、ワードはいまよりはるかに絶望的な状況も切り抜けてきたのだ。のみならず、彼は自らの正しさを確信していた。ここはただ、ありのままの事実を語ればいいのだ。力強い声で、ワードは切り出した。

「大将、本件のために、わざわざお越しいただき申し訳ありません。大半の点は、ハンサッカー大佐がおっしゃるとおりです。TREは上首尾には終わりませんでしたが、それはわたしの乗組員の適格性とは無関係です。大佐は意図的に、われわれがどうがんばっても成功できないような試験を実施したのです。その点は百歩譲るとしても、わたしの艦と乗員の安全が脅かされたのは断じて受け入れられませんでした。本官はやむを得ず、艦と乗員の安全を確保するために行動したのであり、あの時点ではそれ以外の選択肢はありませんでした」

ハンサッカーの顔がどす黒くなった。頸動脈が縄の結び目のように浮き立つ。

「続けろ、艦長」ドネガンは言った。「貴官の立場を最後まで説明するんだ」

「ハンサッカー大佐ご自身がおっしゃったように、確かに訓練の内容は事前にご説明いただきましたが、それは通常の魚雷回避ならびに浸水対処訓練ということだけでした。したがって、そうした訓練への心構えで臨めばよいとのご説明でした。タービン発電機の緊急停止についても、同じ海域にもう一隻の潜水艦を配置したことにも、なんら言及はありませんでした。この点に関しては、ブリーフィングに同席した副長からの証言を得られます。かくも危険な訓練の実施を、わたしが認めることはできませんでした。それゆえに、本官は訓練ならびにTREを中止したのです」

ハンサッカーは席をはじかれたように立ち、怒号した。「それは部下の無能さを隠蔽するためだ！　あれは現実に起こりうる状況だったのだ！」

ワードはハンサッカーを鋭く一瞥したが、気圧《けお》されることなく続けた。さすがに皮肉な口調が滲むのは抑えられなかった。

「大佐の最後のお言葉は、誠におっしゃるとおりですね。あれが現実に起こりうる状況だったのは、同感です。あまりに現実的すぎて、危うく部下を死なせるところでした。実戦用の魚雷だったら、まちがいなく死んでいたでしょう。この試験は訓練のはずで、訓練では通常、死者は出ません。少なくとも、故意に人を死なせるようなことはないはずです」

ワードは深く椅子に座りなおし、怒りが顔に出ていないことを祈った。

デソー司令官が割って入った。

「大将、〈スペードフィッシュ〉はすでに老朽化が進んでいます。あと六カ月で退役となる予定です。いずれにしろ、今回が同艦の最後のTREになるはずでした。ワード艦長が同艦をTREに対応できないと考えているようなので、廃艦を予定より早めてはどうでしょうか。そうすれば問題はおのずと解決します」

今度はワードが立ち上がる番だった。

「ちょっと待ってください！　本官は決して……」

ドネガンがさえぎった。

「ジョン、頼むから座ってくれ。貴官が言ったことはよくわかる」海軍大将は長い脚を組み替え、コーヒーをすすって時間稼ぎをした。室内は静まりかえり、デソーの机の奥に掲げられた、昔ながらの真鍮の船舶用壁掛け時計だけが、チクタクと時を刻む。その音はまるで、時限爆弾のように聞こえた。「司令、貴官はかぎられた予算と人的資源を食っている老朽艦を、早くお払い箱にしたくてしかたがないようだな。その気持ちはわからんでもない。しかし折からの軍備削減で、いまのわれわれは太平洋全域で、合計十八隻の潜水艦しか保有できないのだ。嘆かわしいことに、ロサンゼルス級の一番艦であるSSN688までが、削減対象になってしまった。こうした現状にあっては、使える潜水艦は一隻残らず活用しなければならない」ここでドネガンは、ハンサッカーをひたと見据えた。「大佐、貴官の見解が正しいのかどうかはわからんが、わたしは疑念を抱いている。パールハーバーに戻ったら、貴官と本官は、参謀長に同席を求めて、本件について少し討議したい」

ハンサッカーの顔は、これ以上ないほどどす黒くなった。大将と参謀長に出頭を求められるのは、決して喜ばしい事態ではなく、出世への後押しにもならない。彼はワードをねめつけた。

ドネガンは素知らぬ顔で続けた。

「さて、わたしとしては〈スペードフィッシュ〉に任務を与え、同艦を退役まで有効活用したいと考えている。それにあたって、貴官を煩わせるつもりはない、司令。このほどJDIAから、コロンビア沖合で監視任務を行なうため艦艇の派遣を要請された。そのために一カ月ほど補給ならびに訓練期間を設け、配置換えに備えてもらいたい、ジョン。事務的なことはパールハーバーと協議して、準備を進めてくれ」そこまで言うと、用はすんだとばかりに、ドネガン大将はやにわに立ち上がった。「では、これにて失礼する。パールハーバーまでの飛行機を待たせてあるんでね」

彼は執務室をあとにし、扉を閉めた。

マイク・ハンサッカーも無言で立ち上がり、大将が廊下を遠ざかるのを待ってから、憤然と退室した。

「ではごきげんよう、司令」ジョン・ワードはそう言って立ち上がり、扉へ向かった。

「ちょっと待ってくれ、ジョン。どうやら、この一件はきみの勝ちのようだ。きみとマイクの折り合いがよくなかったのはわかっている。ひとつ知ってほしいのだが、わたし個人としては、なんらきみに含むところはない。戦力の有効活用が必要なのは、大将がおっしゃるとおりだ。目下、本官の指揮下には七隻のロサンゼルス級があり、その運用に必要な資材を賄《まかな》うので精一杯だ。貴官の任務に際して必要なものがあれば、わたしの兵站《へいたん》担当将校に言ってほしいが、必要不可欠なものだけにしてくれると助かる。できるだけの支援はしよう。その点はわたしが請け合う」彼は手を差し出した。「今回のことは、どうか悪く思わないでくれ」

デソーの変わり身の早さを見て、ワードは少なからず満足したが、うれしくはなかった。それでも、彼は差し出された手を握った。デソーの握力は弱く、手は湿っぽかった。

「ご支援に感謝します、大佐。悪く思ってはいませんよ」ワードは司令官に向かい、笑みさえ浮かべた。

信じがたいことだ。この会見に臨む前は、艦の指揮権を剝奪されるのを覚悟しており、老朽艦の退役が半年早まることも懸念していた。ところがいまは、具体的な内容は不明ながら、本物の任務を与えられているではないか。

外に出ると街灯が灯りはじめ、西日はすでにポイント・ロマの高い稜線の向こうに隠れていた。建物の陰にまだ黒いシボレーが停まっていたので、ワードは驚いた。暗がりにほとんど溶けこんでいるようだ。車のそばを通りすぎたとき、後部ドアが勢いよくひらいた。

「乗れ、ジョン。家まで送ってやる」ドネガン大将が命じた。

ワードが後部座席でドネガンの隣に乗りこむと、車はローズクランズ通りに向かって滑り出した。と思いきや、運転手は思いがけず、マクレランド・ロードに曲がった。

「ジョン、立ち寄りたい場所がある。きみに会わせたい人物がいるんだ。今度の任務に関係する人間だ。わたしがはるばる飛んできた、真の目的でもある」

車はカブリヨ門を通り抜けて左折し、カブリヨ・ドライブを海に向かって走った。二人とも押し黙り、後ろのスピーカーからジャズ専門局の音楽だけが聞こえる。車が入ったのは、ワードが先刻、ビル・ビーマンと別れた場所だった。ビーマンがJDIAの本部だと言っていた掩蔽壕だ。金属製の門がたちまちひらき、狭い駐車スペースへと大将の車を通した。

ドネガンはワードを先導し、特大の耐爆性の金属扉を抜けた。第二次大戦中の戦艦による一六インチ砲の砲撃を受けても耐えられるように設計された扉だ。ちなみに当時の徹甲弾は、フォルクスワーゲンぐらいの重量があった。ドネガンが小さなカードをスキャナーにかざすと、扉は静かにひらいた。金属製の階段を下りる。その先には、煌々《こうこう》と照らされた部屋があった。

「こんばんは、大将」二人を迎えた男は、どこから見ても特徴のない中年男で、中肉中背、焦げ茶色の髪という、群衆に溶けこんで目立たない容貌だった。しかし、眼光は炯々《けいけい》として鋭い。燃えるようなまなざしから、隠しえない情熱がほとばしっていた。「こちらが、部下の潜水艦艦長ですね」

「こんばんは、ジョン」ドネガンは答えた。「ジョナサン・ワード中佐を紹介させてほしい。〈スペードフィッシュ〉の艦長だ。ジョン、こちらはジョン・ベセア、略称ＪＤＩＡ、国際共同麻薬禁止局《ジョイント・ドラッグ・インターディクション・エージェンシー》の局長だ。わが国の国民を薬物で汚染している輩には、最も忌み嫌われている男だ」

ベセアはドネガンの賛辞に、かすかな笑みを浮かべた。ワードと握手する。その目はまじろぎもせず、まるで催眠術師のように見る者を惹きつけた。

「お噂はかねがね聞いているよ、中佐。どうぞこちらへ。防諜対策を完備した会議室で、さっそくブリーフィングを始めたい」

ブリーフィング？

ベセアは二人の先に立って階段をさらに下り、スキャナーが設置された検問をもう一カ所通過して、山腹の奥深くへ向かった。

ワードは掩蔽壕の奥へ進みながら、好奇心に駆られて周囲を見まわした。

「面白い場所を見つけましたね、ミスター・ベセア」

「わたしもまったくそう思うよ。この掩蔽壕が最初に改装されたのは、一九六〇年代の冷戦期にさかのぼる……きみのお父さんの時代だ。当時は太平洋軍司令部が、核兵器の直撃を受けても持ちこたえられる、秘密の緊急司令部として使っていた」ワードはベセアをちらりと見た。もしかしたら、父のことを知っているのだろうか？ ベセアは中佐の訝しげな表情に気づいていないようだ。「七〇年代に入り、科学技術が進展すると、ここはふたたび改装された。国家安全保障局《NSA》が、当時知られていたいかなる探査装置にも気づかれないような施設を必要としていたんだ。テクノロジーによっていかに多くの情報を収集できるか、われわれはそのころに気づきはじめた。偵察衛星を使って、ソ連の国土で行なわれている軍事演習の様子を調べられるようになった。しかしわれわれ自身は、そうした種類のテクノロジーから防護された場所がほしかったのだ。ソ連側も、偵察衛星を開発するのは時間の問題だったからね。彼らの衛星写真で、この場所はブラックホールのように写っているにちがいない」

三人はようやく、長い階段を下りきった。目の前には金属製の扉があり、そのかたわらには飾り板があって、〈JDIA防諜会議室〉と記されている。ベセアは二人を連れて室内に入った。

「かつてNSAはこの場所を使って、原潜〈ハリバット〉や〈パーチ〉が電信ケーブルから盗聴した情報を分析していた」

ワードは、そうした高度機密任務が露わにされたことによる影響をよく覚えている。彼らの潜水艦はオホーツク海で深く潜航し、カムチャツカ半島とシベリアのあいだに横たわる氷海で、ソ連軍の司令部間に敷設された、旧式の防諜設備の深海ケーブルを盗聴できたのだ。そうした諜報活動の成果は、目を見張るものだった。だが、アメリカ国内にひそむスパイがソ連側に通報したことにより、その情報源は失われてしまった。

「ともかく、われわれは複数の関係機関でJDIAを設立し、昨年この施設を引き継いだ。われわれの目的には、まさしくうってつけだ。こうした施設がここに存在すること自体、ほとんど知られていない。しかるべき通信手段を使えば、きみたちバラスト・ポイントの潜水艦乗りとやり取りすることだってできる。きょうび、これほど誰にも見つからない場所はない。われわれが戦っている敵に対して、このことはきわめて重要だ。連中がドラッグで得られた金で、どれほどのハイテク機器を装備しているか、驚くばかりだよ」

彼らが足を踏み入れた部屋は狭く、煌々と明かりがついていた。突き当たりの壁は、大きく鮮やかな色彩の南米の地図に占められている。部屋の中央には小さな会議用テーブルがあり、数脚の椅子に囲まれていた。それ以外はがらんとしており、いたって簡素で実用的だ。

ベセアは地図の前に近づいた。

「艦長、手短にお話ししよう。帰港してから、まだ帰宅していないのは承知しているので、必要以上に長く奥さんから引き離すつもりはない。あすの朝には、作戦の概要をすべて記載した書類を〈スペードフィッシュ〉に届けよう」彼は地図上の青い領域を指さした。コロンビアの領海の外に広がる太平洋だ。「貴官の艦には、この海域を哨戒してほしい。反乱勢力による無線交信を、目的や意図を問わず、傍受してほしいのだ。しかし、それはあくまで表向きの任務だ」ベセアは話しながら、まなざしにいっそう力をこめて、ワードを見据えた。「真の目的は、最高機密の任務であり、コードネームは〝インカの道〟だ。ここで言う〝インカ〟とは、コロンビア麻薬撲滅作戦を意味している。われわれはこの地域に特別チームを送りこみ、インカ帝国時代に造られた道を使わせてもらうつもりだ。作戦地域はかつて、インカ帝国の最北部の領域だった。ご存じかもしれないが、われわれはこれまでに、軍事援助を通じてコロンビア政府の支援を行ない、暗躍している麻薬カルテルとの戦いに備えてきた。しかしその結果は、芳しいとは言いがたい。

ここで、きみたちがまだご存じではないことをお知らせしよう。われわれが展開する秘密作戦の目的は、ファン・デ・サンチアゴを倒すことだ。反政府勢力の指導者にして、この地域で最大の麻薬王になった男だよ。彼は大勢の人々に、革命に勝利する唯一の方法は、大量のコカインやヘロインを栽培し、精製し、密輸出することだと確信させている。デ・サンチアゴはその活動にきわめて長《た》けており、われわれが見るところ、それほどイデオロギーに関心のない裏社会の人間も大勢、デ・サンチアゴに加担しているようだ。いま言ったように、これまでわれわれは、さしたる成果を上げていない。問題なのは、連中の諜報組織がきわめて効果的に機能していることだ。われわれが根拠地を発見し、コロンビア軍が攻撃を開始するころには、根拠地や精製工場はたいがい、きれいさっぱり消えている。したがってわれわれは、デ・サンチアゴを秘密裡に、迅速かつ完膚なきまでに攻撃する必要がある。やつがこちらの作戦を嗅ぎつけ、ジャングルに姿をくらます前にやっつけるんだ。その目的にぴったりなのが、きみが率いる潜水艦というわけだ。潜水艦にはトマホーク・ミサイルを搭載してもらう。根拠地の場所を特定できたら、きみたちは蛇の毒牙となって、デ・サンチアゴに襲いかかるのだ。やってくれるかな？」

ワードは力強くうなずき、トム・ドネガン海軍大将のほうを向いた。ワードは笑みを抑えられなかった。もうむちゃくちゃなＴＲＥに悩まされることはない。もうプレジャーボートに針路を邪魔されながら、愛想を振りまいて浮上航走しなくてもよい。たったいまから、〈スペードフィッシュ〉は正真正銘の任務に赴くのだ。

「局長、ぜひ本艦を向かわせてください」

10

ファン・デ・サンチアゴは、目の前の驚くべき光景を見つめた。ここは海抜一〇〇〇〇フィートのアンデス山中で、太平洋から二〇〇マイルも離れているにもかかわらず、彼が目にしている輪郭はまちがいなく潜水艇のものだ。全長は三〇メートル以上あり、その不気味な黒い船体で倉庫をふさいでいる。

「よくやってくれた、フィリップ」デ・サンチアゴはかたわらに立つ、きびきびしたビジネスマン風の男に声をかけた。「準備はいつ完了する？」

フィリップ・ザーコは咳払いした。彼はデ・サンチアゴはの親友で、革命の最初期からともに歩んできた。ほかの人間と同様、彼もまた、この偉大なる男に接するときには細心の注意を払っていた。デ・サンチアゴが悪い知らせを聞きたがらないことも、最近の暗殺未遂からこのかた、身辺に神経をとがらせていることも、彼は熟知していた。〈エル・ファルコーネ〉の問題は、デ・サンチアゴとその幹部たちのあいだに、大きな楔《くさび》を打ちこんでいる。研究所で科学者が逃亡し、研究が滞っている問題が革命指導者を悩ませていることも、ザーコはよく知っていた。したがって、デ・サンチアゴに接する最善の方法は、機先を制してよい知らせから始め、それから悪い知らせに移ることだ。

「エル・ヘフェ、ご覧のように、船体はほぼ完成しています」ザーコは切り出した。「制御システムと航法支援電子装置は、来週到着する予定です。われわれはパキスタンの協力者を通じ、セベロドビンスク造船所から直接、制御システムを購入できました。これは本来、プロジェクト1832A〈ジブラス〉として建造された小型潜水艇で、まるであつらえたように、われわれの目的にふさわしいと思われます」

デ・サンチアゴは途中でさえぎった。「それはそうだろう。そもそもこの潜水艇を設計したのは、ここにいるロシアの客人たちなのだからな」彼は倉庫の片隅に静かに立っている、三人の生気のないスラブ系の男たちのほうに顎をしゃくった。彼らはタバコを吸い、警戒した表情でデ・サンチアゴをうかがっている。ロシア人の蒼白い顔色と肥満した体つきは、デ・サンチアゴの浅黒いラテン系の肌や屈強な体格と好対照だった。長身痩軀のザーコも、いまなお兵士時代の鋭さを残し、彼らよりずっと引きしまっていた。

「エル・ヘフェ、〈ジブラス〉はきわめて独創的な設計を採用しています」ザーコは続けた。「海底を這うように移動できるのが、この潜水艇の大きな特徴です。スウェーデン人がその痕跡を、カールスクルーナで発見してしまったのは不運でしたが」

倉庫に固まっていたロシア人たちは、〝カールスクルーナ〟の地名を聞いたとたん、顔をこわばらせた。ロシアがその小型潜水艇を初めて作戦で使用したのが、そのカールスクルーナなのだ。たとえ偶然にせよ、潜水艇はスウェーデン側に見つかってしまった。この古めかしい改造型ウィスキー級潜水艇の艇長が、愚かな操船上の過失を犯さず、無謀にもスウェーデンの領海の海底を這うような真似をしなかったら、彼らの誇るべき新機軸は発見されずじまいだったかもしれない。ところがいまや、その不幸な過ちを犯した艇長のみならず、ロシアの技術陣たちもまた、〝岩に乗り上げた《オン・ザ・ロック》ウィスキー〟というジョークで物笑いの種にされているのだ。

「フィリップ、きみは潜水艇の制御システムについて、延々と聞かせてくれた。海底をキャタピラで移動できるという特徴も、何度も話してくれたね。航法システムについては、もうわたしはいっぱしの専門家になった気分だ」ファン・デ・サンチアゴはことさらにひと息つき、黒々とした眉をひそめてザーコを見た。「きみがここまで慎重に避けてきた問題は、動力源だ。この潜水艇の動力源はいったい何かな、わが友？　どうやって水中を航行する？」

ザーコは何か言おうとしたが、思いとどまった。三人のロシア人潜水艦乗りの中央にいるルディ・セルジオフスキー元少佐が咳払いし、ぎこちないスペイン語で言った。

「失礼《ペルドナメ》します、エル・ヘフェ、その点についてはわたしがご説明します。〈ジブラス〉は短時間の任務用に設計されており、動力はバッテリーです。そのため、航続距離はとても短いです。航続距離を長くするには、もっと大きな船体が必要です。バッテリーだけでは、もちろん充分ではありません」

デ・サンチアゴはロシア人をねめつけてから、組み立て中の船体に目を戻した。

「なるほど、よくわかった、少佐《エル・カピタン》。では、きみにはどんな提案がある？ オールでも備えつけて、水上を漕ぎ進むのか？ 覚えているだろうが、われわれはすでに、この艇《ふね》に三千万ルーブルを注ぎこんでいるのだ。できれば、水中を潜って進みたいんだがね」

　暗黙の脅しが重くのしかかる。

「エル・ヘフェ」セルジオフスキーは答えた。「唯一の解決策は、非大気依存推進《AIP》システムです。それには三つの選択肢があります。スウェーデンには燃料電池の技術があります。ドイツは液体酸素システムを採用しており、これによって〈２０９型〉のディーゼル潜水艦を航行させています。一方、イタリアは液体酸素／水素動力装置を採用しています」彼は効果を狙って、間を置いた。「そのうちのひとつを手に入れるだけでいいのです」

「ショッピングするなら、どの方式がお薦めかね？」デ・サンチアゴは皮肉をたっぷり滲ませ、訊いた。「カピタン、ひとつ思い出してほしい。われわれが引き渡してほしいのは、重要な商品をひそかに運搬できる潜水艇であって、それは机上の空想ではなく、暇つぶしに使う船でもないんだ」

「心配ご無用です。解決策はすぐに見つかります」セルジオフスキーは、秘密めいたウィンクをした。「さて、わが同志たちとともにウォッカを一杯やりませんか。そのあとで、われわれの計画をご説明しましょう」

鏡のように穏やかな海面に、ヤニ・ズルコスコヴィチ大尉は静かに浮き上がった。あたりは漆黒の夜闇に包まれている。

アメリカの海軍特殊部隊SEALではなんと言っていた? 〝夜は俺たちの味方〟だったか?

大尉は人生の大半を、祖国解放戦争でアメリカ人と戦う準備に費やしてきた。長年にわたるスペツナズでの訓練は、彼を鍛え上げた。大尉は優秀な殺人マシンとなり、資本主義者の悪魔どもに立ち向かう祖国の強力な武器として、共産主義革命をアメリカに広める尖兵となるはずだった。しかしいまや、壮大な夢は破れた。かつて強勢を誇った祖国は分裂してしまった。旧ソ連はいくつもの小国に分かれ、混乱したジグソーパズルさながらになって、地図を見る者は途方に暮れるばかりだ。大尉もまた不遇をかこっている。もはや彼はソ連労働者階級の武器ではなく、金を払う者なら誰にでも仕える傭兵に成り下がり、いまはこうして夜闇に乗じて、凍りつくようなスウェーデンの海を泳いでいる。この仕事でいくらかのルーブルをもらえれば、妻と老いた母を養い、狭くむさくるしいアパートメントを暖める石炭を買って、寒さをしのげるのだ。

ズルコスコヴィチは頭を振り、陰鬱な思いを振り払った。ロシア人ではなくとも、彼の技倆を求める人間がまだどこかにいるのだ。雇い主のことを彼は知らないが、むしろそのほうがよかった。そして今夜は、やるべき仕事がある。極限の集中力を求められる仕事が。

造船所のサーチライトが数百ヤードにわたって闇を切り裂き、彼のほうへ向かってくる。水面を踊り、きらめく光は、彼を岸辺へ導いてくれる。遠くのE22号線を、トラックのヘッドライトが列をなして走っている。目が慣れてきた。氷のように冷たい海水から、さらに寒い空気に向かって、巻きひげのような霧が立ちのぼっている。海煙《うみけむり》というやつだ。

水面の両側に、さらに二人の頭が上がってきた。ズルコスコヴィチの二人の仲間が、問いかけるような視線を向ける。大尉は埠頭の方向を指さした。手信号で、そこで落ち合うよう指示する。

ズルコスコヴィチ大尉は用心しながら埠頭へ向かい、水面から姿を消した。酸素吸入器《リブリーザー》が呼気からきちんと二酸化炭素を除去し、充分な酸素を補って空気を循環してくれるよう願う。空気はぎりぎり保つかどうか、きわどいところだった。沖に向かう潮の流れが予想より強く、潜水して泳ぐのは意外に時間がかかり、体力を要したのだ。

準備期間がほとんどなく、予算もかぎられていたので、彼らはリガから小さな漁船を雇ってここまで来るのが精一杯だった。今回は、カールスクルーナ群島の内海まで近づける潜水艇は使えない。漁場ははるかに沖合だ。それでも漁船は、可能なかぎり近づいてくれた。賄賂を渡した薄汚いラトビア人の漁師たちが、彼らが戻るまで待っていてくれることを祈るしかない。漁師たちが寒さのあまり、残りの代金をあきらめて引き上げてしまわないように。

大尉は音をたてないように泳いだ。ズルコスコヴィチは頭上に、低速で重厚な船の響きを感じた。哨戒艇のスクリュー音だ。背中の一〇フィート上を通過した哨戒艇は、湾内をちょうど一周したところだ。彼の情報が正しければ、前回ここに来たときから、スウェーデン海軍の哨戒スケジュールは変わっていない。艇がもう一周して戻ってくるまで、あと四十四分あるはずだ。

三人の男たちは長い埠頭の下で、杭のそばに浮上した。サーチライトもここまでは届かない。彼は腕時計を見た。サーチライトを備えた哨戒艇が戻ってくるまで、あと四十二分。

少し水をかくと、足下が水底の砂に届いた。狭い浅瀬の擁壁《ようへき》で、砂や貝殻が波に打ちつけられている。

三人はリブリーザーとドライスーツを脱ぎ捨てた。その下に着ているのは、スウェーデン海軍の制服だ。ズルコスコヴィチが携帯している武器は、いつも背中にくりつけている鋭い格闘用ナイフだけだ。それ以外の武器が必要になるとしたら、すでにこの仕事は失敗しているということにほかならない。

ダイビング用具一式は、浅瀬の柔らかい砂にすばやく埋めた。

ズルコスコヴィチは擁壁の上に頭を出し、慎重に覗いた。あたりには誰もいない。高さ二メートルほどの斜面を這い上がり、ふたたび周囲を見わたす。やはり人けはない。バルト海で最重要の海軍基地にしては、妙に静かだ、と大尉は思った。彼の祖国が解体したので、全世界が安堵しているのだろう。すばやい手信号をかわしながら、三人は埠頭の突端に立ち尽くした。休憩してタバコを一服やりに、夜気のなかへ出てきた三人の水兵を演じながら。

彼らはさりげなく歩きだした。ずっとこの基地で働いているかのように、埠頭から通りを挟んだ、レンガ造りの大きな建物へのんびりと向かう。ズルコスコヴィチは扉のかたわらに掲げられたプレートのスウェーデン語を訳した――〝本部、潜水艦設計所〟。仲間の二人が左右にさっと分かれて周囲の暗がりに溶けこみ、大尉はまっすぐ扉へ向かった。二人は周囲を見張り、不測の事態が起きたら知らせる手はずになっている。もっとも、そうした事態が起きる可能性はほとんどないだろうが。

扉の奥の守衛は、居眠りしていた。ズルコスコヴィチは受付のガラス窓に、身分証をかざした。眠そうな目がぞんざいに身分証を検《あらた》め、大尉を見る。扉の赤ランプが、緑に変わった。守衛は扉が閉まる前に、ふたたび眠りに落ちた。

長い廊下はがらんとしている。廊下の両側にはガラス張りの扉が並び、その向こうはやはりがらんとした事務室だった。長い廊下の突き当たりで右に曲がり、まっすぐ歩く。あらかじめ指示された道順だ。

目当ての部屋のガラス戸には、〈AIP研究室〉と記されている。案の定、扉には鍵がかかっていた。ズルコスコヴィチは扉を丹念に目で調べた。電子錠やタッチパッドのたぐいはなさそうだ。スウェーデン海軍はこの研究室に、セキュリティ装置を設置する必要性を感じていないらしい。

大尉はポケットから小さなプラスチック片を取り出した。すばやい手仕事で、単純な錠前は簡単にひらいた。ズルコスコヴィチは慎重に扉を開け、スウェーデン海軍が先端技術による警報システムを設置していた場合に備えた。ベルもサイレンも鳴らない。よい徴候だ。無音警報装置を使われている可能性を想定し、武装した警備兵が向かってこないかどうか、耳を澄ます。そうした気配もなかった。事前に得ていた情報は正しかったのだ。厳重な秘匿を要するはずの区画は、拍子抜けするほど警備が緩かった。大尉はすぐに仕事にかかった。

ズルコスコヴィチは〈スウェン・ハーリンソン室長〉と記された机のコンピュータを立ち上げた。ものの数十秒で、コンピュータにログインできた。雇い主から渡されたパスワードは、有効だったのだ。

あとは持参したディスクに、必要なデータをコピーするだけだ。デスクトップの画面に、〈進行中の受注案件〉と書かれたアイコンが表示されている。ズルコスコヴィチはにやりとし、ダブルクリックしてファイルをひらいた。そこには開発中の燃料電池動力装置のデータベースが、すべて保存されていた。虎穴に入らずんば虎児を得ず。試してみよう。もしかしたら、雇い主がボーナスをはずんでくれるかもしれない。彼はキーボードを二、三度叩き、オーストラリア海軍に注文された新システムの到着目的地を、ペルーの小さな港に変更した。念のため、送り状ファイルに〈全額支払い済〉のチェックをつけた。

コンピュータがデータをディスクにコピーしているあいだ、ズルコスコヴィチは壁のキャビネットに並んだファイルにめぼしいものがないかどうか、探してみた。ポケットから小型デジタルカメラを取り出し、書類や設計図を慎重に撮影する。誰かが来る気配がないかどうか、感覚を研ぎ澄ませた。

十分後、ハーリンソンのコンピュータで、燃料電池システムの設計図がすべてディスクに保存された。コンピュータ画面のポップアップ表示が〈すべてのファイルがコピーされました〉と告げる。これ以上探しても、得られるものはない。

ズルコスコヴィチはコンピュータの電源を落とし、室内を点検した。彼がここに来たことを示す痕跡はない。扉を抜け出し、施錠して、廊下を引き返す。建物を出るとき、守衛はこちらを見ようともしなかった。よく眠っている。

外に出たところで、大尉は手を振った。二人の見張りが暗がりから姿を現わした。彼らは三人の水兵になりすまし、いささかおぼつかない足取りで連れだって歩き、けたたましいぐらいの声で笑ったり話したりした。街の酒場で酩酊し、夜更けに艦へ戻る乗組員の体《てい》だ。誰かに見られても不審に思われることはないだろうし、三人が通ったことすら忘れてしまうかもしれない。

三人は埠頭の擁壁に戻り、街灯の下で立ち止まってタバコに火をつけた。二台の車が通りすぎる。サイレンを鳴らす車も、タイヤを軋ませる車もなく、銃弾を浴びせられることもなかった。

カールスクルーナの海軍基地は穏やかに寝静まっている。ロシア人に侵入されたことにはまったく気づいていない。

最後の車が道を曲がり、遠ざかっていった。夜の埠頭にいるのは彼らだけだ。手をかすかに振り、ズルコスコヴィチは仲間たちを突端に向かわせた。最後に周囲を一瞥すると、大尉は狭い浅瀬に飛び降りた。三人は不恰好にドライスーツを装着した。背中にリブリーザーをくりつける。ズルコスコヴィチは念入りにディスクとカメラを防水ケースに収め、蓋を閉じて、ドライスーツの内側に入れ、ファスナーを閉じた。

膨らんだ防水ケースをドライスーツの上から軽く叩き、笑みを浮かべる。簡単な仕事だった。こんなに簡単でいいのだろうか。腕時計を見る。哨戒艇が戻ってくるまであと八分。余裕を持って仕事を終えられた。あとは漁船まで泳いで戻り、家に帰るだけだ。即日払いで金が支払われるだろう。家に戻れば、妻がコンロで料理するキャベツと牛肉の香ばしいにおいを嗅ぎ、彼女のぬくもりを味わえるにちがいない。

三人は海に戻り、静かに姿を消した。氷海にさざ波ひとつたてず、通った跡に泡さえ残さなかった。埠頭の突端にいたところを誰かに目撃されたとしても、まさかその三人が海に潜り、湾口へ向かって泳いでいると思う者はいるまい。

三人は海面のすぐ下を泳ぎ、海岸近くの小さな島の沖をめざした。湾内に突き出した岩場を越えたところだ。最後の岩場を迂回したところで、ズルコスコヴィチは針路をやや南向きに変更し、アスペ島とチュルクエー島のあいだの海峡へ向かった。あと数分で、安全圏だ。

しかし彼は、港の奥まったところに浮いている小さな発信器に気づかなかった。周波数八五キロヘルツのアクティブ・ソーナーの音も聞こえなかった。人間の可聴範囲よりはるかに高い音域なのだ。だがその鋭い波動音は、ズルコスコヴィチと二人の仲間たちの姿を鮮明に捉え、港湾保安センターに伝えた。

アスペ島とチュルクエー島のあいだに差しかかったところで、三人は、背後から接近してくる哨戒艇の音を聞いた。かなりの高速でどこかへ向かっているようだ。

もう一隻の哨戒艇が、どこからともなく波を切り裂いて、彼らの前に現われた。背後のスクリュー音は大きく、くっきり聞こえるようになり、前からももう一隻のスクリュー音が近づいてくる。

ズルコスコヴィチの合図とともに、彼らはすばやく海底へ潜った。発見されてしまったら、岩場や泥の陰に隠れ、哨戒艇が捜索をあきらめて引き上げるのを待つしかない。三人は足びれを力強く蹴って速度を上げ、海底まで数インチのところへ近づいた。バルト海のひらけた海域まで、あと数百メートルだ。

二隻の哨戒艇が、真上を通過する音が聞こえる。三人は方向転換し、ふたたび速度を上げた。ズルコスコヴィチとその仲間たちには見えなかったが、80型タッペル級哨戒艇の甲板上で、水兵たちがエルマ対潜迫撃砲の安全装置を解除していた。ズルコスコヴィチには、何かがいくつも水飛沫を上げて、彼を取り囲むように飛びこんでくる音が聞こえた。

迫撃弾は、旧ソ連のRGB60対潜ロケット弾と同様に、侵入してくる潜水艦を無力化するための兵器だ。一発につき三〇キロの高性能爆薬が装塡されている。ダイバーから五〇メートル以内の距離で爆発すれば、致命傷になる可能性が高い。このときは二隻の哨戒艇から六発もの迫撃弾が、ダイバーから半径一〇メートルほどのところに撃ちこまれた。

迫撃弾は海底から二メートルのところで爆発した。

ヤニ・ズルコスコヴィチは最初の一発で、泥の多い海底に強く叩きつけられ、マスクが引き裂かれるのを感じた。

白い閃光で目がくらんだ次の瞬間、彼は絶命した。

動かなくなったダイバーが、港に浮かび上がった。コンピュータディスクとデジタルカメラは、死体のドライスーツの膨らみに閉じこめられたままだ。

11

トム・キンケイドは憤懣やるかたない思いで、受話器を叩きつけた。先週からずっと、来る日も来る日も電話をかけつづけているが、どれも同じような結果に終わっている。過去に築いてきた人脈の電話番号のほとんどは、応答すらなかった。慇懃《いんぎん》無礼で機械的な声を、うんざりするぐらい聞かされている――〝おかけになった番号は、現在使われておりません〟。たとえ応答があっても、さらにうんざりさせられてばかりだ。相手は他人のふりをするか、話を聞こうともしないで受話器を叩きつけるかだった。

最も気が滅入ったのは、連絡したかった相手がもうこの世にいないことを、遺族から泣き声で知らされたときだ。なかには声高にキンケイドをなじる遺族もいた。

「あなた、あの人が情報提供した場合の身の安全を約束してくれたじゃない」彼女たちは言った。「あなたが引き金を引いたようなものよ。あの人を殺したのは、あなたなんだわ！ 革命家《レボルーショナリスタ》どもと同じよ。あなたが殺したのよ！」

キンケイドは聞く耳を持つ数人に、電話した理由を説明したが、彼らはいずれも、電波が悪くてよく聞こえないと言い訳するや、たちまち通話を切ってしまった。もう八方ふさがりだ。

リック・テイラーのスタンドプレーのせいで、彼がこれまで多大な時間と自腹による投資で築いてきた、かけがえのない情報網は、修復不可能なまでに破壊されてしまった。キンケイドはなんの成果も得られないまま、協力者リストの電話がけを終えようとしていた。DEAの組織を使うのは論外だ。テイラー局長が〝反逆児〟キンケイドの動きを嗅ぎつけ、独自の捜査活動に乗り出していると知ったら、全力を挙げて妨害工作に出てくるのはまちがいない。最悪なのはあの男が、シアトルで相次ぐ不審死を、手柄を横取りするチャンスとみなした場合だ。そうしたら局長は、ここ太平洋岸北西部へ捜査官の群れを蛮族さながらに大挙して向かわせ、ついでにメディアの取材班も引き連れてくるかもしれない。そうなったら捜査活動はめちゃくちゃにされ、成功の見こみは万にひとつもなくなってしまう。

橋の下でうら若いサンディ・ホームズの遺体が発見されて以来、薬物の過剰摂取による遺体は、さらに六体も見つかっていた。いずれもめかしこんだ若者ばかりで、四人が女性、二人が男性だ。誰一人としてコカインの常用癖がなかったのに、体内からは馬を殺せるほど多量の薬物が検出された。共通点はもうひとつあった。若い女性はいずれも、死ぬ前かその直後に、何度も慰み者にされていたのだ。ただし、レイプされた痕跡はなかった。衣服を破られた跡もなければ、格闘による傷や痣もなく、爪から犯人の皮膚片も検出されなかったのだ。これはきわめて異例であり、謎だった。謎は深まるばかりだ。

キンケイドはオフィスの壁にかかった時計を確かめ、夜が訪れるのを待った。もうすぐ、東海岸時間では午前零時だ。胃が空腹で鳴った。けさ、ダウンタウンの警察官御用達のカフェで、ケン・テンプル刑事とそそくさと朝食を摂ってから、食事すら忘れていた。

かすかな望みも、とうとう最後の一件だ。しかしそれも、手は尽くしたと自らを納得させるだけで終わってしまうかもしれない。キンケイドは暗記している番号にかけた。南フロリダ地区の局番だ。呼び出し音を二度鳴らし、通話を切る。それから、暗記していた別の番号にかけ、何度か回線が切り替わる音に耳を澄ました。この電話はコロンビア沿岸のカルタヘナに転送されているのだ。

呼び出し音が六度、七度、八度鳴り、キンケイドはあきらめて受話器を置こうとした。かたわらのチーズバーガーとコーヒーの食事に目をやる。

そのとき、受話器の向こうで誰かが電話を取り、耳に当てて、眠そうな声で、「は《シ》い？」と言った。

キンケイドはすぐにその声を聞き分けた。

「ぺぺ、きみか?」

一瞬沈黙があり、はっと息を呑む音がした。ふたたび口をひらいたとき、相手の男ははっきり目を覚ましていた。

「セニョール・キンケイド。もうあなたとお話ししたくありません。さようなら」

キンケイドは、通話を切られる前に早口で言った。

「ぺぺ、頼むから聞いてくれ。あのときトラブルが起きたのは、ぼくのせいではない。テイラーがわたしを左遷し、強引に捜査を進めたせいで、きみたち全員を裏切る結果になってしまったのだ。お願いだから電話を切らないでくれ。とても重要な用件で、きみの助けが必要なんだ」トム・キンケイドは早々に切り札を出した。「ぼくに借りがあるだろう、ぺぺ」

ぺぺ・リッチャルディこそ、キンケイドの協力者リストで残る最後の一件であり、コロンビアの麻薬生産者に最も近いところにいると思われる男だった。キンケイドが最後まで彼に電話をかけなかったのは、もう生きてはいないだろうと思っていたからだ。しかし、彼は生きていた。それだけでも驚異的なことだ。何が起きているのか探れる者がいるとしたら、それはぺぺをおいてほかにいなかった。

彼はようやく口をひらいたものの、それはいかにも気の進まないうなり声だった。

「いやはや、セニョール・キンケイド」リッチャルディはうめいた。「まったくあなたはよりによって、こんな剣呑なときに借りを返せとおっしゃるんですか」

トム・キンケイドが、ペペにそれだけの貸しがあるのは事実だった。このアメリカ人捜査官は自らの命を懸け、銃撃されて爆発寸前の車から、負傷したリッチャルディを救出したのだ。それはほぼ十年前、カルタヘナでの出来事だった。

「すまない、ペペ。重要な用件でなければ、きみに頼まないだろう」

「セニョール・キンケイド、どうかわかってください。いまは恐ろしく危険なときなので す」コロンビア人は、嗄《かす》れ声でささやいた。「十年前よりさらに危険です。デ・サンチアゴは極悪な男《オンブレ》です。それなのに、自分は人民を救うために神に遣わされたのだと確信しています。そしてそれは、コカの栽培によってなしうるのだと。こちらの情勢は予断を許しません。十年前、あなたがいたときよりも。いまは革命派《レボルーショナリオス》が、コカの栽培地を完全に掌握しています。誰一人、信用できません。彼らは死に物狂いで、戦線を拡大していま す」リッチャルディの声はさらに低くなった。「あらゆるところに、彼らの息のかかった者がいます。壁に耳ありです。ときおり、わたしの老いた飼い猫でさえ、協力者ではないかと思ってしまいます」

「聞いてくれ、ペペ。こっちでは何かが起きている。大変気がかりなことが起きていて、それはいまきみが話してくれたことに関係しているかもしれない。ここ合衆国に、きわめて純度が高いコカインが入ってきていると思われる証拠があるんだ。しかも非常に強力だ。若者が何人も死んでいる。それもごくふつうの若者だ、常用者ではなく」

「そうした新製品の噂は聞いたことがあります」

「新製品？」

「いやいや」リッチャルディはふたたびうなった。「黙っていたほうが賢明でしょう。ここはそれだけ危険なんです、セニョール・キンケイド。とても危険です。ただ、噂を聞いたことがあるのは確かです。とても強力で、依存性の高い粉です。あなたの国でテストしているとか。わたしが聞いたのはそれだけです。誓います！　デ・サンチアゴの一味から少しでも疑われたら……」

「それがデ・サンチアゴ流の需要の増やしかたなのか？　新たな顧客をそうやって開拓しているのか？　純度が高く、依存性の高いコカインか。それならつじつまが合う」

「わたしは本当に何も知らないんです。誓います！　母親の目にかけて……」

「だったらやつはどうやって、その新製品を送り届けているんだ、ペペ？　新たな攻勢をかけるつもりなら、そのための配送ルートがなければ、つじつまが合わない。いまのところそいつが発見されているのは、ここシアトルだけで、われわれがまったく知らない新たな売人がいるように思われる。どんなことでもいいから、それに繋がる情報を摑めないだろうか？　きみが探り出してくれないか？」キンケイドは間を置いた。「思い出してほしい。きみがあれから十年生きながらえたのは、ぼくがきみをあの地獄から救い出したからなんだぞ、ペペ」

受話器の向こうにいる男は、恐怖の極限にいるように思えた。やがて口をひらいたとき、その声は震えていた。

「いかにも、あなたはわたしの命の恩人です。ですから、やってみましょう。あなたのためだから、やってみるのです。でも、あまり期待しないでくださいよ。たとえあなたのためであっても、奇跡は起こせません。それにいまのわたしは、自分を愛してくれる美しい妻と、学校《エン・ラ・エスクエラ》で描いた鳥や花の絵を、毎日わたしにくれるかわいい娘に恵まれているのです。あなたと……家族のために……できるだけのことを探ってみます。連絡用の番号は変わっていませんね？」

キンケイドは安堵の息をついた。

「ああ、変わっていない。ティラーは、このことを何も知らない。ありがとう、ペペ。どんなに小さな情報でも摑んでくれれば、それだけで大勢の命が救われるだろう。しかしペペ、くれぐれも気をつけてくれよ。ぼくにはもう味方がほとんど残っていないんだ。きみまで失いたくはない。いまはぼくが、きみに借りを作っている。奥さんとかわいい娘さん《ニーニャ・ボニータ》によろしく伝えてくれ」

リッチャルディは声をあげて笑ったが、楽しそうな気配はなかった。

「気をつけますよ、わが友」

通話は切れた。

電話が鳴りだしたとき、キンケイドはレインコートを着るところだった。そのまま帰り、留守番電話に録音させようかと思ったが、呼び出し音が悲鳴のように思われ、取らずにいられなかった。

キンケイドは頭を振り、受話器に手を伸ばした。

「では、もう一度説明させてくれ。きみは訊くべきではない人々に、訊くべきではないことを訊いた、セニョール・リッチャルディ。それで、ここへ連れてこられたというわけだ」

苛酷な拷問が始まって、一時間が経っていた。フアン・デ・サンチアゴはマジックミラーの向こうにじっとたたずみ、深甚な興味とともにその様子を見守っていた。グスマンは拷問の大家だ。彼が失敗することはまずないが、今回の相手はほとんど口を割っていない。

それでも、グスマンが被疑者に働きかける姿を見ると、デ・サンチアゴは官能に通じる喜びを覚えた。それはまるで、雄牛をさばく闘牛士（エル・トレロ）を見るようだが、この場合の雄牛は、意志の強さと大胆不敵さだけで抵抗している。

拷問を受けている被疑者の顔に、涙が伝い落ちた。生殖器に加えられる凄惨な痛みに気絶したいのだが、それすらもかなわない。睾丸を鰐口クリップで挟まれるだけでひどい痛みなのに、悦に入った表情の浅黒い男が、手にしたスイッチをひねると、筆舌に尽くせぬ激痛が走る。

「誓います、ただの好奇心です」彼は乾ききった唇から、悲鳴があがるのをこらえた。

「かつてわたしは、セニョール・デ・サンチアゴととともに働いていました……革命が始まったころです。それで、つい好奇心に駆られて……」

熱い火のような高圧電流が彼の睾丸を引き裂き、下腹部で破裂するように思えた。被疑者は悲鳴をあげ、泣きながら哀願した。

デ・サンチアゴはマジックミラーの前を行きつ戻りつした。もはや忍耐は尽きかけている。これ以上続けても効果はない。この男、ペペ・リッチャルディは強すぎる。これまでに得られた情報は、無価値なものばかりだ。それでも、デ・サンチアゴは不本意ながら、なんとしても不思議でたまらず、残念

痛みに耐えるこの男に賛嘆の念を禁じ得なかった。

なのは、彼がそれほどの不屈の意志を、指導者を裏切るのに使ってしまったことだ。

「そうした質問をするように指示した人間の名前を言え。同胞への裏切りをそそのかしたのは誰だ？　きみがＪＤＩＡに関して知っていることを話すんだ」

「ＪＤＩＡのことは……何も……知りません」

膀胱にすぐさま、ぎらつく溶岩のような熱さが流れこみ、両脚が痙攣した。彼は嗚咽《おえつ》し、血の混じった胆汁を嘔吐した。

デ・サンチアゴはうんざりした。もう無意味だ。

「簡単なことじゃないか、セニョール・リッチャルディ、きみがただひと言……」

ペペ・リッチャルディは扉が勢いよくひらき、誰かが部屋に入ってきて、尋問者の不穏だが柔和な口調をさえぎるのを聞いた。誰なのか首を向けようとすると、髪をぐいと掴まれ、乱暴に引き戻された。何か熱いものが、喉元から両方の耳へ走る。奇妙なことに痛みはほとんど感じなかったが、自らの温かい血潮がどっと噴き出し、胸を流れるのを感じた。

「これでいいじゃないか。じきに、彼の血はすっかり流れ出す。そうすれば、もうかつての指導者を裏切ることはない」

「ですが、エル・ヘフェ、わたしはもう少しで、口を割れるところだったのです……」

「この男は決して、きみが知りたいことを話さなかっただろう。家に帰してやれ。人目につくところに死骸を放り出し、革命の裏切者がどんな末路をたどるのか見せしめにするんだ」

「仰せのままにします、エル・ヘフェ。仰せのままに」

ジョナサン・ワード艦長は〈スペードフィッシュ〉の長い梯子を降り、下部区画の機関室へ向かった。ちょうど艦長が最後の段を降りたとき、ディブ・クーン機関長がビルジ溜りから這い上がってきた。機関長の青い作業服には汚れた油や汚水がべっとりついている。

「また〝ビルジ浴〟か、機関長？」ワードは笑い混じりに言った。

こうした老朽艦のビルジ溜りには、ポンプから洩れた油や海水をはじめ、不要な液体がすべて集まってくる。そんな場所の手入れをするには、悪臭や汚れを覚悟しなければならないが、こればかりはどうにもならない。

ワードは、彼自身が機関長だったときのことを思い出した。イギリスはプリマスにある英国海軍基地の将校クラブで、原潜の英国海軍軍艦《HMS》〈シュパーブ〉の機関長と、最上級のスコッチをやりながら歓談をしたことがある。ワードは乗艦のビルジを泳いで清掃し、塗装を確認しなければならないとこぼした。すると、イギリス人の相手は目を丸くした。

「おやおや」彼は皮肉めかした口調で言った。「ビルジを泳ぐのかい？　うちの艦では肥溜め同然だがね！」

クーンは艦長の声を聞き、顔を上げた。

「そうなんです。ベクトルド上等兵曹に、二番海水ポンプのパッキン押さえを見せられました。最近、どうも過熱するようです。見たところ、あまりいい状態ではありません」

同じく油まみれの機関科最先任上等兵曹が、自分の名前を聞いて、ビルジ溜りから顔を出した。鋼製の踏み板《グレーチング》に顎を載せている。ベクトルドはぼろ布を摑み、手や顔についた油を拭った。

「よくないですね、機関長」彼は言った。「修理が必要です。つまり、ポンプの覆いを開けて、モーターを引き出して作業することになりますが」

三速の電動モーターはすこぶる大きく、高さ六フィート、重さは一トン以上ある。覆いを開けるのは、口で言うほど簡単ではない。それにくわえ、入り組んだ配管などの障害も立ちはだかる。

クーンはワードに顔を戻した。

「艦長、修理するには、艦を乾ドックに入れることになります。ポンプを陸揚げしているあいだに、バルブの漏れをすべて止めるのは至難の業です。最低二週間はかかるでしょう」

ワードは機関長の顔を見、それから扱いにくいポンプに目を移した。

「そうすると出港が遅れることになる。状態はどれぐらい悪いんだ？」

「うーん、廃艦まではなんとかもつかもしれません」ベクトルドはしぶしぶ答えた。「ですが、来週中に壊れてしまう懸念もあります。なんとも言えません」ベクトルドは〈スペードフィッシュ〉の機関兵長を務めて十年近くになる。ワードもクーンも、艦の機械設備に関しては彼の経験に頼るほかなかった。「いざとなったら、緊急用のフラックス繊維パッキンで応急処置する手はあります。最悪の場合は、ポンプ一台でしのぎましょう。速力がいくらか落ちるのはやむを得ませんが」

ワードはじっと考えた。

「うむ、二〇ノット以内に速力を抑えよう。水温が高い海域に達したら、もっと落とせる。まあ、なんとかなるだろう。とにかく、いまは乾ドックに上げて修理する時間がない」艦長はかがみこみ、クーンに新しい布を渡した。「機関長、五、六分で士官室に来られるかな？　副長とわたしは、各科長に集まってもらい、補給の進捗状況と作戦内容に関して協議したい」

「イエッサー。ですが、その前にヘンドリックス上等兵曹といっしょにチェックします。蒸気発電機の真水コントロールシステムがまた不調のようです。調整しないといけません。

それからレプケ上等兵曹からも、R114空気調整制御機を見てほしいと言われています。こっちのほうは交換が必要だということです。大きな問題がなければ、三十分ぐらいで出席できるかと思います。それ以上かかりそうなら、伝家の宝刀を抜いて〝だめだ〟と言いますよ」

ワードはウインクし、梯子を上がりはじめた。

「わかった、機関長。では三十分後に。部下には優しくしてやれよ」

ジョナサン・ワードは分厚い水密扉を開け、後部区画の機関部と前部区画の居住区を結ぶ通路を抜けた。この通路は、密閉された原子炉区画の真上に位置しており、艦長の足下と原子炉区画のあいだには、厚さ二インチの鋼鉄、二フィートのポリエチレン、六インチの鉛が挟まっている。原子炉区画の内部には、一〇〇ポンド以上のウラン235を含んだ炉心が鎮座しており、炉心は厚さ三インチの鋼鉄製圧力容器、さらにその外側の一次格納容器という二重構造に守られている。一次格納容器には深さ二フィートの水が入っており、中性子の速度を抑え、容器内に封じこめている。一次格納容器の外側はさらなる鉛に覆われ、その鉛がガンマ線を吸収する。こうした何重もの遮蔽物のおかげで、ワード艦長以下の乗組員がこの原子炉の真上の通路内で受ける放射線量は、甲板上で太陽から受ける線量より少ないのだ。〈スペードフィッシュ〉の入港中、両側の水密扉はつねに密閉されている。

前部の扉を通り抜けると、ワードは発令所区画上部の廊下に入った。艦長の前には、魚雷搭載ハッチがある。ふだんは上甲板への出入口だが、いまはこのハッチから艦内に日光が差しこんでいる。ハッチから挿入された金属製の傾斜板が、取りのけられた床を通って、中部の食堂を突き抜けていた。この場所から、ワードは〈スペードフィッシュ〉の心臓部を、二層下の魚雷発射管室まで見わたすことができた。

歩きつづけていると、長い銀色の格納筒《キャニスター》が、傾斜板をゆっくり下りはじめるのが見えた。落下しないよう、上から鋼索に繋がれている。大きな警告音とともに黄色の光が明滅し、トマホーク・ミサイルが発令所区画の下部に搭載されていることを告げていた。

水雷長のスタン・グールは、搭載用傾斜板のかたわらに立ち、〈魚雷搭載作業監督〉と大きな赤い文字が縫い取られた白い帽子をかぶっている。彼はようやくミサイルから目を離し、背後に立っているワード艦長に気づいた。

「こいつが四発目です、艦長。あと一六発あります。トマホークTLAM-Dの弾薬庫が空になってしまうんじゃないですか。いったいなんのために、ミサイルがこんなにたくさん必要なのか、ぜひお訊きしたいですね」

「そいつはあとだ、水雷長。いつもどおり、必要な段階になったら教えよう」ワードはにべもなく言った。「いまはただ、ミサイルを全弾確実に格納庫に搭載し、安全に保管しておくことだ」

「イエッサー」

「それから水雷長、あと三十分したら休憩を取り、きみは士官室での各科長ミーティングに出てくれ」ワードは言った。

「運搬車から移すのは、ひとまずこれが最後です。二十分で格納庫に搬入できます。それから弾薬庫に戻って、さらに搭載します。それには少なくとも、一時間かかります。乗組員をいったん休憩させ、わたしは士官室にうかがいます」

ワードはうなずいてから梯子を降り、中部区画にある食堂の後部に出た。上部と同様、廊下はすべて封鎖され、床は取りのけられて、魚雷搭載用の傾斜板が急角度で、下部の魚雷発射管室へ伸びている。トマホークＴＬＡＭ－Ｄを収めた銀色のキャニスターは、静かに傾斜板を下りていった。

現代の潜水艦は、複雑な手順を経て武器を搭載している。猛威を秘めたミサイルは四〇〇〇ポンド以上の重量があり、一発につき百万ドルもの税金を注ぎこんでいる。全長二〇フィート、直径二一インチの円筒の内部には、精密電子機器、強力な爆薬、毒性のある燃料が収められている。失敗が許される余地はなく、いたずらに搭載を急いではならない。おかげで乗組員は、多大な負担を強いられるのだが。

現代の潜水艦の設計では、魚雷発射管室は発令所区画の下部に置かれている。かつての魚雷発射管室は艦首にあり、魚雷は艦の最前部から発射されていたのだが、現在のアメリカ原潜において、この貴重な艦首スペースは、きわめて精密な球形パッシブ・ソーナーに占められている。魚雷は艦中央部から、斜め前方に発射されるのだ。

こうした設計が採用されていることにより、武器は主甲板上部から艦底の魚雷発射管室へ、居住区や食堂を通り抜けて、積みこまれることになる。これにより、ミサイルが安全に搭載、格納されるまで、日常の活動はすべて棚上げになるのだ。

それでも、まだましなほうかもしれない。ワードはそう思った。核兵器は搭載していないからだ。核ミサイルを搭載する場合、事態はさらに複雑になる。武装兵士による警護が必要になるためだ。彼らの存在は傾斜板よりはるかにやっかいなのだ。

ワードは調理室に足を踏み入れた。ここは〝クッキー〟・ドットソンの領域だ。折しも昼食の準備中で、食欲をそそるにおいが狭い室内に充満し、口に唾が湧《わ》く。染みだらけのエプロンを着けたドットソン調理員が、両手から小麦粉を払って艦長に笑いかけた。

「艦長、通り抜けにいらしたんですか、それともつまみ食いで？」

クッキーは魚雷搭載作業中、誰よりも多くの乗組員に出くわすことになる。上甲板に上がらずに艦内を移動するには、必ずここを通らなければならないのだ。

「通り抜けだ」ワードは答え、調理室の中央を占める業務用ミキサーやステンレス製のカウンターを迂回した。「しかし、おいしそうなにおいだな」

「おいしいですよ」クッキーが背後から答えた。

なおもゆっくりと傾斜板を下っているミサイルを慎重によけながら、ワードは士官室の食品庫に飛びこみ、ようやく目的の場所に着いた。

〈スペードフィッシュ〉の士官室は長さ一〇フィート、幅七フィートぐらいしかなく、室内の大半を占めるのは床にボルトで留められた大きなテーブルだ。黒っぽい木目調の合成樹脂の机で、茶色の人工皮革の上張りがついた椅子が並び、突き当たりには作りつけのソファがあって、かろうじて紳士クラブのような雰囲気を添えている。しかしそうした雰囲気も、ソファの上の本棚に整然と並んだ原子炉プラント・マニュアルや、配膳用の棚の下に三つ並んだ、大きな二重鍵の金庫によって損なわれていた。

ワードは自分でコーヒーを注ぎ、テーブルの首座に着席した。まだコーヒーに口もつけないうちに、当直通信士から、三枚のアルミ製クリップボードを手渡される。〈スペードフィッシュ〉に宛てられた無線電文だ。どのクリップボードも、表紙には大文字の略号が印字され、機密情報の区分を示している。ワード艦長は緑の〈秘〉ファイルと、黄色の〈極秘〉ファイルを押しやった。赤の〈機密〉ファイルをひらくと、中身は一枚きりの電文だった。その表紙に添えられたピンクの開封シートに署名する。

全文二ページの電文には〈TOP SECRET、SPECAT SCI INCA TRAIL〉のスタンプが押されている。〝機密、特別カテゴリー、否公開情報、インカの道作戦〟という意味だ。

ワードは丹念に電文を読み、一語一句もおろそかにしなかった。命令の内容は、今週中に出港し、南米コロンビア沿岸の哨戒海域へ向かえというものだ。〈スペードフィッシュ〉の任務は可能なかぎりの無線を傍受し、とりわけファン・デ・サンチアゴの組織から発信されたと思われる無線は漏らさず収集することである。また、当該区域を通航する船舶はすべて監視せよとのことだ。ここまでは、ありふれた任務だ。

しかし次のページに入ったところで、艦長の目が大きくなった。電文が告げているのはまさしく機密作戦であり、SEALをコロンビア側のアンデス山脈に潜入させるというものだ。そしてSEALの役割は、ミサイルで撃滅すべき標的の特定である。ワードとビル・ビーマンは、今度も手を携えて任務にあたることになりそうだ。

さらに興味深いことに、この作戦の司令部はJDIAであり、太平洋艦隊潜水艦部隊《SUBPAC》ではない。ワードは低く口笛を吹いた。ジョン・ベセア率いる陰の組織は、想像以上の影響力を有しているらしい。

と、電話のベルがワードの思考を妨げた。彼は顔を上げ、艦長専用回線が光っているのを確かめた。幹部候補生の訓練課程で最初に習うのは、自分で電話を取らないことだ。相手は報道番組のレポーターかもしれないのだから。

ワードは電話に取り合わず、電文の最後の数行を再読した。

そのとき、ジョー・グラスが入ってきた。

「艦長、トム・キンケイドと名乗る人物からです。艦長とお話ししたい、きっと喜んで受けるだろう、とのことですが」

ワードは受話器を取った。ぶっきらぼうな口調は、まちがえようがなかった。

「ジョン、この海の荒くれ者！　元気か？」

ワードは青年時代に帰った心地がした。トム・キンケイドの声を聞くといつも、大学時代に戻ったような気がする。かつて二人は楽しみを分かち合い、同じパーティに興じ、恋のさや当てをして、どちらがビールを多く飲めるか競争したこともある。世界情勢や世界の未来をめぐって真剣に議論したこともあれば、オハイオ州立大学のフットボールチームがミシガン大学に勝てるかどうか、論戦を闘わせたこともあった。

本当に、あれからもう二十年も経ったのだろうか？

「トム、声が聞けてうれしいよ。まだシアトルでくすぶっているのか？」

「くすぶっているなんて、とんでもない。この街ではいつだって、世界一のビールとコーヒーにありつけるんだ。今度はきみとエレンの二人で、休暇を取って来てみたらいいよ。フェリー乗り場の近くに、おいしいシーフードレストランを見つけたんだ。この世のものとは思えないうまさだぜ」

ワードはコーヒーをすすった。親友の声は潑剌《はつらつ》としている。前回話したのは一年以上前で、そのときはすっかり落胆しており、麻薬との戦いの世界で僻地に飛ばされたとこぼしていたのだが。

「トム、今度はきみがこっちに来る番だ。少し日光浴をすれば健康にいいし、ワードの家《カーサ・デ・ワード》のうまいコーヒーを飲めるぞ。二、三日休暇を取り、飛行機に飛び乗って、わたしの艦が出港する前に遊びに来い。ゴルフに出かけて、ボールをなくす羽目になるかもしれんがね」

「そうしようかな」ワードの耳は、友人の口調の変化を聞き逃さなかった。社交辞令は終わり、これから本題に入るようだ。旧友が告げた言葉に、ワードは驚いた。「ジョン、数日前、きみの友人からの電話を受けた。ジョン・ベセアだ」

まさしく艦長はいま、士官室のテーブルで〈機密〉の電文を読み、〝JDIA〟の文字を目にしているところだ。その電文により、〈スペードフィッシュ〉とその乗組員は、当面ベセア局長とJDIAの指揮下に委ねられることになった。

ワードは息を止めた。

「わりあい最近にできた友人だが、友人であることは確かだ」

キンケイドは続けた。「彼もまったく同じことを言っていたよ。ジョン、いまこの街では、問題が起きているんだ。立てつづけに死者が出ている。まったく死ぬ必要のなかったはずの若者たちばかりだ。忌まわしい白い粉のせいだよ。南の国から、そいつを持ちこんだやつらがいるんだ。やつらはなんらかの方法で、依存性をさらに強めたらしい。マリファナをやるような軽い気持ちで、若者がそいつに手を出したら、どうなると思う。善良な人間が犠牲になるんだ、ジョン。犯罪に縁のない人間が」

キンケイドは間を置き、深呼吸した。

ワードには友人の心中が手に取るようにわかった。妹のことを考えているにちがいない。

キンケイドは愛する妹を、依存症から救い出すことができなかった。

「聞いてくれ、ジョン。ぼくはこの件をめぐって、心当たりにすべて電話してみたが、めぼしい情報は何も出てこなかった。そして事態は、ひどいことになった。数日前、ぼくは最も頼みとする協力者に電話した。善良な男だ。名前はペペ・リッチャルディという。きわめて慎重な性格だ。彼は情報を探ってみると言ってくれた」ワードは口をきっと結んだ。秘話回線であろうと、キンケイドが重要な協力者の名前を明かしたのに驚いたのだ。しかし続く言葉で、ワードは悟った。もうその情報は重要ではないことを。「けさ、カルタヘナの路地で彼が発見された。両耳から喉元にかけて、ナイフで深くえぐられていた。体内に血は一滴も残っていなかった。あとには妻と七歳になる娘、それに猫が残された」

ジョナサン・ワードは士官室で寒けを覚えた。

「それで、ベセアからの電話とは？」

「彼から電話が来たのは、ぼくがペペと話した直後だった。彼は……なんらかの手段で……ぼくが麻薬王ファン・デ・サンチアゴと新種のコカインにまつわる質問をしていたのを知ったのだ。ベセアはぼくに、ふたつの申し出をしてくれた。ひとつは、彼がなんらかの強力な手段に訴えて、リック・ティラーとDEAの耳に、ぼくの捜査活動に関する話が入らないようにしてくれるということだ。JDIAが知った情報は、ティラーとその取り巻きの耳に入るのも時間の問題だからな。あの男がそれを嗅ぎつけたら、捜査はまちがいなく台無しになってしまう。ベセアはそれを知っているんだ。申し出は、もうひとつある。ベセアは強い口調で、ぼくがサンディエゴに向かい、大学時代の旧友と数日間再会すべきだと勧めてくれたんだ」

ジョン・ワードの脳裏にいくつもの疑問がよぎったが、いまは口に出さないことにした。直接会えば、それもわかるだろう。

「トム、だったらすぐ飛行機に乗るんだ。できれば、あす会おう。会って話したい。盗聴や立ち聞きの恐れがない場所で」

「コーヒーを用意してくれ、ジョン。それもうんと強いやつを」

トム・キンケイドの口調には、熱意がみなぎっていた。それは彼が麻薬との戦いの最前線に復帰したからであり、市民を守る使命感が衰えていないことの表われだった。

12

ブリティッシュ・エアウェイズBA025便は香港の飛行管制塔に、定刻より十分早く着陸を連絡した。ロンドンから十二時間にわたるノンストップのフライトが、ようやく終わろうとしている。アントニオ・デ・フカは安堵を覚えた。前のシートの下に足首を入れ、力一杯脚を伸ばして、凝り固まった筋肉をほぐそうとする。隣の席の東洋人女性は疲れ切り、うめき声をあげるデ・フカを睨みつける気力も失せていた。

ファーストクラスでの旅も、さほど疲労を軽減してはくれなかった。ボゴタを出発してから、実に二十九時間が経過している。幸いロンドンで五時間の乗り継ぎ時間があったものの、それはわずかな恩恵でしかなかった。少し歩くことはできたが、イギリスの食べ物には気が滅入り、冷たい雨は骨身に沁みた。ガトウィック空港からヒースロー空港まで移動するタクシーの車内からは、霧ともやで何も見えず、おまけに午後のラッシュアワーに捕まった。

理由は定かではないが、ラテンアメリカから香港への直航便を出している航空会社は一社もない。香港へ行くには、アメリカ合衆国かロンドンを経由しなければならない。デ・フカはアメリカ合衆国の空港を経由したくなかった。ホセ・カスティーリョの話はよく覚えている。航空会社の不可解な気まぐれのせいで、彼はニカラグアからグアテマラへ移動するのに、ロサンゼルスを経由させられる羽目になった。そしてロサンゼルス国際空港の移民帰化局の捜査官により、禁制品密輸の容疑で逮捕された。少なくともイギリス人は、ヒースロー空港の国際線ターミナルの乗客に応分の敬意を払ってくれるだろう。

ロンドンでの乗り継ぎでは、タクシーが危うく衝突しそうになったこと以外、とくに何事も起こらなかった。ヒースローに着くと、彼はファーストクラスのラウンジで眠ろうとしたが、とてもそんなわけにはいかなかった。アメリカから来たとおぼしきクラス旅行の生徒たちがしじゅう騒ぐばかりか、礼儀をわきまえないビジネスマンが声高に携帯電話で話し、眠るのは不可能に等しかったのだ。

ついにボーイング747は雲間から抜け出し、広大な赤鱲角《チェクラップコック》国際空港が見えてきた。南シナ海に突き出した怪物のような人工島は、史上最大級の土木工事プロジェクトによるものだ。中国人はふたつの島の上部を削り、その土と石で海を埋め立てて、空港の用地にした。

愛想笑いを浮かべた客室乗務員が現われた。長くつらいフライトをしてきたとは思えないほど、きびきびして礼儀正しい乗務員は、降下中、デ・フカに湯気の立つおしぼりを手渡して言った。

「フライトをお楽しみいただけましたら幸いです、セニョール・シウバ。香港は活気に満ちた街でしょう」

デ・フカは当たり障りのない返事をし、笑みを繕った。できるだけ目立たないようにするのも、彼の仕事の一部だ。いまはラテンアメリカの平凡なビジネスマン、ミスター・シウバを名乗り、ありふれた取引の契約締結のために世界を半周している途中だということになっている。

中国に施政権が返還され、新空港が開港して以来、香港を訪問するのは初めてだ。香港島と九龍半島の見事な景色はもう見られなくなったものの、かつての啓徳《カイタック》空港への手に汗握る着陸を懐かしむ気持ちにはなれなかった。

ファーストクラスの乗客のメリットは、最初に降りられることだ。群衆に溶けこみたい気持ちではあっても、デ・フカはほかの乗客よりも先に搭乗ブリッジを抜け、とてつもなく大きな洞窟さながらのターミナルに出た。

天まで届くようなアーチ形の天井を備える最新の空港を見ても、デ・フカはなんの感慨も覚えなかった。身体の節々が痛み、疲れ切っていたうえ、眠くてたまらなかったのだ。群衆の喧噪《けんそう》となかなか進まない入国手続きも、彼を不機嫌にさせた。デ・フカは、雑誌売り場のかたわらに立つ身なりのよい東洋人の紳士には気づかなかった。その紳士は新聞を片手に、ほかの読み物を探している。そしてデ・フカのほうを見ながら携帯電話に話しかけると、折りたたんだ新聞を小脇に抱えて歩み去り、群衆の波に呑まれた。

デ・フカは広大な建物の外に出ると、深呼吸した。生暖かく、湿気を含んだ海風が、海を二〇キロ隔てた共産中国の新たな領土のにおいをかすかに運んでくる。そのにおいには行き交う車の排気ガスが入り混じっていた。機内の無味乾燥な空気と、隣席の客の安っぽい香水のにおいのあとでは、どんなにおいでも歓迎だった。

黒いベンツのリムジンが縁石に寄り、彼の前に停まった。助手席側のウインドウに小さな白いプラカードが掲げられ、油性鉛筆で〈シウバ〉と書かれていた。運転手が軽快な足取りで車を降り、陽気な口調の英語で歓迎すると、ひとつしかない鞄をトランクに詰めた。デ・フカはブリーフケースを肌身離さず、いま一度外気を嗅いでから、後部座席に乗りこんだ。

「中環のグロスター・ロードのグランドハイアット・ホテルまでやってくれ」彼の言葉に、

運転手はうなずいた。

「かしこまりました。セニョール・シウバ」

ベンツのリムジンは入り乱れるバスやタクシーの群れに混じり、空港をあとにした。車列は、ターミナルビルに寄りかかる靴磨きの少年の前を通った。その少年は携帯電話に短く話しかけてから、商売道具を片づけて足早に立ち去った。

リムジンは8号線に入り、はるか先の香港島の中環に向かった。デ・フカは香港の荒っぽい運転マナーにはらはらした。混沌とした車の群れを、運転手が慣れたハンドルさばきでいなしていく。デ・フカは無意識のうちに、アクセルやブレーキに合わせて床を踏んでいた。

デ・フカは絶えず、肩越しに後ろを確かめた。後ろのタクシーは、二、三分もすると別のタクシーに替わっている。尾行されているとしたら、これほどひんぱんに車を乗り換える方法はないはずだ。

道路は九龍半島を経由し、湾内の海底トンネルを通って香港島に出る。リムジンは数台の車列のあとに続き、グランド・ハイアットに通じる、なだらかにカーブした道に入った。あたりにブーゲンビリアの香りが漂っている。間欠泉のような噴水は、故郷の山を潤す雨を思わせた。コロンビアから来た乗客は、いまにもシートに寄りかかってうたた寝しそうだった。時間には余裕がある。隋《スイ》と会うのは翌日の予定だ。今夜はあすに備え、ぐっすり眠ろう。

デ・フカはリムジンを降り、大きなガラス張りの扉を抜けて、ひんやりしたホテルのロビーに足を踏み入れた。運転手が鞄を持って付き従う。ロビーは磨き抜かれた真鍮と黒の大理石、華麗な装飾を施した調度品で輝いていた。ここが共産主義国とはとても思えない。香港の富裕さは、ほかのいかなる資本主義国の包領《ほうりょう》（他国に囲まれた領土）にも劣らないだろう。いまのところ北京政府は、その輝きを曇らせようとはしていないらしい。中国人は最終的に、このきらびやかな都市を大陸と同様のくすんだ街にするつもりなのだろうか。デ・フカは不思議に思った。あるいはこの街のほうから、新たな統治者となったマルクス主義者たちにしっぽを振るのだろうか。

ホテルの支配人が、いそいそと出迎えに現われた。支配人はデ・フカに、チェックインの手続きで煩わせることなく、自ら客室に案内すると申し出た。紫檀《したん》とガラスで造られたエレベーターが静かに二十五階まで上がり、支配人はデ・フカを広々としたスイートルームへ誘った。外側に面した壁は全面ガラス張りで、船が絶えず行き交う香港の港が一望できる。

支配人はスイートを出る前に一礼して言った。

「どうか快適なご宿泊をお楽しみください、セニョール・デ・フカ。ミスター・隋より、城会の間《チェンフィま》でお会いし、夕食をごいっしょしたいとのご伝言です。二階のお部屋です。お食事は八時にご用意いたします」

デ・フカはぎょっとして、両開きのマホガニーの扉から静かに去っていく支配人を見送った。シウバの偽名で予約したはずなのだ。リムジンも客室も、ミスター・シウバで通っているはずなのに。香港の誰一人として、彼の本名や訪問の目的は知らないにちがいないのだ。隋の部下は〝ミスター・ゴメス・シウバ〟に、あすの夕方、チャーターロードのマンダリン・オリエンタル・ホテルで会うように言われていたはずだ。

この島にセニョール・デ・フカなる人物はいないことになっている。それにもかかわらず、隋は彼の本名を知っていた。この中国人の犯罪組織の総師には、予約されていたビジネススイートをペントハウスに変更させ、夕食の部屋を借り切って、会合を一日早めるなど、その気になればいとも簡単なことなのだろう。さらにデ・フカは、部下ではなく、謎に包まれた隋本人と会うことになるようだ。隋がこの会合をいかに重要視しているかがわかる。彼はタイとラオスの国境にある、人里離れた邸宅から出ることはめったにないはずなのだ。

隋はわざわざ手間をかけ、予定を一日早めることで交渉の主導権を握ろうとしているにちがいない。デ・フカはこの東洋人に、会合の日時と場所はかねてからの予定を厳守してほしいと、伝言を頼むかどうか考えた。隋は交渉にぜひかかわりたいのだろうが、このファン・デ・サンチアゴの部下としては、予定どおりに取りはからってくれたほうがありがたかった。そうすれば一日ゆっくり休息して、英気を回復できる。そして隋は守勢に戻るだろう。

デ・フカは大きな窓のそばに立ち、港の波立つ水面を眺めた。周囲のビル群の夜景が明滅しはじめている。彼は隋のやりかたに従うことに決めた。これからデ・フカは、隋の協力を取りつけ、かなりの額の資金拠出を依頼しようとしているのだ。たとえ相手が東南アジアの麻薬王といえど、決してはした金ではない。ここは相手に合わせたほうがいい。その代わり交渉では、こちらの条件を呑んでもらう。

だからこそデ・フカが、デ・サンチアゴの名代として来ているのだ。会合の日時や場所の変更などささいなことであり、隋がこちらの偽名や旅程を把握しているのは充分に予想できたが、もしこれがエル・ヘフェ本人であれば、激怒していただろう。そうなれば、この東洋人となんらかの合意に達する可能性は、南シナ海の藻屑と消えてしまったにちがいない。

かてて加えて、デ・サンチアゴの組織内には〈エル・ファルコーネ〉という裏切者が食いこんでいることがわかっている。もしかしたら隋は、デ・サンチアゴの計画の中身も、彼らの組織にスパイがひそんでいることも知っているのかもしれない。会合を予定より早めるのは、むしろ賢明だろう。

いまはじっと待ち、相手の出かたを見きわめよう。デ・フカは靴を脱ぎ捨て、長旅で疲れた身体をキングサイズのベッドに横たえ、伸びをした。

夕食の場所に指定された貸し切りの部屋からは、生け垣に仕切られた小ぶりな庭園が見わたせた。緑陰や芸術的な庭石が、世界屈指の繁華な大都会の中心部とは思えないほど、塵芥《じんかい》から隔てられた静謐《せいひつ》な空気を醸し出している。庭園を流れる小川のせせらぎは、あたかも本物の自然のようだ。奥の生け垣が笹藪に覆われている。小さなランタンと頭上の柔らかな照明が、詩のような美しい景色を照らし出していた。丹念に剪定《せんてい》されたイチョウの木には、彩り鮮やかな小鳥たちの入った籠が吊るされ、のどかな田舎の小さな庭にいるような趣《おもむき》を添えている。ここが国際的な大ホテルのロビーの真上とはとても思えない。

室内には小型のテーブルが置かれ、二人の席が用意されていた。清代の骨董品の家具が長い側壁に並べられ、そのどれにも見事な翡翠《ひすい》の彫刻が施されている。大きな明代の花瓶は庭園を見わたすガラスの壁ぎわに置かれ、控えめな上品さをたたえていた。

デ・フカは室内に足を踏み入れた。窓の外を眺めていた小柄な初老の男が、こちらに身体を向け、きびきびした足取りで出迎えた。

「親愛なるセニョール・デ・フカ。長旅でお疲れのところ、さっそくにお会いいただき、かたじけない。ホテルには快適にご滞在いただけているだろうか」

オックスフォードのアクセントが板についている。サビル・ローであつらえた背広に、イタリア製のシルクのネクタイも同様だ。硬いたこができた手を伸ばし、たじろぐほどの握力で握りしめる。男の黒い眼光は鋭く、この東洋人の目にかかれば、どんな小細工でも見破られてしまいそうだ。

デ・フカは歓迎を受け、男の握力にひるまないように努めながら、かすかに頭を下げた。

「ミスター・隋、われわれの会合の提案を受けてくださった上、このささやかな僕《しもべ》にじきじきにお話をいただき、誠に光栄です。率直に申せば、直接お目にかかれるとは思っていませんでした。フアン・デ・サンチアゴから、どうかくれぐれもよろしく伝えてほしいとのことです」

隋は彼をマホガニーの棚に手招きした。並んでいるのは、光り輝くクリスタルの食器ばかりだ。

「飲み物はいかがかな？」まるで魔法のように、シルクの衝立の向こうから給仕が現われた。「最高級の五十年もののラフロイグがある。きみの飲み物はそれでいいだろうか？」

デ・フカは内心の不安を隠し、申し出を受けた。給仕が小さなブランデーグラスにスコッチを惜しみなく注ぎ、深々とお辞儀しながらデ・フカに手渡す。隋は語を継いだ。「だがわたしは、ピートの香りが強いアイラモルトは好みではなくてね。もう少しまろやかなオーバンをいただこう」

二人は窓辺をそぞろ歩きながら、とりとめのない話を続け、スコッチウィスキー談義、世界を半周もしてきた長旅のつらさ、目の前の庭園の美しさ、香港の街の変化などを語り合った。八品もの最高級の広東料理の正餐を摂るあいだも、気楽な話は続いた。

夕食の最後の一品が下げられると、コーヒーとブランデーが供された。葉巻をくゆらせながら、隋が会話の次の段階に移った。デ・フカは、最高級の料理を平らげたあとで押し寄せてくる眠けと闘い、疲れも振り払って、意識を明晰に保とうと努めた。

「セニョール・デ・フカ、そろそろ、セニョール・デ・サンチアゴが提案してくれた計画の中身について、説明を聞きたい。わたしとその組織が、その計画にどのような形で参画するのかも」

デ・フカは室内をすばやく見まわした。その疑問は顔に出ている。

「人に聞かれる心配は……？」

「心配ご無用だ、セニョール」隋は請け合った。「この部屋の周囲には、わたしの部下しかいない。一人残らず、わたしのために働く人間だ——きみがロンドンに着いてからずっと、きみを見守ってきた人間たちと同じように。彼らの務めは、きみの旅が順調に進んでいることを見届けるだけではなかった。われわれ共通の敵が、きみの行く手を妨げないように取りはからうことだったのだ」

デ・フカは小柄な男を、改めて畏敬のまなざしで見た。この男の勢力は、かくも遠くまで及んでいるのだ。

デ・フカはおもむろに口をひらき、デ・サンチアゴが作り上げた密輸と配送のシステムを説明した。隋は心持ち身を乗り出した。飲み物を口にしながら、デ・フカの言葉をひと言たりとも聞き逃すまいとしている。デ・フカが小型潜水艇とその果たす役割に関して説明を始めると、男の目は輝き、顔に笑みがよぎった。

「それは見事だ。なんとすばらしい！」

デ・フカはさらに、これから配送するコカインに、依存性を高める添加物を加えるべく開発中だと説明した。試験品をすでにアメリカに密輸出したと聞くと、隋の目が大きくなった。

「もう試してみたと？　効果はどうだった？」

「テスト市場へ、すでにプロトタイプを送りました。最初の二件で、試験は大成功を収めました。添加物がわれわれの顧客の依存性を高める、強い効果があることが実証されたのです。一度使えばやみつきになり、何度でもほしくなるのです」

「輸出できる量は充分に確保しているのか？」

「いままさに、生産段階に入ろうとしているところです。二ヵ月以内に、輸出できるだけの充分な商品が確保できる見こみです。同じ期間内に、潜水艇による配送システムの第一段階が完了する手はずになっています。計画はすべて予定どおりに進捗し、滞りなく実行できるものと、われわれは確信しています」

デ・フカはテストでささいな問題が起きたことが、この東洋人の耳に入っていないよう祈った。商品の依存性があまりに高く、いくら吸引しても満足できなかったり、過剰摂取を起こしたりしたユーザーもいることを。

隋は椅子にもたれ、琥珀色に輝く葉巻の火を眺めてから言った。「なるほど、実に巧みに考え抜かれた計画だ」彼は独りごつように言った。「孫子に通じるような周到さだ」目を上げたとき、隋の目は葉巻の火よりも赤々と輝いていた。「本当に胸が躍るよ、セニョール・デ・フカ。ただ一点だけ、腑に落ちないことがある。いったいなぜ、わたしの協力を仰ぐのだ？　セニョール・デ・サンチアゴには、実入りのいい輸出入事業を支配できる力がことごとく備わっており、共同事業者の参画を求めるまでもないと思うのだが」

デ・フカは間を置き、濃いコーヒーに口をつけるふりをしながら、考えをまとめた。いまこそ、取引を成立させるときだ。

「誠におっしゃるとおりです、ミスター・隋。しかし、ひとつ重要なことを思い出していただきたい。あなたがたとちがい、われわれの組織は二正面作戦を戦わなければならないのです。すなわち、われわれは輸出入のビジネスに特化した組織ではありません。われわれは人民を、腐敗した政権の圧政から解放するための革命運動を続けています。現政権はわれわれの喉元を、泥靴で踏みつけるような暴虐ぶりなのです。ご存じのように、アメリカ人は巨額の資金をかけて、英雄的な兵士たちの命を犠牲にしつつ、わが国の国内問題に介入してきました」デ・フカは隋が小さくうなずくのを見、意を強くした。独善的なアメリカ人による介入でどれほどの混乱が引き起こされてきたか、隋もまた熟知しているのだ。その点は、コロンビアから遠く離れた東南アジアも同じだった。そうした混沌に乗じ、巨利を得る者もいる。まさしく隋は、その生きた実例なのだ。

デ・フカは身を乗り出した。「われわれがこの事業から利益だけを求めるのであれば、あなたがたの最強の商売敵になろうと努めるでしょう。失礼ながら、われわれの目標はあなたがたをこの事業から排除することになります。しかし、われわれは人民を解放するために、帝国主義者やその支持者どもによって搾取された巨額の損失を、奪い返さなければなりません。ともに手を携えて帝国主義者どもと闘うことにより、われわれは革命を遂行し、あなたがたといっしょに繁栄できるのです。したがってわれわれとしては、この重大な局面に際し、あなたがたの出資と引き替えに、最終的に得られることが確実な巨額の利益を分かち合うことを、なんら躊躇するものではありません」

「うん、うん、なるほど。それなら納得できる」隋はうなずきながら言った。

デ・フカはあたかもセールスマンになったような気分で、〝買いのサイン〟を見て取った。隋は買う気満々だ。

「研究施設、潜水艇、その他の設備には、応分の費用がかかっています。われわれはすでに、世界各地で最高水準の技術を買い取りました。決して安くはありません。よくご存じかと思いますが、それには口止め料も含まれています」デ・フカは効果を狙い、一拍置いた。隋は、この計画に参加できる金額の提示を待ちかねている。「われわれの提案は、七千万ドルの出資をいただくことと、こちらが配送するあなたがたの商品の売り上げから、利益の一割をわれわれにいただくことです」

大きなガントリークレーンが、パレットをゆっくり運び上げ、貨物船から積み下ろす。

船積み用のラベルには、大文字でこう記されていた――〈コックムス造船会社、ホヴァルツヴェルケ＝ドイツ造船会社、カールスクルーナ工廠《こうしょう》〉。青地に黄色の十字を描いたスウェーデン国旗が、会社名の上に誇らしげにあしらわれている。

フィリップ・ザーコは狐につままれたような思いだった。セルジオフスキーから、受信したテレックスの内容を聞かされたときには、耳を疑った。テレックスは、カールスクルーナ工廠から出荷された品物と、その到着予定日を告げていた。スペツナズのチームが漁船に戻ってこなかったと聞いてから、ザーコとセルジオフスキーは、潜水艇の動力源をどうやって調達したものか、口角泡を飛ばして議論を闘わせていた。燃料電池の調達は死活問題だ。それが得られなければ、小型潜水艇は、場所ばかり取る高額な玩具でしかない。

ロシアも中国も、潜水艇を動かせる独自の技術は持ち合わせていなかった。イタリアとドイツにはあるが、いずれも警戒厳重で、とても盗み出すことはできそうにない。それでも二人は、一縷《いちる》の可能性がないかどうか模索していたが。

ザーコはすでに覚悟を決め、エル・ヘフェにこの窮境をどううまく説明したものか、考えはじめていた。まさにそうした折、セルジオフスキーから奇妙なテレックスのことを聞かされたのだ。

まったくもってありえないようなことで、とても現実とは思われなかった。スウェーデンのカールスクルーナ造船工廠から、ペルー北西部のトゥンベスへ向けて出港した貨物船を、彼らは一カ月待ちつづけた。二人は指折り数えてその日を待ちながらも、何もかもがでっち上げで、ダイバーが捕まったか殺されたことによる罠でないかどうか危惧していた。

カハマルカから山を下りて港へ向かう道中も、二人は気が気でなかった。トゥンベスの倉庫が近づくにつれ、ザーコはこれが手のこんだ策略だという確信を深めた。積荷を受け取ろうとしたところで、ギテリーズ大統領の手下たちに取り囲まれるのだ。きっと連中は取り憑かれたように笑いながら、二人に銃弾の雨を浴びせるにちがいない。

輸出入代理業者は、当たり前だといわんばかりに貨物船の到着を請け合い、パレットに積まれた荷物もまちがいなく届くと言った。セルジオフスキーは半信半疑で書類に署名した。

政府軍は待ち伏せしていなかった。襲撃はなく、銃弾を浴びせられることもなかった。こうして二人は、笑みとともにぬるいビールで乾杯しながら、目当てのものを梱包した木枠が、トレーラーの荷棚に載せられるのを見守った。サスペンションがきしみ、一〇トンの積荷が下ろされる。

二人は新たな動力装置をゲートから運び出し、ハイウェイに乗って、カハマルカへの帰途に就いた。

　ファン・デ・サンチアゴは受話器を架台に置いた。そして破顔一笑した。

「朗報ですか、エル・ヘフェ？」グスマンは訊いたが、答えは聞くまでもなかった。このところ、悪い知らせばかりだ。ようやくいいことがあったのは、革命指導者の顔に書いてある。

「わが友よ、きょうは革命史に残る日だ。われわれがエル・プレジデンテの部隊をロス・リャノスの戦いで潰走《かいそう》させ、ブランコ大佐の喉をわが手の刃で切り裂いてやった、あの日さえも上まわるような大勝利だ」デ・サンチアゴは立ち上がり、背中の筋肉を伸ばした。喜びにはち切れんばかりで、主人がその場で飛び跳ねたとしても、用心棒は驚かなかっただろう。「来い、グスマン。馬を引け。アラブの種馬エル・シッドに、鞍をつけろ。わたしが乗る」

〈エル・ファルコーネ〉は押し殺した声で悪態をつき、盗聴器を隠し場所に戻した。デ・サンチアゴは高性能の盗聴ネットワークの範囲から出ようとしている。どうやらグスマンに、革命の新たな勝利を告げようとしているらしい。政府軍もＪＤＩＡも、大いに関心を寄せるにちがいない情報だ。

た。〈エル・ファルコーネ〉は、忍耐の大切さをよくわきまえていた。デ・サンチアゴは自慢するのが大好きだ。ついきのうも、新たに開拓した奥地のコカ栽培地のことを自慢していた。自らの言葉が一語一句聞かれていることに気づいたら、この革命指導者は愕然とするだろう。デ・サンチアゴはその大言壮語で、自ら進んでおびただしい情報を暴露してきたのだ。今度も、新たに収めた成功を、大喜びで触れまわるに決まっている。そのときには、〈エル・ファルコーネ〉は耳を澄ましていよう。

極悪人デ・サンチアゴは自由の美名において、民衆に数々の犯罪をなしてきた。いつの日かその罪を白日の下にさらし、報いを受けさせてやる。いったいなぜ、これだけ大勢の人々が、この男のまやかしにまんまとだまされるのだろう。人々はどうして、こんな男に盲目的に追従するのだろうか。これまで何度も替わった政権と同様、この男は民衆から略奪し、凌辱を繰り返しているというのに。

〈エル・ファルコーネ〉はカーテンの陰に立ち、身を焦がすような怒りとともに、デ・サンチアゴとグスマンが馬に乗って、ジャングルへ向かって館の敷地を出ていくのを見送った。

二人の男たちは大農場《ハシエンダ》を全速力《ギャロップ》で出発し、農地を飛ぶように走って、でこぼこした密林の道へ向かった。数マイルの道のりは、あっという間だ。二人はようやく、泡汗をかく馬の手綱を引いた。

着いた場所は、広い谷を見はるかす尾根の頂《いただき》だ。

「グスマン、かつて、見わたすかぎりのこの谷を治めたのは、わたしの家族だった。それ以前はすべて、インカ帝国の領土だった。しかし、エル・プレジデンテが〝改革〟の名の下にすべてを奪い去った。いまやわれわれは、ここを奪還する寸前まで来ている。ほどなく、この土地はことごとく、ふたたびわたしのものになるのだ」デ・サンチアゴは手を伸ばし、またがってきた大きな黒い馬の首をいたわるように叩いた。「きょう、隋がわれわれの計画への参画に同意し、頭金をマカオのわれわれの口座に支払った。誠にすばらしい知らせだ。吉報はまだあるぞ。潜水艇の動力装置がきょう届き、山へ運ばれる途中だ。われわれはついに、巨竜を倒す武器をすべて手に入れたのだ、わが友よ。必ずや、近いうちに……われわれは巨竜の息の根を止めるだろう」三、四羽の小鳥たちが二人をかすめ飛び、木々のあいだに消えた。「最後に、わたしは〈エル・ファルコーネ〉の素性をよく考えてみた。グスマン、わたしはその可能性を狭め、裏切者を成敗する計画を立てた。きみが馬でわたしに追いつけるなら、その内容を教えてやろう！」

その言葉とともに、デ・サンチアゴは馬に拍車を入れ、ふたたびジャングルのなかを縫って駆けた。誰はばかることなく、歓喜の声をあげながら。

グスマンは頭を振り、彼も馬を出して革命指導者のあとを追った。

13

トム・キンケイドは搭乗ブリッジをぎこちない足取りで歩いた。もうずいぶん前に格闘で痛めた膝をかばっていたのだ。青灰色のスチール製のトンネルを抜けると、ターミナルの大きな窓越しに、カリフォルニアの金色の陽差しが暖かく降り注いできた。輝く太陽を見られるのはいいものだ。シアトルの晴れた日も気持ちいいが、この季節にそんな日は数えるほどしかない。彼自身の気分と同じく、陰鬱な天気のほうがずっと多かった。サンディエゴの天気はすでに、彼の精神に好影響を与えていた。キンケイドは、気力が湧《わ》いてくるのを覚えた。

その理由は、天気がいいだけではない。トム・キンケイドはふたたび目的を見出した。探求すべき仕事に、彼は生きがいを覚えるのだ。

「おい、道に迷ったか?」

ジョン・ワードの声も、陽光のように温かい。彼の左にはエレンが並んで立ち、うれしそうに手を振っている。

「おお、会いたかったぞ！」キンケイドは答えた。

出迎えに来た二人は、いまでもお似合いの美男美女だ。学生時代からの記憶が、キンケイドの脳裏にどっと押し寄せてきた。初めて会ったのは、まだ生意気な青二才だったころで、彼はエレンの愛をめぐり、ジョンと争った。夜更けまで語り合い、パーティに興じた。球技にも明け暮れた。そんなときにトムの妹が命を落とし、歳月は暗転した。もちろん、エレンもジョンも彼に寄り添い、人生で最悪の日々に手を差し伸べてくれた。二人の固く強い友情がなければ、キンケイドはあの日々を乗り切れなかっただろう。やがて彼はジョンの付添人として結婚式に臨み、ジョンを選んだエレンを祝福した。

そうした出来事はすべて、ほんの数年前のことに思えるが、エレンの髪には白いものが混じり、ジョンの目のまわりには皺ができている。あれから本当に、二十年も経ったのだろうか？

キンケイドはためらうことなくエレンを引き寄せ、温かく抱擁し、両方の頬にキスをした。エレンは抗わず、彼を強く抱きしめた。それから二人の男は抱擁し、互いに背中を叩いた。

キンケイドは言った。「きみたちに会えて、本当にうれしいよ」

「ああ、久しぶりだからな」ワードはしみじみと言った。「積もる話がうんとある。さあ、行こう。手荷物を受け取ったら、家に直行させてくれ。エレンの作るカルニタス（メキシコ料理の豚肉の蒸し焼き）は天下一品だ。わたしは日がな一日、冷たいマルガリータを飲んでいられる」

「ぼくをホテルで下ろして、サンドイッチかマクドナルドを食べさせる気はないんだな？」キンケイドは、真顔を装って言った。

「うーん、きみがそうしたいなら……」

「よせよ。手荷物カウンターに連れていってくれ」キンケイドはこらえきれずに笑った。「きみがマルガリータと呼んでいる、ジェット燃料みたいな代物を試してやろう」

エレンがいっしょに笑い、トムの右腕とジョンの左腕を摑んだ。男たちは二人とも、なんの違和感も覚えなかった。学生時代は、そこが彼女の定位置だったのだ。三人の固い絆の中心には、いつもエレンがいた。それは彼女にもおなじみの感覚だった。三人は足並みをそろえてターミナルを闊歩《かっぽ》した。まばゆいほど美しくスタイルのいい、赤毛の女性の両脇を、長身で端整な顔立ちの、澄んだ目をした男たちが固めている。

「さて、トム。話を聞かせてくれ」

ポイント・ロマにあるワード宅の裏庭で、セコイアのデッキに出た二人は、居心地のいい両端の椅子に座った。キッチンから、エレンが夕食の仕上げをしている音が聞こえてくる。二人の男たちは、彼女がすでに食事の支度をあらかたすませているのがわかっていた。エレンはわざと仕上げに時間をかけ、頃合いを見ているのだ。彼女は直感的に、旧友が訪ねてきた真の目的は仕事であることに気づいており、彼らができるだけ二人きりで話をできるように取りはからっている。

キンケイドは、マルガリータの塩をまぶしたグラスの縁に舌をつけた。これほどくつろいだ気分は、いつ以来のことだろう。ワード家の裏庭のみずみずしい草花は、丹精こめて手入れされていた。ジョンが海に出て国を守っているあいだ、エレンが長い時間をそこで費やしているにちがいなかった。庭の壁一面を占める格子棚には、大きな赤い花や小さな白い花が咲き乱れ、テイカカズラやブーゲンビリアの香りが匂い立ち、バンガローの漆喰の壁を上がってくる。花の香りが、キッチンから漂うエレンの手料理のにおいと入り混じる。夕陽はいましも水平線の向こうに沈まんとしており、庭園には影が落ちていた。温かい微風が心地よい。ポイント・ロマの野生のオウムが、騒々しく鳴きながら頭上を飛び、尾根のどこかにある夜の止まり木へ向かっていく。

「きみはよく、こんなに居心地のいい家を出て、油臭い古い潜水艦に乗り組めるものだな」トムは訊いた。二人とも、この家を留守にするのがいかにつらいことかわかっていた。

ここを守っているエレンの鼻歌が聞こえてくる。

「きみだって毎日起きて、仕事に出かけるだろう。それと同じ理由さ」ジョンは答えた。

「きみもわたしもどういうわけか、このゆがんだ世界をまだましにできると思いこんでいるようだ」

「そうかもな」キンケイドはカクテルを口にした。彼は明らかに話頭を変えようとしている。いよいよ本題に入るときだ。「ジョン、電話できみに話したとおりだ。二週間前、シアトルの港湾地区の橋の下で遺体が発見された。サンディ・ホームズという若い女性の遺体だ。かわいらしい容姿で、しかも優秀だったようだ。それなのに死んでしまった」夕陽のなかで、ワードには旧友のまなざしが見え、張りつめた声が聞こえた。トム・キンケイドはその女性に、自分の妹を重ね合わせている。ワードにはそれがわかった。歳月を重ねても、心の傷口はふたたびひらき、膿んでいるのだ。「ふつうなら、ぼくのところにそうした電話は来ないのだが、たまたま鼻が利く刑事と友だちになってね。ケン・テンプル刑事には何かがにおい、ぼくにそれを知らせてくれたんだ。サンディの死因は過剰摂取だったが、それ以上詳しいことはわかっていない。しかし、事はそれだけでは終わらなかった」キンケイドは言葉を止め、マルガリータをすすった。「うーん、こいつはうまい。どうやらきみは、秘訣をものにしたらしいな」

「テキーラがすべてさ」ワードは答えた。「銘柄は〈エル・テソロ・アネホ〉だ。電気も通っていない蒸留所《ファブリカ》で、手作りされている」

キンケイドはうまそうに舌鼓を打ってから、話を続けた。

「ともかく、彼女は麻薬の常習者では決してなかった。われわれは関係者に事情を訊いたが、それ以前に彼女がドラッグに手を出していた形跡はなかった。つまり、彼女はそのときが初めてだったんだ」キンケイドはカクテルを長々と飲み、そのあと何を言うべきか考えているようだ。彼は日没をじっと眺めていた。見事な夕陽だったが、ワードにはわかっていた。沈んでいく夕陽は、キンケイドの目に入っていないのを。そのとき彼が見ていたのは、二十年前に別のドラッグパーティで死んだ若い女性なのだ。

「それほど異例な出来事ではないように思うが」ワードはキンケイドを物思いから覚まそうとして言った。「そうしたことは起こりうるものだ。パーティで誰かがドラッグを渡す。やってみたら、とても気持ちがよかった。男友だちが、彼女を自分になびかせようとして、さらに焚きつけた、というところだろう」

「確かに、シアトルでさえ、異例な出来事とは言えないだろう」キンケイドは続けた。「たまにそういうことはある。だが今回は、どこかおかしいんだ。テンプルが鼠のにおいを嗅ぎつけた。ぼくもだ。そのあと、わずか一週間で彼女と同様のケースが五件も起きた。

人が寄りつかないような場所から、遺体が発見された。みんな若く、容姿にも恵まれていた。聡明そうで、そんな愚かな行為をするようにはとても見えなかった。全員がドラッグをやるのは初めてだったようで、前途洋々としていたはずの若者ばかりだ。どの遺体の神経からも、雄牛や象を殺せるほどのコカインが検出された。強欲な売人が毒物を仕込んだのではないかとも考えられた。だが鑑識の分析結果では、検出されたのはすべてコカインだ……しかし、尋常ではない量だった。毒物は入っていなかったんだ。しかもシアトルのような小都会で、これだけ短期間に死者が出るのは明らかに多すぎる。ジョン。これはニューヨークの話ではないんだぞ」

「わかった、トム。だがそれだけでは、なぜベセア局長やJDIAが興味を示しているのかわからない。あるいは、なぜ局長がきみを呼んだのか。あるいは、なぜこの件でわたしの名前が浮上したのか」

キンケイドはふたたび長い間を置き、椅子で身動きした。バンガローの軒先《のきさき》に吊るされた風鈴が、心地よい音をたてる。幸せそのものの音は、二人の会話の内容と正反対だ。

「われわれは、共通する特徴を探すことにした。サンディ・ホームズから始まった一連の不審死に。ぼくは片っ端から電話をかけてみた。あるいはこれが自分の過剰反応で、ぼくの存在理由を正当化しようとしている可能性も考えてみた。しかし、新たな遺体が次々に出てきている。ぼくはテンプルと話せば話すほど、一連の事件の背後に何かあるという確信を深めた。誰かがぼくの街に、きわめて強力な麻薬を運びこんでいるんだ。ぼくはそいつが誰なのか正体を突き止め、いったいどうやって入手しているのかを解明しなければならない。それで、昔からの協力者に連絡を取ろうと試みた。それほど多くは残っていなかったがね。うちの局長のテイラーが、ぼくが築いてきたネットワークをものの見事にぶち壊してくれたからな。ともかく、この前話したように、ぼくはカルタヘナの古い友人に、ぼくのために情報を嗅ぎまわるように説得し、彼はしぶしぶ受けてくれた。彼と話したときに聞いたところでは、ファン・デ・サンチアゴという麻薬王が、吸引するとすぐに依存症を引き起こすような、新たな添加物を開発したという。それがどういうことかわかるか？　そいつが密輸出しているドラッグは、すでに危険きわまる代物だということだ。この新種のドラッグを、若者がこれ以上試したりしないように、目を光らせなければ」

ワードの表情からは、血の気が引いていた。

「そのことは前にも聞いた。だがわたしには、いったいどういう事態に発展していくのか、想像もつかない。一回試しただけで、もう常用者並みのお得意さんになってしまうということじゃないか。大学のキャンパスでも、押し売りするまでもなく学生に蔓延するだろう。しかし、本当にそんなことがありうるのか？　麻薬王が伝説のような話で自らを飾り立てるのは、きみも知っているだろう。連中はそうやって権威づけをしたいんだ。自らが全能で、神のような存在だと人々に思わせることが、やつらの目的なんだ。きみが言っていた男は、どの程度信用できる？　きみの協力者は？」

「彼は最も優秀な人間だった」キンケイドは言下に答えた。「喉を切り裂かれた姿で発見されたがね。そのことでぼくは、彼の話が本当だったと確信した。何か大きな秘密を隠そうとしているからこそ、連中はそんな残酷なやりかたで人を殺し、嗅ぎまわろうとしたらどうなるかというメッセージを出したんだ。ああ、それからもうひとつ、デ・サンチアゴに関してわかったことがある」

ワードは眼鏡の縁越しに旧友を見た。

「スパイダーマンみたいに高層ビルを飛び越えられるとか？」

「まあ、そんなようなものだ。やつは単なる麻薬王ではない。そして、単なる反政府勢力の首領でもない。やつは狂信者だ。あの男は、神が自分をこの世に遣わしたのは、革命に勝利することで自分が裕福になるためだと確信しているらしい。その過程で誰が死のうと、あるいはどれだけ大勢の人間が死のうと、意に介さないという。狡猾な男だ。そして危険だ。明らかに常軌を逸している」

ジョナサン・ワードは、自らのランニングシューズのつま先を見つめた。夕陽はとっぷり暮れ、風が冷たくなりかけている。

エレンが扉から顔を突き出した。

「さあ、老犬同士、においを嗅ぎ合うのは終わった？　どっちが強いか、決着はついたの？」

キンケイドは声をあげて笑った。

「ああ、今回もぼくが勝ったようだ。さて、ぼくたち老犬は腹がぺこぺこだよ」

「それはよかったわ。猟犬の群れにやれるだけの餌を用意したわよ。さあ、ここで晩ごはんにしましょう。美しい夜だわ。料理はキッチンに全部できているから、お盆を運んでくださいな」

二人の男に、それ以上言うまでもなかった。彼らははじかれたように立ち上がり、扉へ突進した。エレンが二人を見て笑う。

「昔を思い出すわ。どっちが先に食べるか、がつがつと競争していたわね」

「ああ、変わらないこともあるものさ」ワードがうなずいた。

キンケイドはグアカモーレ（アボカド、たまねぎ、トマトを使ったサルサ料理）に指を入れ、味見した。

「やっぱり、エレンの料理はうまいなあ。ひとつ、質問に答えてくれ。いったい、このやさぐれた船乗りのどこがよかったんだ？　ぼくとくっついていれば、女王様のような思いができたのに」

エレンは彼の脇腹を小突いた。

「やめてよ」くすくす笑いながら、「わたしの料理が食べたいだけでしょう」

キンケイドははにかんだように、彼女の均整の取れた身体に目をやった。スウェットパンツとTシャツ姿が、エレンのスタイルを引き立てている。

「それでもいいじゃないか」

ワードがキンケイドを、尻で押しのけた。

「まったく、油断も隙もあったものじゃない。ここに訪ねてきて、わたしの酒を飲み、食事を横取りするだけでは飽き足らず、今度はわたしの鼻先でわたしの女をかすめ取ろうというのか！」

「わたしの女？」エレンは鋭い声で言い、鍋摑みを夫へ向かって放った。

三人は昔のように、気のおけない冗談を言い合った。応酬するのも、気分がよいものだ。料理はどれも申し分なかった。空はすっかり暗くなり、庭園の小道がほのかな照明に照らされる。頭上にはひとつずつ、星が瞬きはじめた。ときおり、リンドバーグ空軍基地からジェット機が飛び立ち、轟音とともに上空をかすめる。地元の住人が言うところの〝ポイント・ロマの水入り〟で、会話が中断するのだ。

エレンが夕食の残りを下げ、コーヒーとポートワインを運んできた。

「ジョン、わたしこれから、潜水艦基地開設記念日パーティ《サブマリン・バースディ・ボール》のプログラムを取りに、サリー・デソーのところへ行ってくるわ」彼女は告げた。「小一時間で戻ります。あなたがた、それまでへべれけにならずにいられる？」

二人ともうなずいた。彼女が気を利かせているのがわかった。

「それじゃあ、少し引き留められるかもしれないね。でも、早く帰ってきてくれ。二人で羽目を外して、近所の住人から警察を呼ばれたらまずいからな」ワードは答えた。

二人は、車のエンジン音が遠ざかっていくのを聞いた。

「まったく、ジョン。自分がどれだけ幸運な男かわかっているのか？　ぼくもあんな女性を見つけたいものだ」

ワードは友人を一瞥した。

「その点はまったく同感だ。彼女はいろいろ我慢してくれたからね。わたしが潜水艦でどこかの海に出ているあいだ、二人の子どもを立派に育て上げてくれた。きみさえその気になれば、いい女性が見つかるに決まっているさ」

キンケイドはポートワインをグラスに少し注いだ。

「ところで、子どもたちは元気かい？　確か、今年でリンダは十六歳、ジムは十四歳じゃないかな?」

ワードはおかしそうに笑い、友人の手からボトルを取って自分のグラスに注いだ。

「子どもの成長は早くてね。リンダは十九で、ウィリアム・アンド・メアリー大学の一年生だ。ジムは十七で、海軍兵学校の新入生だよ」

トム・キンケイドは低く口笛を吹き、ラウンジの椅子に寄りかかった。

「なんだって! 時間はあっという間だな。この前会ったとき、ジムはリトルリーグでうまくやれるか心配していたし、リンダは運転免許の試験勉強をしていたのに」

ワードはもう一度、笑い声をあげた。

「わたしも同感だよ。この家はいっぺんに静かになった」

キンケイドはポートワインを口にし、グラスの液体を見つめて、しみじみとうなずいた。

「イギリスの船乗りは、実に人生を知っているな。うまいごちそうのあとのポートワインに優るものはないよ」グラスを椅子のかたわらの小さなテラステーブルに置き、ふたたび椅子にもたれる。星を見上げ、キンケイドは語を継いだ。ワードは低い声に耳を澄ました。

「共通の友人の話に戻ろう。ジョン・ベセアだ。ベセアから電話が来たとき、ぼくはまだ、ペペがデ・サンチアゴについて言ったことをずっと考えていた」

ワードは友人のほうを見た。

「それはさっきも聞いた。局長がきみに電話をしてきたと。その理由が、わたしにはまだ腑に落ちない。それだけの地位にいる人間が、過剰摂取がシアトルで相次いでいることを、そんなに早く知っていたはずがないだろう?」

「ぼくもそう思う。だが、ベセアとそのスタッフは、デ・サンチアゴがいつ糞をするかまで知っているはずだ。そのときぼくは、JDIAに関してはわずかしか知らなかった——自分なりにいろいろ嗅ぎまわってはみたんだけどね。それでも、彼らがテイラーを毛嫌いしているらしいことは聞いていたので、ベセアには好感を持っていた。そこにベセアが、ぼくが情報を嗅ぎまわっていることを聞き、何が知りたいのか協力できることがあれば教えてほしいと言ってきた。それだけじゃない。ぼくを助けられることがあるのならなんでも教えてくれと申し出てくれたんだ。テイラーとは雲泥の差じゃないか?」

ワードはうなずいた。

「確かにこの前会ったときには、ベセアは正常な判断力を備えた男に見えた。で、きみは捜査の内容を話したんだな。しかし、彼はどうしてきみに、わたしと連絡を取るように言ったんだ?」

キンケイドはワイングラスを取り、酒を口にした。ほのかな庭園灯の光で、ワードにその顔はほとんど見えなかった。目は冷たい光を帯びているように見える。旧友の声は昂揚していた。

トム・キンケイドは使命を見出したのだ。

「どうやって調べたのかはともかく、ベセアには、ぼくたちが友人であることがわかっていた。そしてこの件で、ぼくたちが協力し合えると思っているようだ」身を乗り出し、ワードの膝を叩く。「それでひとつ、きみの任務のことを聞かせてほしいんだ」

「何もかも教えるわけにいかないのは、きみにもわかるだろう……」

キンケイドは大仰にシャツのポケットに手を入れ、折りたたんだ紙を取り出した。ワードはそれを受け取り、キッチンの明かりのほうに身体を傾けて、内容を読もうとした。

「さあ、もう一度聞こう」トム・キンケイドは熱心に言った。「きみの任務を教えてくれ」

ビル・ビーマン少佐は輸送機の小さな窓から外を見た。小さなガラスの円窓には、漆黒の闇以外に何も見えない。

あと二十分ぐらいだ、と彼は思った。ごついダイバーズウォッチの夜光文字盤に目をやる。あと二十二分。さっき見たときから、四分しか経っていない。長いフライトも、ようやく終わりに近づいている。ノースアイランド海軍基地を出発してから、七時間が経過していた。

C17輸送機の貨物室を見わたす。照明が数時間前から暗くなっているのは、睡眠時間を確保し、暗さに目が慣れるようにするためだ。唯一の明かりは、床に近い場所にいくつか灯っている赤い光だけだった。彼が率いるSEAL隊員は、ほとんどが眠っている。両側の隔壁に沿ってキャンバス製の折りたたみ式シートが並び、隊員たちはそこにもたれているのだが、座り心地は決してよくない。暗がりのなかで、貨物室は洞穴のように見える。

ジョンストン上等兵曹が起き出し、機内奥で空軍の降下長と静かに何事か話し合っている。やがて会話は終わり、彼はビーマンのところへ戻ってきた。ジョンストンは黒人の大男で、声は山に轟く雷のようだ。

「部隊長、空軍兵の話では、降下地点の天気は土砂降りです。上空二〇〇〇〇フィートまで、厚い雲に覆われています。どこかで雲から出られるのか、それとも地上までずっと雲なのかはわかりません」

ビーマンはうなずき、唇を引き結んだ。

「ありがとう、上等兵曹。そろそろガキどもを起こせ。手短に説明を終えたら、支度にかかるぞ」

ジョンストンはすでに隊員を揺り起こし、床に伸びている足を蹴って、部下を現実の世界に戻しにかかった。

「いいか、ひよっこども、よく聞け」エンジンの轟音に負けないよう、彼は嗄《しゃが》れ声でがなった。「もうすぐ降下時間だ。装備を最終点検し、タイマーと高度計がまちがいなく動作するか確認しろ。これから雲のまっただなかへ飛び出すんだ。そいつに命が懸かっているぞ」

ジョンストンはさらに、降下と会合に関する詳細な点を再確認した。部隊長と彼を含めて十八名のSEAL隊員は、説明を聞きながらも、降下服の装着に余念がない。彼らは宇宙飛行士さながらに、黒いジャンプスーツと黒のヘルメットを身に着け、胸には酸素マスクをぶら下げている。

「ようし、ガキども、無線チェックだ」ジョンストンは吠えた。

全員がチェックする。

ジョンストンがふたたび大声で言った。「オーケー、降下地点まであと十分だ。着陸地点までの四七マイルを降下する。針路は一九七だ。空中の風速は、一二一ノットから〇四七ノット。落下制御用コンピュータを設定しろ。目標地点の緯度は西経七五度三一分二二秒、緯度は北緯〇六度四八分三六秒だ。全員確認したか?」

彼は十六回、「はい、上等兵曹」の声を聞いた。ジョンストンは十七人目だ。

降下長がジョンストンに親指を上げた。ジョンストンはふたたび立ち上がり、飛行機の揺れのなかでバランスを取った。

「いいか、ガキども。いよいよだぞ」

副操縦士の声が無線から響く。

「あと二分で扉をひらく。全員、酸素マスク着用」

高度五二〇〇〇フィートでは、酸素マスクがなければ数秒で酸欠を起こしてしまう。降下長は厚い毛皮のパーカーと極地用の手袋をつけていた。大型機の外気温はマイナス五七・七度。さぞかし冷えることだろう。

「降下開始まであと一分。扉をひらく」

輸送機の後部で大きなランプ扉がゆっくりと、下に向かって口を開けた。扉上方の左側にある小さな赤い光が点滅する。フラップが伸び、機体が震動した。SEAL隊員が降下するとき、C17は失速速度ぎりぎりで飛ぶが、一五〇ノット以下には落とせない。機の速度を落とすにはフラップが必要だった。

「降下開始まであと三十秒。諸君、幸運を祈る」

誰も口を利かなかった。全員が自分のブーツのつま先を見ている。

「あと十秒」

赤い光が消え、緑の光が点灯した。降下長がＳＥＡＬ隊員たちに、心をこめて親指を上げる。

ビーマンが何げない足取りで機の後部へ歩き、夜闇へ向かって飛び降りた。彼に続き、ジョンストン以下の隊員たちが、次々と極寒の暗闇へ飛び出していく。

ＳＥＡＬ隊員たちは何年も前から、こうして敵地の領域に降下する技能を磨いてきた。輸送機を着陸地点で低空飛行させたら、機も降下隊員も、やすやすと対空砲火の餌食になってしまうからだ。そうした事態を避けるため、彼らは高高度を飛行する輸送機から飛び降り、着陸地点へ向かって長い距離を自由降下する。この作戦行動は〝ＨＡＬＯ《ヘイロウ》〟降下と呼ばれる。この方法を使えば、一〇〇マイル以上の距離を移動することも可能だ。〝ＨＡ〟とは、高高度（High Altitude）のことである。これを成功させるには、降下開始時における苛酷かつ厳寒の環境に耐える専用の装備が必要だ。しかし、この行動のなかで最も危険なのは〝ＬＯ〟すなわち低高度開傘（Low Opening）の部分である。大型の空力パラシュートがいかなるレーダーにも探知される時間を最小限にするため、彼らは地上からの高度が一五〇〇フィート以下になるまで開傘しない。これが意味するのは、五〇〇〇フィートにわたり、十分ものあいだ、漆黒の闇に包まれたきわめて寒冷な空をひたすら落ちていくということだ。

HALO降下を敢行するには、並外れた胆力と規律を要する。晴れた夜、降下隊員が地上や星空を見わたせる条件でさえ、索を引いてパラシュートをひらきたくなる衝動に抗うのは容易ではない。まレてや、分厚い雲の帳《とばり》へ突っこむ恐怖感とストレスは、別次元のものだ。上下左右という概念は、ことごとく意味を失う。どっちがどっちか、わからなくなってしまうのだ。SEAL隊員は腕に装着した機器に、全面的に頼るしかない。コンパスと高度計とタイマーは、すべて片方の前腕につける。もう片方の腕には、小型のGPS受信機と落下制御用コンピュータだ。

地面をめざして降下するあいだ、分厚い雲が隊員たちを包む。何も見えない。星も、地面も、夜空をいっしょに降下している仲間の姿も。

コンパスを見ろ。コンピュータとGPSが指示する方向に向かえ。高度計のアラーム音に耳を澄まし、その機械を製造したのが最安値を提示した業者であることは、このさい忘れろ。

ビーマンは自らの前腕からアラーム音を聞いた。彼は安堵の念とともに、開傘用の索を引いた。周囲は依然として雲ばかりだ。地上はまったく見えない。

強く身体が引っ張られ、パラシュートがひらき、落下速度が落ちた。ものの数秒で、雲の帳から抜け出した。地上まではわずか七、八〇〇フィートだ。左側、ほんの半マイルほどのところに、アンデス山脈が高くそびえている。切り立った崖は、たったいま彼を雹《ひょう》のように吐き出した雲のなかへ消えていた。右側には、さらに近くに急峻な岩の斜面が見える。

左前方二度、距離約一〇〇〇ヤードのところに、目標地点が見える。密林のなかの狭い開拓地だ。ビーマンはそっと左に吊索を引いて方向を微調整し、見えない磁気に引き寄せられるかのように、開拓地のまんなかに着地した。厚い雲を突っ切ってほぼ一〇マイルを降下し、ぴたりと着陸地点に到達したことになる。

数秒後、ジョンストン上等兵曹が、静かに隣に降り立った。

「こんばんは、隊長。まるでおしゃべりをしに降りてきたみたいですね。淹れたてのコーヒーはありませんか？」

「こんばんは、上等兵曹。あいにく持ち合わせがなくてね。それでも、散歩にはいい夜じゃないか」

「おっしゃるとおりです。ガキどもを集めてきましょう。作戦任務では、今晩五マイル歩くことになっています」

「ああ。それに、俺たちのコーヒータイムを邪魔するやつがいるかもわからんからな、上等兵曹」

ビーマンは着陸地点の周囲を見まわし、パラシュートを収納した。暗闇が彼らの何よりの味方だ。しかしこうしたジャングルには、夜目が利く動物がわんさといるだろう。そうした動物たちのなかには、いまこの瞬間にも、彼らにライフルの銃身を向けているやつがいるかもしれない。

14

ビル・ビーマンは尾根の頂《いただき》で立ち止まり、目に入ってくる汗を拭って、深く息を吸いこんだ。四時間にわたる強行軍にもかかわらず、踏破できたのはわずか二マイルだ。草木が鬱蒼《うっそう》と絡まり合ったジャングルと、ほとんど垂直に切り立った地形で、一歩歩くのも困難をきわめる。こんな調子では、任務の完遂には来年までかかるだろう。

熱帯の激しい雨がふたたび降り注いでいる。まるで誰かが雲間の蛇口をひねったかのようだ。雨は彼の戦闘帽を濡らし、繁茂した草木をしたたって、狭い岩間を川にした。ひどい雨で、視界はほんの数フィートしかきかない。雨は飛沫を上げて轟き、ビーマンの耳には、それ以外のジャングルの営みは何も聞こえなかった。いまファン・デ・サンチアゴの反政府軍が行軍してきても、耳元で「おはよう」と言われるまでSEAL隊員は誰一人として気づかないだろう。

ジョンストン上等兵曹が尾根に沿い、下生えをかき分けてきた。カモフラージュ用の迷彩服は雨と汗にまみれ、黒い泥で汚れている。

「ちくしょう、部隊長！　ここはとんでもない場所です。地図では、尾根をあとふたつ越えることになっています。いったいこの雨はやむんでしょうか？」

ジョンストンは上空を指しながら、濡れた地面にどっと座りこんだ。ビーマンは泣き言に取り合わず、腕時計を見た。

「スパークスはどこだ？　そろそろ通信時間だが」

「溺れていなければ、もうすぐ着くでしょう。俺のすぐ後ろにいましたから」

折よく、三人のSEAL隊員が狭い尾根づたいに苦心惨憺《さんたん》して歩いてきた。彼らは背嚢を投げ落とし、暑さと湿気に悪態をついた。そのうちの一人が背嚢を開け、小型のパラボラアンテナをひらく。ほかの二人は、上等兵曹のかたわらで泥のなかにへたりこんだ。

GPSをチェックしながら、SEAL隊員は慎重にパラボラアンテナを雲の渦に向けた。まるで雨粒を集めようとでもしているかのようだ。

「部隊長、もうすぐ準備完了です。トランシーバーの電源が入ったら、通信できます」

ジョンストンは疲労困憊している二人の隊員を睨みつけた。

「ようし、オブライエン、アルバレス。さぼってないでケツを上げろ。さっさと丘を降りるんだ。ここから一〇〇メートル下の地点につけ。散開し、しっかり見張っていろ。敵の不意討ちは絶対に許すな」

二人はのろのろと立ち上がり、しかたなく背嚢を背負いなおした。

「勘弁してくださいよ、上等兵曹。俺たち、くたくたなんです。俺たちと猿以外、誰もこんなところにいませんよ」背の低いヒスパニックのSEAL隊員がぐずった。

「アルバレス、口答えしないで、さっさと動け。きょうの目標地点に着いたら、休む時間はたっぷりある。ここで愚痴をこぼしていいのは、俺だけだ」

二人は激しい雨が降る密林のなかへ消えた。さらにSEAL隊員が続々と尾根に現われ、ひと息つこうとする。ジョンストンは彼らをせきたて、尾根の頂の即席司令部の周囲に配置した。

スパークスがビーマンに、衛星通信用のトランシーバーを手渡した。

「準備完了です。周波数は合わせました。シグナルも安定しています。暗号も同調しています」

ビーマンは見ていた地図を押しやり、通話ボタンを押した。

「ホワイトシャドー、こちらサウスステーション。どうぞ」

空電の雑音越しに、すぐに応答があった。相手はまちがいなく、通信が来るのをじっと待っていたのだ。

「サウスステーション、こちらホワイトシャドー。どうぞ」

「ホワイトシャドー、報告地点はＧＶ７《ゴルフヴィクター》、ＺＢ４《ズールーブラヴォー》です。予定より五時間遅れています。次回の報告地点はＧＬ４《ゴルフリマ》、ＡＨ３《アルファホテル》を要請します。予定より三時間遅れになる見こみです。これまでの踏破地域で、報告すべき事項はありません。どうぞ」

「サウスステーション、次回の報告地点と時間について、了解した。新たな探査地域は直径一〇キロの円内、繰り返す、直径一〇キロの円内で……その中心はＧＬ４、ＡＨ３だ。よろしいか？　どうぞ」

　ビーマンはジョンストンにうなずいてから、応答した。

「新たな探査地域、了解しました。踏破完了まで三日かかる見こみです。サウスステーション、通信終わります」

　無線の空電以外に聞こえるのは、密林に降りしきる滝のような雨音だけだった。

　ジョン・ベセアは通信用マイクをフックに戻した。ＪＤＩＡ司令部は煌々《こうこう》と明かりが灯り、フル稼働している。空調の音が低く聞こえ、冷たく乾燥した風を地下室に送っている。室内の一隅は通信設備に占められていた。五台の大型液晶パネルのスクリーンが、壁の二面を埋めている。

ベセアは立ち上がり、壁に掲げられたコロンビアの地図に近づいて、大きな赤いXの印をつけた。ジョン・ワードに向かい、彼は言った。「きみの友だちのビーマンが何をしているか、これでわかっただろう。われわれは彼に、ここの南西部の山地を探索させている。デ・サンチアゴがこのあたりに主要な栽培地を所有していることが、確実だとされているからだ」

ワードはX印がつけられた地図をじっと見た。

「休暇を過ごすには、よさそうな場所ですね」彼はつぶやいた。

ベセアはコーヒーのお代わりを注いだ。

「ひどく険しい地形だ。進むのは難儀だろう。あの猛者たちが踏破に苦労しているぐらいだから、公園で散歩するのとはわけがちがうということだ」

ワードはコーヒーをすすり、それがぬるくなっていることにもほとんど気がつかなかった。彼は椅子を後ろに押して立ち上がり、よく見ようと地図に近づいた。

「彼はペルーとの国境近くで探索しているんですね？」

「ああ。しかし国境はひらいているも同然だ」ベセアは答えた。「コロンビア側の領域はほとんどデ・サンチアゴが掌握しており、ペルー側はゲリラ組織、〝輝ける道《センデロ・ルミノソ》〟の支配下にある」

「そいつは好都合ですね」ワードは辛辣に言った。

「なかなか興味深い状況だ」ベセアは解説した。「双方の勢力は、互いに干渉しないようにしているようだ。知られているかぎり協力関係にはないが、さりとて敵意をむき出しにしているわけでもない」

コンピュータのコンソールの前に座り、ベセアは両手の人差し指で操作した。壁の大型液晶スクリーンの一台が明るくなり、太平洋岸の南アメリカ北西部の大縮尺地図を表示した。

「ジョン、きみの艦の哨戒区域はここになる見こみだ」ベセアは地図の海に、縦四〇〇マイル、横五〇マイルほどの長方形を描いた。コンピュータのマウスを使い、その長方形を移動させて、コロンビアの領海を示す赤線にぴったり横づけする。「ただしわれわれはきみの艦に、ほとんどの時間は哨戒区域の下半分にいてほしいんだ。命令から一時間以内に、トマホークを発射できる態勢を整えてほしい」

ワードは地図を見てから、訝しげな視線をベセアに向けた。

「ビルの作戦区域からすれば、わたしの艦はあと二、三〇〇マイル南下した地点にいたほうが、ミサイルを直線コースで発射できるように思うのですが」

ベセアはうなずいた。

「もっともだが、その方法が有効なのは、エクアドルとペルーから上空の飛行許可を得られる場合だ。しかし情報漏洩のリスクを考慮すると、許可を求めること自体が危険なのだ」

ワードはうなずいて理解を示し、内心では早くもミサイルの飛行距離や効果を計算しはじめていた。

ベセアがさらにキーを叩くと、もう一台の液晶パネルが点灯した。そこには作戦のフローチャートが映し出されている。

「大まかな流れを説明しよう――ビーマンが標的を特定し、われわれに目標の位置と写真をデータ送信する。われわれはこの部屋でミサイルの飛行コースを策定し、きみにデータを送信する。きみは、それに基づいてミサイルのプログラムを設定し、発射する。標的の位置特定からミサイル発射までの所要時間は、約九十分と見こんでいる」

ベセアはフローチャートに並ぶ無味乾燥な文字の列に目を注いだ。ジョナサン・ワード艦長はトマホークが空に打ち上げられ、目標地点でそれを待ちわびる隊員たちのところへ飛んでいく様子を思い描いた。デ・サンチアゴとその無慈悲な兵士たちのことを語るトム・キンケイドの顔が、頭をよぎる。作戦が成功したら、別のトム・キンケイドが見られるだろう。そのときの彼は、端整な顔に幸せな笑みをたたえているにちがいない。

ワードはミサイルの一撃を発射する瞬間が、待ち遠しくてたまらなくなった。

ホセ・シルベラスは彼の机に積み重なった黄色の書類の山に、さらに一枚の黄色の書類が載っているのを目に留めた。それは毎日のように机に積まれるほかの書類と、なんら変わらないように見える。奔流のように果てしなく彼の前を通りすぎていく、お役所言葉を羅列した退屈な書類の群れ。だが、こうした書類があるからこそ、彼は公務員として楽な事務仕事をしていられるのであり、コーヒー農園に戻らずにすむのだ。面倒に巻きこまれないかぎり、彼の忠誠心の対象は融通無碍《むげ》だった。もちろん、真の忠誠心の対象がどこにあるかは絶対に秘密だ。

その一枚きりの黄色の書類は、すぐに彼の注意を惹いた。

アメリカがカマルの近くの上空で、あさってから五日間、航空機の運航を制限したがっているらしい。その場所はデ・サンチアゴの勢力圏の中心部だ。エル・ヘフェが所有する最上質にして最も豊穣なコカ栽培地に、危険なほど近い。

きっとただの訓練だろう。それがたまたま、微妙な事情が絡んだ地域と重なり合っただけだ。以前にもそうしたことはあった。反乱勢力が過剰反応すれば、アメリカ人は、とぐろを巻いた蛇の近くを通りすぎていることに気づいてしまうかもしれない。

シルベラスは下段の抽斗《ひきだし》に手を伸ばし、鍵を開けた。狭い事務室を見まわして彼一人きりなのを確認すると、薄いフォルダーを取り出し、目の前で開ける。同じ時期に政府軍の演習や作戦の予定は何もない。それが意味するのは、アメリカが独自の行動を企てていることだ。機密度の高い作戦かもしれない。だとしたら、ファン・デ・サンチアゴに知らせる価値はある。

シルベラスはフォルダーを戻し、抽斗を閉じて鍵をかけた。立ち上がり、伸びをして、早めの昼食を摂りに事務所を出る。調子外れの口笛を吹き、机に向かっている同僚たちに会釈した。

二ブロック先で一度曲がり、公園の近くまで来たところで、彼は立ち止まって靴紐を結びなおし、尾行されていないかどうか確かめた。誰もついてきていない。昼食時の前なので、通りには人けがなかった。シルベラスはもうひとつ角を曲がり、そこで公衆電話の受話器を取った。

コインを入れ、シルベラスはよく覚えている番号にかけた。

ファン・デ・サンチアゴはアントニオ・デ・フカに同じ質問を三度訊いた。

「兵士たちは配置に就いているな、わが友よ？」

二人は山の尾根の東斜面を半ばほど上がったところにある、大きな笹藪の下に座っていた。彼らの眼下では、山腹が急角度を描いて落ちこみ、尾根のあいだの裂け目を小川がごうごうと流れている。両側は密生したジャングルだ。完璧な隠れ場所だった。

「エル・ヘフェ、川の両側に、最精鋭部隊を百人ほど配置しています。アメリカ人どもはこの道を通らなければ、川を渡れません。やつらはこれまで犯してきた罪の許しを乞う暇もなく、全滅するでしょう」彼は小枝を折り、黒い土に線を引いて、円をいくつか描いた。

「アメリカ人はこの道を通ってきています。われわれはわざと、包囲線に穴を残し、やつらを誘いこみます。そこを通ったとたん、わたしの部下が穴を閉じ、輪縄をきつく絞めるのです」沈泥にさらに三つの円を描くと、彼は枝の細い先で場所を示しながら続けた。

「ここ、ここ、それからここに、重機関銃を置いています。さらに、ここところにロケットランチャーがあります。この十字砲火で、一人たりとも逃しません」デ・サンチアゴを真正面から見据え、彼は締めくくった。「今度という今度は、急襲をかけてやります。やつらは空からの援護を受けられません。政府軍部隊の援護も受けられないでしょう。われわれが見るところ、連中は単独で行動しています。やつらはわれわれの餌食です、エル・ヘフェ」

革命指導者の顔に、見まがいようのない満面の笑みが浮かんだ。

ビル・ビーマンは不安を覚えていた。確たる理由はない。虫の知らせだ。雨はやんでいる。地形もさほど険しくはない。ここ二時間ほどは、いたって順調に進んでいる。この斜面を下り、もうひと山越えたら、補給物資の投下地点だ。

ここ数日、人家はまったく見ていない。デ・サンチアゴがこの地域になんらかの施設を持っているとしても、SEAL隊員にはその痕跡をなんら発見できなかった。どこまでも続くジャングルだ。美しく、人の手が入っていない、ありのままの自然。この山地を、兵士ではなく観光客として歩けば、さぞ楽しいだろう。ビーマンはそう思った。

彼はしばし立ち止まり、慎重に斜面を下ってくる部下たちを見守った。この広大な密林で、人に出くわす可能性は皆無に等しい。それでも彼らは、警戒を怠らず、静かにジャングルを滑り降りた。ときおり、縄張りを邪魔された一匹の猿が怒って鳴き、隊員たちに驚いた鳥たちがいっせいに飛び立つ。だがそれ以外には、何も起こらなかった。

ジョンストン上等兵曹が速度を落とし、ビーマンのそばで立ち止まった。

「隊長、どうも胸騒ぎがします。何もかも、あまりに順調です。俺の勘は、どこかおかしいと言っています」

「ああ、上等兵曹。俺の勘も同じことを言っている。いやに静かだ。全員に警戒させろ」

斜面を滑り降りた一隊は、名もない小川に出た。十八名のＳＥＡＬ隊員が、五〇ヤードの範囲に横一線に散開する。彼らは音もなく前進し、訓練どおりの隊形を作っていた。Ｍ‐16自動小銃を、いつでも発射できるように携える。分隊支援火器《SAW》の銃手が両脇を固め、Ｍ‐60機関銃を構えた隊員は中央に陣取る。襲撃された場合に備え、中央から機関銃の銃撃を受けても、両脇からグレネードランチャーの攻撃を受けても対応できる態勢を取っているのだ。これに加え、Ｍ‐16による狙撃の技能を身につけた隊員が十五名いるのだから、装甲部隊や航空機による攻撃を別にすれば、いかなる敵にでも応戦できるはずだ。

ＳＥＡＬの一隊はデ・サンチアゴの兵士が待ち伏せしている陣地を、知らずに通りすぎた。両翼の隊員も敵を発見せず、その存在にすら気づかなかった。

一羽の鳥がけたたましく音をたて、ＳＥＡＬ隊員たちの前を飛び去った。ビーマンはぎくりとして空を見上げた。鳥が羽ばたいたのはなぜだ？　あのあたりに、隊員はいないはずだ。野生動物か？　それとも、鳥同士の喧嘩？　いずれにせよ、彼はいま一度、あらゆる本能を研ぎ澄まし、不測の事態に備えた。

ビーマンは手元のＭ‐16を再点検した。いつでも撃てる。腰に挿したＭ‐１９１１コルト45も、いざとなったら使える。いまはただ、慎重に前進し、後ろにも目を光らせつつ、何があっても対処できるようにするのだ。

アルバレスが最初に、小川のほとりに着いた。彼は立ち止まり、藪の端に隠れ、不審な徴候がないかどうか観察した。訓練どおりだ。熱帯の川岸のひらけた土地は、襲撃する側にとっては、殺戮《さつりく》にうってつけの場所だ。彼は叩きこまれた教訓を心のなかで唱えた——〝危険を冒して飛びこむ前に、その場所をものにするのだ〟。

彼はその場にしゃがみこみ、ひらけた土地に出る前に、仲間が追いつくのを待った。

二番目に来たのはスパークス・スミスだった。彼は小川のほとりで、蔓草の陰に伏せた。SEAL隊員が一人また一人と、川沿いに並ぶ。二〇フィートにわたって伸びる岩の川床が、対岸の密林と隊員たちを隔てる。彼らはその場に伏せ、目を凝らし、耳を澄まして、感覚を総動員した。

何ひとつ、ぴくりとも動かない。物音ひとつ聞こえない。

これは尋常ではない。さえずる鳥たちは、川岸を駆けまわる動物たちは、これまでの長い行軍で慣れ親しんだジャングルの音はどこへ行った？

もう一羽の鳥が、右側の川岸のどこかから空へ飛び去った。本能的に、SEAL隊員は全員がそちらを向いた。

そのとき、何かが日光を反射した。磨き抜かれた金属だ。あっと思う間もなく、左から銃声が轟いた。川の両岸がたちどころに轟音に包まれ、それまでの水を打ったような密林の静けさが、銃砲の斉射に破られる。対岸からは、数を頼んだ自動小銃の一斉射撃が耳をつんざき、ＳＥＡＬ隊員たちは照準を定め、銃火の方向へ応射した。ＡＫ-47の重厚な銃声が、Ｍ-16の甲高い銃声と入り混じる。銃声の合間には、負傷した兵士たちの苦悶の叫びやうめきがあたりに満ちた。

ＳＥＡＬ隊員の両側から重機関銃が薙射《ていしゃ》され、先ほどのスコールさながらに銃弾の雨を降らせる。被弾したスパークスは、たまらず悲鳴をあげた。彼はもんどり打って川岸を転がり落ち、そのまま死んだように横たわった。川の流れに血がしたたり、清水が赤みがかったピンクに染まる。

わずか数フィートのところにいたアルバレスは、仲間の死を目の当たりにし、肝を潰した。二人は基礎水中爆破訓練《BUD/S》以来、ずっといっしょだった。地獄の一週間をともにした仲だったのだ。いま、そのスパークスが虫の息だ。人里離れたジャングルの、名もない小川に、おびただしい血とともに生命が抜け出していく。

アルバレスはＳＡＷのグレネードランチャーで、手近な機関銃を狙い、引き金を引いた。二ポンドの擲弾《てきだん》が弧を描き、機関銃の真上で炸裂する。銃身が上を向き、敵の銃手がくずおれた。

ＳＥＡＬの隊列の中央にいたオブライエンは、Ｍ-60機関銃で応戦した。ＮＡＴＯ制式の七・六二ミリ弾が草木を縫うように放たれる。一分間に七五〇発、弾帯から供給される弾薬を発射するM‐60は、二三ミリ重機関銃の抑止力にはならなかったものの、オブライエンは正確な射撃で劣勢を補った。

ビーマンは部下の奮闘ぶりを見守っていた。敵はどうやら、一見重要ではなさそうなこの小川を越えさせまいとしているようだ。彼のチームは、長時間の戦闘に対応できる装備をしてこなかった。SEALの身上は一撃必殺だ。不意を突いて強襲し、釘づけにされる前に脱出する。

ところがいまは、まさしく強襲されている。敵は彼らの動きを封じ、相当な重装備で襲撃を敢行している。ここは一刻も早く脱出すべきだ。敵は手当たりしだいに撃っているものの、照準は時間とともに正確になってきた。

彼はジョンストン上等兵曹に、全員を斜面から撤退させるよう身振りで指示した。そのとき、背後から銃撃が始まった。

いよいよ、釘づけにされてしまった。昔ながらの挟撃戦法で、反乱勢力は、彼らの唯一の退路を断とうとしている。

オブライエンのM‐60が沈黙した。ビーマンが振り向いたちょうどそのとき、若きSEAL隊員は木の幹に寄りかかり、滑り落ちて地面に倒れ、息絶えた。彼の部下たちが敵の弾幕に引き裂かれている。どうにかして、ここを脱出させなければ。

アルバレスも背後からの銃撃を受けて斃《たお》れた。AK-47の弾丸が、背中に血まみれの弾痕を残す。

ビーマンは歯を食いしばり、しゃにむに前へ飛び出した。沈黙したオブライエンのM-60を摑み、猛然と火蓋を切る。腰だめで撃ちながら、浅い小川を駆け抜け、敏捷に岩から岩へ飛び移った。敵弾が彼をかすめる。足下で間欠泉さながらに、水飛沫が飛んだ。服が銃弾に引き裂かれる。

二〇フィートの川幅を、五秒以下で渡った。マラソンランナーのようだ。

一瞬、ビーマンの脳裏にジョン・ワードとのデッドヒートがよぎった。昨年のサンディエゴ・マラソンで優勝を争い、二人とも一歩も譲らなかったのだ。ビーマンが僅差《きんさ》でワードに競り勝った。この命懸けのレースも、勝たねばならない。

小川を越えると、ビーマンは下草の陰に飛びこんだ。ついに渡りきったのだ。撃ち尽くしたM-60を放ると、今度は腰のコルトと、戦闘用ナイフを抜いた。

突破口を拓かなければならない。このままでは全滅だ。

ビーマンは敢然と敵陣に飛びこんだ。銃を撃ち、咆吼《ほうこう》をあげて戦いながら。驚愕に打たれた兵士たちの顔を見ると、思いがけない昂揚感を覚えた。

反乱勢力の兵士たちの考えは、手に取るようにわかった。この蛮勇を振るう男は何者だ？　ナイフで切りつけ、銃を撃ち、叫びながら襲ってくる男は？

「こんなイカレ野郎、見たことがないだろう！」ビーマンは声のかぎりに叫んだ。

反乱勢力の部隊は、目の前からいなくなった。終わりがないかのように思えた銃撃が、ようやくやんだ。

ビーマンは立ち止まり、木の幹にもたれて、あえぎながら、部下たちを探した。

ジョンストン上等兵曹がつま先立ちで、慎重に小川を渡り、落伍者がいないかどうか密林を目で探している。五、六人の部下があとに続いてきた。隊員たちは用心しながら川岸を登り、ビーマンのほうへ近づいてきた。

もう銃声も、大きな爆発音も聞こえない。何もかも、死んだように静かだ。

「部隊長、大丈夫ですか？」

「ああ、上等兵曹。みんなの様子は？」ビーマンはすっかり息が上がり、どっと疲れを覚えた。

「こんな無茶は、いままで見たことがありません、隊長。死んで英雄になるつもりだったんですか？」上等兵曹は、目を丸くしたまま訊いた。

「いいや。俺たち全員が蜂の巣にされる前に突破口を切り拓くには、あれしか方法がないと思ったのさ。さあ、全員を集めて、状況を確認しよう。やつらが再攻撃してきたときに備えて、防御線を張るんだ。負傷者の手当ても頼む」

ビーマンには、戦闘で部下を失ってしまった事実に向き合う心の準備ができていなかった。自分の口から、そんなことを言わなければならないとは。ベセアとの通信を思うと胸がふさぐ。

「イエッサー。敵は逃走したもようです。部隊長一人で、五、六人は倒したと思います。衛星通信《SATCOM》装置は、俺が準備します。スパークスはやられました」ジョンストンは悲しげに首を振った。目を上げたとき、彼の目には怒りがみなぎっていた。「俺たちが来ることを、やつらがどうやって知ったのか、ぜひとも知りたいところです。これは偶然ではありません。周到に準備された襲撃です」

ビーマンにはそのとおりであることがわかっていた。しかしいまは、息を整えるのに精一杯で、その問いに答える余裕はなかった。

フアン・デ・サンチアゴは高い安全な場所から、戦闘の一部始終を見守っていた。彼の兵士たちは、作戦どおりにアメリカ兵を追いこみ、罠を閉じた。兵力も火力も圧倒的に優勢で、ほんの二、三分もすればアメリカ兵は殲滅《せんめつ》されるはずだった。侵略者どもの何人かが倒れるのを見たところで、デ・サンチアゴは啞然とした。正気とは思えない屈強なアメリカ兵が、怒り狂った雄牛さながらに飛び出し、小川を渡って突進してきたのだ。その男の身体は、銃弾を受けつけないのかと思われた。その男は文字どおり捨て身の攻撃で、デ・サンチアゴの兵士たちの封鎖線を破り、彼らは縮み上がった子どもたちのように、ジャングルのなかに散り散りに逃げていった。アメリカ兵の背後から罠を閉じた兵士たちでさえ、味方の慌てぶりを見るや、算を乱して逃走した。

デ・サンチアゴは、その男の鬼神のような勇敢さを、賞賛せざるを得なかった。あれこそ、戦う男というものだ。相手にとって不足はない。

彼は包囲網を破られた戦場に背を向け、山を下りた。まちがいない。あの男とは、きっとふたたび相まみえるだろう。そして奇妙なことに、決着はどうあれ、デ・サンチアゴはこの好敵手との再会が待ち遠しくてならなかった。

15

ベセア局長は、信じがたい思いで緊急の無線報告を聞いた。死者を目の当たりにしたことは、これまでにもあった。悲惨な死を遂げた、善良な人々を見たことは何度もある。麻薬取引との終わりなき戦争に従事している者は、必ずそうした人々をつぶさに見るのだ。これまでの戦いでもそうだった。しかし、今回のケースはいままでとちがう。今回のほうが、はるかに身に沁みた。

その報告に接するや、彼は自責の念に駆られた。デ・サンチアゴは彼の作戦に浸透工作をしていたのだ。麻薬王になった革命家は、何日も前からSEALの任務のことを知っていたにちがいない。ビーマンとその部下に用意周到な襲撃を仕掛けるには、それだけの時間が必要だったはずだ。

まずはスパイを発見し、抜け穴をふさがなければならない。

ベセアは掩蔽壕《えんぺいごう》の壁にもたれた。上層部から末端に至る彼の組織で、どこから洩れたのだろう。思い当たる節はなかった。デ・サンチアゴは相当な財力と権力を握っているにちがいない。さもなければ、彼の組織の中心深くに触手を伸ばせるはずがない。だがベセアも、ギテリーズ大統領の政府のあらゆるレベルに諜報員を抱えていた。それでも計画を洩らした人間を突き止めるのは、容易ではないだろう。不必要な危険は最大限、避ける必要がある。現段階で、信用できる人間は三人しかいない。ビル・ビーマン、ジョン・ワード、それに彼自身だけだ。

ビル・ビーマン率いるSEALより能力の劣る人間をコロンビアの山中に送りこんでいたら、敵の奇襲攻撃で全滅していたのはまちがいない。ビーマンの報告では、死者六名、負傷者四名ということだ。二年を費やし、骨を折って準備してきた作戦全体が、いまや危機に瀕している。一触即発の地域にSEALの部隊が潜入していることは、反乱勢力に知れ渡ってしまった。

ジョン・ベセアにとっては断腸の思いだが、いまは困難な決断を下さねばならないときだ。こういうときに背中を押してくれる、信頼できる片腕がいてくれれば。彼はいま一度マイクを握り、金属の網の冷たい感触を唇に覚えつつ、話しかけた。

「サウスステーション、こちらホワイトシャドー。一両日以内に、負傷者の搬送を手配する。きみたち全員も、いったん現地から引き上げるか？　ビル、きみの判断に委ねる」

ビーマンは狭い開拓地に冷たくなって横たわる、六名の遺体を正視できなかった。彼らは汚れた洗濯物やごみのように、一列に並べられている。アルバレス、スミス、オブライエンをはじめとした若者たちは、もうこの世にいない。SEALはこれまでの歴史で、遺体を戦場に置き去りにしてきたことはただの一度もなかった。勇敢なる若者たちは、もうすぐ祖国の土に還るのだ。つい数分前までなら、ベセアの提案を受け入れることも頭をよぎっただろうが、いまのビーマンには、一点の迷いもなかった。

勝算はきわめて乏しいかもしれないが、それでも最後まで戦わなければならない。

「ホワイトシャドー、われわれは現地に残ります。負傷者と戦死者の搬送をお願いします。それから、情報洩れの原因を特定してください。われわれは任務続行の許可を求めます。なんとしても、デ・サンチアゴをとっちめてやります」

数千マイル離れた場所からの衛星回線で、簡潔明瞭な答えを聞いたとき、ビーマンはなんら意外ではなかった。

「こちらホワイトシャドー。続行を認める。以上」

ジョー・グラスは椅子にどっかりと座り、コーヒーを長々と飲んでから言った。

「艦長、機関長を除く全員が集まりました。彼はまだ、酸素発生器と格闘しています」

士官室の席はすべて埋まっている。十人しか座れないのに、〈スペードフィッシュ〉には十五名の士官が乗り組んでいるので、室内はまさしく立錐の余地もなかった。両側の扉は閉められている。外には大きな赤い札が掲げられていた――〈立入禁止。機密任務のブリーフィング中〉。

テーブルの首座に着席したワードは、コーヒーカップを置き、咳払いした。

「諸君、機関長が酸素発生器の修理を終えたら、すぐに出港する。準備ができていない者は、時勢に遅れているということだ」艦長は薄茶色の冊子を、合成皮革のテーブルから取り上げた。「わたしは先代の〈スペードフィッシュ〉の哨戒日誌を読んでいたところだ。未読の者には、ぜひお薦めしたい」

「試験でもするんですか？」スタン・グールが茶々を入れた。

ワードは苦笑した。

「きみ一人だけに試験を出してもいいぞ、水雷長。不合格だったら、昇任会議で機関長に格上げしてやろう」

長身のニューヨーカーは恐怖におののくふりをした。

「か、艦長。それだけはお許しください。どうかお慈悲を。機関長はご免です。それ以外ならなんでもします。機関長になったら、後部区画でずっと当直する羽目になります」

アール・ビーズリーが水雷長の脇腹を小突いた。

「そもそも制御盤室の場所さえ簡単には見つからんぞ。おまえは、もうずいぶん後部区画に行ってないからな」

副長のグラスは父親のような寛大な笑みを浮かべ、二人の科長を眺めた。

「きみたちに機関長が加わったら、『三ばか大将』（アメリカのコメディグループ。おかっぱ頭のモー、もじゃもじゃ頭のラリー、坊主頭のカーリーの三人）そっくりだな」

ビーズリーは後退しつつある髪の生えぎわを、誇らしげに叩いた。

「わたしはカーリーになりたいですね」

ワードは真顔に戻り、片手を上げた。

「冗談はもういい。本題に戻ろう。道化師二人の邪魔が入るまで、わたしが言おうとしていたのは、本艦が第二次世界大戦で勇戦奮闘した先代の誇りある伝統を受け継いでいることだ。今回は本艦〈スペードフィッシュ〉にとって、最後の哨戒になるだろう。わたしとしては、有意義な航海にしたいと考えている」ビーズリーを指さし、彼は続けた。「では、航海長。出港してからどんなルートを採るのか説明してくれ」

ビーズリーは立ち上がり、舷側の隔壁に貼りつけられた大きな海図の覆いを取り去った。

海図は東太平洋のものだ。緑の線がサンディエゴからメキシコ沿岸を南下し、中央アメリカを抜けて、コロンビア沖に描かれた囲みへと続いている。

「これが今回の航路です。簡単そのものです。これまでは、進出速力七ノットでの予定行動《PIM》計画でした」

　ＰＩＭ（Planned Intended Movement）とは、いかにも海軍の作戦立案者が言いそうな略語だが、要するに任務遂行に必要な平均時速のことだ。潜水艦はふだん、おのおのが独立して作戦任務に就き、絶えず連絡を取ることはできないため、ＰＩＭ海域と呼ばれる一定の範囲を独占的に運用することが認められている。ＰＩＭ海域で、それ以外の味方潜水艦はいかなる作戦行動も許可されることはない。任務に就く潜水艦はＰＩＭ海域のどこにいてもよいが、いったんその範囲の外に出てしまったことに気づいたら、浮上航行しなければならない。ＰＩＭ海域は、潜水艦が前もって決められた作戦海域へと向かうまでのあいだ、予定航路に沿ってＰＩＭ速度で移動しつづける。

「これまで、とは？」ワードは鋭く訊いた。

「けさになって作戦命令が変更され、ＰＩＭは二〇ノットに上がったのです。繰り返します……二〇ノットです。つまりわれわれは、行動予定を守るにはすぐに出港しなければなりません」作戦命令では、コロンビア沖の作戦海域までの航路と、作戦海域に到達後やるべきことが細かく指示される。「二十四時間後の通信予定時間まで、われわれはほとんど全速力で航行を続けないと、PIM海域より遅れてしまうのです」

ワードはしばし、海図を検討した。

「いいか、諸君。つまりこれは、PIM海域より先行するぐらいのつもりでなければ、行動予定を維持できないということだ。コンタクトを追いかけたり、追尾を撒くための回避行動をしたりしている暇はない。わき目もふらずに、大急ぎで南下するのだ」

ワードは士官たちの表情から疑念を読み取った。彼らは尻を叩かれ、どこかの海へ送りこまれようとしている。たいがいの演習で、こんなに速く航行することは求められない。〈スペードフィッシュ〉の士官たちは、これから明かされるブリーフィングの内容を聞き漏らすまいと、艦長のほうへ身を乗り出した。

フアン・デ・サンチアゴは、革命運動の支持者たちが汗をかいて大きな荷物を積み下ろすのを見ていた。何もかもがうまくいっている。第一に、思いがけず潜水艇の動力装置が手に入った。次に、ホルヘ・オルティエスがコカイン精製での添加物の問題を解決してくれた。そして、アメリカ人どもへの奇襲攻撃も成功した。

デ・サンチアゴはとりわけ、襲撃の成功に満足していた。作戦に立ち会ったことで、一兵卒として戦闘に明け暮れたころに戻ったような心地がした。まるで彼自身がジャングルの泥にまみれ、腹ばいになって敵と銃撃戦をしたような気分だ。だが、いまの彼には、はるかに遠大な使命が託されている。デ・サンチアゴには大いなる聖戦を見届ける義務があるのだ。しかもその重要性は、日増しに大きくなっている。

神はデ・サンチアゴを絶えず見守り、その大義に祝福を与えている。早晩、彼らはアメリカの悪魔を打ち破るだろう。それはほとんど運命づけられているように思える。デ・サンチアゴは、殺戮《さつりく》されたアメリカ兵がヘリで搬送され、彼らの作戦がいったん中止されるものと確信していた。連中が作戦を立てなおし、ふたたびここを訪れるころには、コカの栽培地域ではとっくに収穫を終えているだろう。そうだ。やつらがこの聖なる土地を出ていくのは、神がそうなることを予定していたからで、それはつまるところ、あの連中が現代の兵士にすぎないからだ。彼が確信するところによれば、現代の兵士たちには戦う意志が欠けており、国のために命をなげうつ気構えの者もいない。あのアメリカの部隊だって、なんら変わるところはない。デ・サンチアゴの蠍《さそり》のようなひと突きを見舞われたのだから。

結局あいつらは、軟弱なアメリカ人にすぎないのだ。

ただし、あの血走った目をした男だけは別だ。取り憑かれたように、彼の部隊へ突進してきたあの男だけは。しかし、あの男が一人だけで残るはずもない。

それでも、あいつは戻ってくるだろう。デ・サンチアゴはそれを確信していた。必ずそうなると思っていたし、そのときにはふさわしい歓迎をしてやろう。

フィリップ・ザーコが革命指導者の肩を叩き、目の前で進行している作業を示した。直径一〇フィート、全長三〇フィートの区画が、巨大なクレーンに鋼索で吊るされてそっと揺られ、待ちかまえているトラックへ下ろされる。クレーンは短い弧を描き、円筒形の区画を、荷台に据えつけられた受け台の上に直接下ろした。クレーンの操作員が手慣れた様子で、円筒形の区画を受け台に載せる。特別に頑丈に作られた荷台のサスペンションがきしんだ。五〇トンの積荷に耐えられる、十六輪トレーラーの荷台だ。

デ・サンチアゴはザーコのほうを向いた。

「よくここまでやってくれた、友よ」

ザーコは指導者の賞賛にうなずいて応えたが、眉間に皺を寄せたままだ。

「ありがとうございます《グラシアス》。ですがわたしとしては、〈ジブラス〉の組み立てが完了し、潜水して北へ向かうまで安心できません、エル・ヘフェ。われわれの計画が〈エル・ファルコーネ〉によってどこまで脅かされるのか、わかりませんから」

デ・サンチアゴは旧友の背中を叩いた。

「きみはいつも悲観的すぎる。何もかも、必ずやうまくいく。神がそれを予定しているのだ。〈エル・ファルコーネ〉への対策も、わたしがちゃんと用意してある。もうすぐ、その正体もわかるだろう」デ・サンチアゴの心は次の段階に移っているようだ。「ひとつ教えてくれ。海辺に運んでから、潜水艇の組み立てにはどれぐらいかかる?」

「エル・カピタン・セルジオフスキーによると、一週間もあれば充分だということです。貨物船はすでに改装を完了し、われわれを待っています」

「すばらしい! 申し分ないではないか」

革命指導者の笑みが広がった。いまや彼の飢えた野望は、全世界に広がろうとしている。


「制御盤室、こちら艦橋だ。機関長を艦内電話に出してくれ」

スタン・グールは7MCマイクを、艦橋の架台に戻した。艦橋には彼とワード艦長しかいない。もやい作業員が、〈スペードフィッシュ〉を埠頭にきつく結んでいる綱のそばで待機している。タグボートの〈チェリー二号〉は〈スペードフィッシュ〉の舷側にくりつけられ、潜水艦を水路に曳航しようとしている。ワードはソレンセン船長が大きなタグボートから〈スペードフィッシュ〉に乗り移るのを見た。出港予定時刻まであと三十分足らずだが、大きな障害がひとつあった。

グールはワードに、艦内電話の受話器を渡した。

「艦長、機関長が電話に出ました」

ワードは受話器を受け取り、耳に当てた。

「機関長、酸素発生器の状態はどうだ」

デイブ・クーンは疲れ切り、声はこわばっていた。何せこの四十八時間、彼は機関員たちとともに、不眠不休で複雑な酸素発生器の修理に取りかかっていたのだ。皮肉交じりに〝爆弾〟と称されることもある酸素発生器は、単純な発想に基づいている。要するに、水を取りこんで直流電気を流すだけでよい。そうすれば陽極から酸素が、陰極から水素が生成される。酸素は備蓄されて使用され、水素は艦外に排出される。

考えかたとしてはそういうことだ。しかし現実は、これより多少こみ入っている。〈スペードフィッシュ〉の艦内を満たすには、酸素生成器は相当な高圧で作動しなければならない。高圧では、水素は危険なほど爆発しやすくなる。純度の高い酸素も激しく燃焼するときわめて高温になり、鋼鉄でさえ融かしてしまう。

電気制御系統は恐ろしく複雑で、配管は入り組んでいる。修理するのはまさに悪夢だ。

「艦長、消耗した電解槽の密封材を、四カ所交換しました。沈殿物もすべて除去しています。それでもいくらか残存不純物がある状態です」

機関長の口調には、疲労と苛立ちが色濃く滲んでいた。クーンはこれまでつねに、〈スペードフィッシュ〉を定刻どおり航行させてきたことをもって誇りとしている。この老朽艦を維持するのは非常に高い技術水準が要求される。クーンがいかに不可能を可能としてきたか、驚くばかりだ。

「機関長、きみの見立ては？　直せるのか？」

クーンは間髪《かんはつ》を容れず答えた。

「はい。いずれは直せます。ただ、それがきょうなのか、来週なのかはなんとも言えません。艦長、酸素の気蓄室はすべて満タンです。このややこしい代物は、あと一週間以上は動かさなくても大丈夫です」

ワードが機関長の報告を聞いている最中に、スタン・グールが無線交話器《ウォーキートーキー》を抱えて言った。「艦長、司令官からです」

なんという絶妙なタイミングだ。ワードは皮肉たっぷりに思った。クーンに、あとで掛けなおすと言い、無線に出る。

「こちら〈スペードフィッシュ〉、ワードに代わりました」

雑音混じりの無線が鳴った。

「ジョン、こちらはデソー司令だ。出港準備の進捗状況は？」

「司令、酸素発生器を除き、出港準備は完了しています」

わずかな間が空き、ワードにはデソーが薄笑いするところが目に浮かんだ。

「ジョン、きみも知ってのとおり、規定では、酸素発生器が稼働しなければ出港許可を出すことはできない」

「しかし、司令……」

「〝しかし〟はなしだ、ジョン。そいつが酸素《ガス》を発生したら、連絡してくれ」

ワードは「イエッサー」と言ったが、通話はすでに切れていた。

出港時刻まですでに三十分を切っている。なんとしても定刻どおりに出港しなければならない。それ以外の選択肢はなかった。航海日程に余裕はないのだ。予定どおりコロンビア沖に到着できるかどうかに、多くの人命がかかっている。任務そのものの成否も。

「ミスター・グール、機関長をもう一度電話に出してくれ」ワードは命じた。無線を置き、艦内電話を取り上げる。「機関長、二分前と比べてどうだ?」

「最低電流は回復しています」クーンが答える。「それでも残存不純物はなくなりません。なんとか乾ききればいいんですが。さもないと、高圧部室を一度破って、もう一度密封材を交換する羽目になります」

ワードは訊いた。「そいつは酸素《ガス》を発生しているか?」

「艦長、いまは最低限の電流しか流せないのです。残存不純物がなくなって接合部の圧力をすべて確認するまで、圧力を一杯に上げることはできません。あと三時間はかかると思います」

「機関長、そいつは……酸素《ガス》を……出しているか？」ワードは繰り返し、ことさらにゆっくりと発音した。

「いいえ。あと三時間はかかります。出港はどうしますか？　三十分では無理です」

「機関長、一分でそっちに行く。直接話そう」ワードはかまわずに言った。

スタン・グールの怪訝《けげん》そうな視線を受けながら、艦長は長い梯子を降りて艦橋から消えた。いったいどうするつもりなのか？

ワードは発令所を通り抜け、足早に後部へ向かった。アール・ビーズリーが海図から目を上げ、何事かという表情を浮かべる。出港時、艦長は通常セイルの艦橋で指揮を執るものであり、発令所にいるのは尋常ではないのだ。しかも艦長は、急いでどこかへ向かっている。

ワードは通りしな、航海長を一瞥してにやりとした。

「機関長に用があるんだ。指揮とはどうあるべきか、ちょっと教えてやるのさ」

ビーズリーは肩をすくめ、海図に戻った。

ワードは原子炉区画上部の通路を抜け、梯子を降りて下部区画の補助機械室へ向かった。

機関長は酸素発生器の制御盤で計器類の針を注視し、部下の機関員たちが信じがたいほど複雑に入り組んだ配管システムを慎重に点検している。

「機関長、そいつは……酸素《ガス》を……出しているか？」

クーンは振り向き、ワードに向かって目を見張った。憤懣やるかたない面持ちだ。いったいなぜ艦長がこれほど執拗なのか、彼には理解できなかった。このがたが来た酸素発生器の修理に、これほど手こずっていることを皮肉っているのだろうか？

口をひらいた機関長の語調には、怒りのとげがあった。

「艦長、十分前に、この複雑怪奇な機械が酸素《オキシジエン》を作るまで、最低三時間はかかると申し上げたはずですが」

ワードは機関長を正面から見据え、肩に手を置いた。

「機関長、最後まで話を聞いてくれ。司令はわたしに、そいつが酸素《ガス》を出すまで出港は許可しないと言ってきたんだ。さて、そいつは……酸素《ガス》を……出しているか？」

クーンの表情がたちどころに変わった。彼は顔じゅうに笑みを浮かべた。

艦長が何度も訊いた質問は、きわめて慎重に考え抜かれていた。酸素の圧力計の針は、見るまでもなく〝ゼロ〟を指している。クーンはすぐさま、水素の圧力計に目を移した。まちがいなく、水素の圧力計はゼロより上だ。

水素だって、気体《ガス》ではないか？

「イエッサー」彼は大仰にうなずいた。「確かに、こいつは水素《ガス》を出しています」

ワードは片手で制し、さえぎった。

「まさしく、その答えが聞きたかったんだ」

踵《きびす》を返し、クーンが二の句を告げる前に梯子を上がって戻る。長い梯子を昇り、ようやく艦橋に出た。

ワードはすぐに司令部無線を摑んだ。

「司令、こちら〈スペードフィッシュ〉です。ただいま、酸素発生器がガスを出しました。出港の許可を求めます」

「ジョン、念のために確認する。きみはいま、そいつがガスを出していると言ったのか？」

「イエッサー。そいつはガスを出しています」

デソーは一瞬、躊躇した。ワードは息を詰めた。

「結構だ。それでは、出港を許可する。好結果を期待している」

ワードはスタン・グールのほうを向いた。

「当直士官、もやい綱をすべて解け。これより出港する」

グールは笑みとともに答えた。「アイ、サー」そして矢継ぎ早に指示を下した。

埠頭では、もやい作業員が直径四インチの大綱を繋船柱《ボラード》から外し、水面に投げ入れた。主甲板の乗組員は長い綱を艦に引き上げ、なめらかな甲板に設置された収納場所に収める。最後の綱がボラードから滑り降りるや、操舵員が甲高いホイッスルを吹いた。入港中を示す主甲板後方の艦旗が下げられ、航行中を示すための艦旗がセイル上方に掲げられる。〈チェリー二号〉の大きなスクリューが水をかきまわし、〈スペードフィッシュ〉を埠頭から曳航した。グール水雷長がレバーを引くとともに、長い汽笛が耳をつんざき、〈スペードフィッシュ〉が意気揚々と海に乗り出すことを、世界に向かって告げる。

タグボートは軽々と潜水艦の艦体を引いて水路を進み、大海原へと送り出した。

水先案内人のソレンセン船長は、ワード艦長に手を差し出した。

「どうぞお気をつけて、艦長。無事のお帰りをお待ちしています」

船長は艦橋を下り、待ち受けているタグボートに飛び移った。

「ミスター・グール、艦内に戻ろう」ジョン・ワードは言った。「主甲板から全員が艦内に入るまで巡航速度で、そのあとは全速力で前進だ」

〈スペードフィッシュ〉は速度を上げ、本来の性能を発揮できる海中へと急いだ。

「アイ、サー。その前に、機関長からお電話です」

ワードは受話器を取った。

「どうした、機関長？」

「艦長、酸素発生器が完全に故障しました」クーンが報告した。「三ヵ所の電解槽の密封材が吹き飛んでしまいました。内部はひどく焼けただれています。復旧には最低でも一週間はかかりそうです」

「了解した、機関長。問題を念入りに調査し、たっぷり時間をかけて、あらゆる事実を洗い出すんだ。損害報告を送るのは……あすの昼ごろにしよう」

ジョン・ワードはスタン・グールに共犯者めいたウインクをし、広々とした太平洋を吹く爽やかな海風を吸おうと前を向いた。

16

　ビル・ビーマンは、隠れていた丸太の陰からそっと頭を上げた。インカ帝国時代に切り拓かれたでこぼこした山道が、眼下に伸びている。狭い道は山の急斜面へと続いていた。一フィート下は断崖で、転落したら、一〇〇〇フィート下で飛沫をあげる急流へと真っ逆さまだ。おんぼろのトラックが、坂の上の雲から現われた。トラックはエンジンを咆吼《ほうこう》させ、バックファイアを起こしながら、ビーマンが隠れているところまで山道を下ってくる。彼の居場所は道の数フィート上だが、トラックの運転手や同乗者からはうまく隠れていた。

　この道を通るトラックは、この日で三台目だ。すべて南側から下りてきている。どのトラックも、重くてかさばる積荷を満載していた。防水シートが入念にかけられ、積荷を覆い隠している。どのトラックの運転台にも、必ず運転手と同乗者が乗っていた。運転手は一様に恐怖の色を浮かべながら、狭い山道を悪戦苦闘して進み、どうにか転落を免れている。同乗者はＡＫ－47をこれ見よがしに構えていた。こうした男たちが従事している商売の性質を考えれば、それぐらいはするだろう。

このコロンビアの辺境へ生き残った隊員たちを送りこんだのは、ジョン・ベセアだ。最初の投下地点から、未踏査の山奥を歩きつづけるのは困苦をきわめた。トラックの最初の一台を目撃するまで、ビーマンはこの難行がまったくの徒労に終わるのではないかと疑っていた。JDIAの局長は、ビーマンたちが偶然や僥倖《ぎょうこう》に恵まれて何かを発見するのを期待し、あとは現場の裁量で動いてもらおうと思っているのだろうか、と。

ベセアが言っていたところでは、彼の〝情報源〟から、この地域で反乱勢力による麻薬の密輸に絡んだ動きがあるらしい。情報は断片的で、雲を摑むような話だった。

ビーマンはトラックがいったいどこから来たのか、当惑していた。この道はペルー側に続いており、山中の国境まで一マイルもないはずだ。地図によれば、この古くからの道はコロンビア側を抜け、ペルー側のアンデス山脈の奥深くへ向かっていた。トラックがコカインを満載しているとしたら、いったいどこから積み出されたのだろう。海軍の諜報部門と、JDIA本部の一致した見解によれば、ペルー側のゲリラ組織センデロ・ルミノソと、コロンビア側のデ・サンチアゴの反政府勢力は、互いに仲が悪く、国境を挟んで睨み合っている。武力衝突が何度か起きているという報告はあるものの、両者が協力関係にあるという報告は皆無だ。センデロ・ルミノソは、ペルー側の山地をすべて掌握している。

トラックがうなりをあげ、ビーマンが隠れている場所を通りすぎた。がっしりしたダブルタイヤがもうもうと土埃を巻き上げ、隠れ場所を赤土の霧が覆う。トラックが安全な距離まで遠ざかり、次のカーブを曲がったところで、ビーマンは激しく咳きこみ、くしゃみをした。彼は滑るように斜面を下りた。ふたたびジャングルの繁茂した草木に紛れ、道路から隠れる。ビーマンは急斜面を五〇ヤード登ったところで、下草を分け入り、密林に隠された狭い野営地に戻った。

「またトラックが通りましたか？」ジョンストン上等兵曹が訊いた。

「ああ、しかしまだよくわからない。ペルー側の国境から来ているにちがいないんだが」ビーマンは答え、木の幹に寄りかかって腰を下ろした。「運んでいるのはコカインにちがいない。ということは、国境付近に栽培地があるはずだ。デ・サンチアゴは、よほどうまく隠しているんだろう。センデロ・ルミノソにも、俺たちにも見つからないようにな。あるいは、やつは思っていたより外交手腕に長《た》けているのかもしれん。上等兵曹、ちょっと国境の向こうまで行ってみたくはないか？」

「だったら、トラックを捕まえて訊いてみたらどうです？」ジョンストンが訊いた。携帯用アルコールストーブで淹れたばかりの、濃いブラックコーヒーをビーマンに手渡す。

ビーマンはうれしそうにコーヒーを受け取り、カップを吹いて少し冷ました。

「こいつはありがたい」ひと口飲み、状況の整理を試みる。「それもひとつの選択肢だ。だが〈スペードフィッシュ〉が沖合に到着するまで、少なくとも一週間はかかる。いまトラックを捕まえたら、奇襲作戦の効果が失われてしまう。トラックごと運転手と同乗者を始末すれば、必ず怪しまれ、俺たちがまだ潜伏しているのではないかと疑われるだろう。現時点で、デ・サンチアゴ側はわれわれが襲撃を受けて撤退したものと考えているはずだ。連中がそう思いこんでくれる時間が長ければ長いほど、われわれは真相を解明すべく動けるというものだ」

「訓練されたとおり、一撃必殺の攻撃を仕掛けましょう」ジョンストンが提案した。「これまで俺たちがやってきたことといえば、山道を歩きまわったあげく、襲撃を受けただけじゃないですか」

「うーん、上等兵曹、ではデ・サンチアゴが、この近辺でなんらかの計画に基づき、施設を稼働させているとしよう。その場合、われわれ単独で施設を破壊できるだけの火力がない。大規模な攻撃を行なうには、〈スペードフィッシュ〉とトマホーク・ミサイルが必要なんだ。俺たちだけでも多少の打撃は加えられるだろうが、そうしたらデ・サンチアゴは、やつの縄張りを俺たちがうろついていることを知り、標的にミサイルを発射できるこちらの態勢が整うころには、とっくに施設をどこかへ移動させてしまうかもしれない。そしてその場合、ペルーの領土を攻撃してしまうことにもなりかねないぞ」

「なるほど、だったらどうします？　ここで俺たちの目の前を通りすぎる積荷はおそらく、純度の高いコカインでしょう。それも一トンはあります。そいつがまっすぐアメリカへ向かうことに、俺は今月の給料を賭けてもいいです」

ビーマンは立ち上がり、カップをぐるぐるまわして、残りのコーヒーを近くの藪に捨てた。

「だろうな。実を言えば、俺にもこれといった計画はないんだ。だから、ちょっと探りを入れてみようじゃないか。何かわかるかもしれない。ひとつだけ確実なのは、いつまでもここでじっと座っているわけにはいかないってことだ。さあ、全員に支度をさせろ」

厳密に言えば、ビーマンにはコロンビア国外での行動を命令する権限はなかった。彼は国境の北側にいなければならないのだ。彼の部隊はギテリーズ大統領を代表とする、善良なコロンビア市民の招請を受けている。したがってSEAL部隊は、正統な政府の保護を享受できる。

ところが、一歩でも国境を越えたら、彼らは侵入者になってしまう。ペルー政府は彼らを不法入国した侵略者とみなすだろう。デ・サンチアゴの部隊と戦闘になった場合、ペルーからの支援がまったく期待できないことを、ビーマンはよく知っていた。センデロ・ルミノソのゲリラに至っては、どちらも無差別に攻撃してくるだろう。ペルーの軍や官憲に見つかった場合、殺されずにすんだとしても投獄されるのは免れない。アメリカに戻ったら、命令不服従の廉《かど》で軍法会議にかけられる。ゲリラに捕まったら、彼らの司法や刑罰システムははるかに粗野だ。見えない国境線を越えて山道をたどったら、コロンビア側にとどまるよりも味方ははるかに少なくなる。

それでもジョンストンは立ち上がり、人差し指と親指を唇に当てて、口笛を吹いた。上等兵曹が背嚢を背負っているあいだに、六名のSEAL隊員が下草から現われた。みな背嚢を背負い、坂を下りてくる。山道に平行に進みながら、山側のジャングルに紛れて、一行は部隊長に忠実に南進しつづけた。

国境に検問はなく、コロンビアとペルーの国境を示す看板さえない。SEALがコロンビア側より南に入ったことを知る唯一の方法は、ビーマンが携帯しているGPS表示器の地図だけだ。見えない国境線を越えることには、誰一人躊躇を覚えないだろう。

高い峠を越え、登り坂は終わった。下りの山道は曲がりくねり、はるか下の谷へ向かっている。

下りに入って一マイルもしないうちに、別のトラックのエンジン音が聞こえてきた。低速ギアで苦労しながら、急な坂道を登って近づいてくる。青い排気ガスが上がり、トラックが道を曲がってくるのと同時に、SEAL隊員の最後の一人が道ばたに飛びこんで隠れた。このトラックもやはり、積荷を満載している。冷たい目をした武装兵士が助手席に乗り、怯えきった運転手が山道を運転しているのも同じだ。

ビーマンは、トラックがカーブを曲がって視界から消えるのを待った。たっぷり十分間以上、じっと伏せ、トラックに乗っている人間が怪しんで戻ってくることのないよう念を入れる。安全を確認すると、部下に合図して行軍を再開し、道に沿って山を下った。

夜の帳《とばり》が山道に降りてきた。でこぼこした道以外、何も見つからない。あたりが暗闇に包まれると、SEAL隊員たちは夜間用の暗視ゴーグルを装着し、道のまんなかを歩いた。おかげで歩きやすくなり、ペースも上がった。ビーマンの考えでは、積荷を満載したトラックが街灯ひとつない危険な山道を夜中に走ることはないはずだ。仮に走ってきたとしても、ヘッドライトがSEAL隊員に警告してくれるから、藪の陰に隠れる時間はたっぷりあるにちがいなかった。

一行は暗闇のなかを下山した。つづら折りの山道は、さらに急カーブを描いている。果てしなく続く道を下って、彼らはインカ帝国の北限からペルーの心臓部へ向かっていた。隊員のなかには、このあとに控えている登り坂で雲のなかを歩かねばならないと不平をこぼす者もいた。ペルーでは、補給物資の投下など望むべくもない。

ビーマンははるか下の谷と、その向こうにそびえる山を暗視ゴーグルで望んだ。幽霊のような緑の輪郭しか見えない。雲のなかで、夜の森の音が彼らを取り囲む。ビーマンとその部下たちが歩いている場所から、そう遠くないどこかで、夜行性の動物が獲物を追いかけ、生きるか死ぬかの争いを繰り広げている。SEAL隊員の耳に、警告の叫び、獲物を追いかける音、断末魔の悲鳴が聞こえてきた。

さらに二台のトラックが、彼らを追い越して通りすぎた。ビーマンは自らの考えがまちがっていたことを悟った。こんな暗闇でも、トラックは重要な積荷を運んでいた。目的地がどこかは不明だが、連中は山道も夜襲の危険も覚悟した上で、リスクを冒しているのだ。だが暗闇とトラックのエンジン音とヘッドライトのおかげで、隊員たちが隠れるのは造作もなかった。

夜明け前に、一行は分かれ道に出た。左に行くと、つづら折りの道は谷底へ向かっている。右の道は山の肩を通り、岩肌の狭い切り通しへ消えていた。どちらが正しい道かは、行ってみなければわからない。ビーマンが持っている地図は、国境を越えたとたん、道が表示されなくなった。

ふた手に分かれて両方の道をたどるには、人数が足りなかった。ちがったほうへ進んでしまったら、貴重な日数を浪費することになる。ビーマンは昔から軍に伝わる格言を信じていた。〝五十・五十・九十の法則〟だ。すなわち、五分五分の確率でどちらかを選ばなければならない場合、人間は九割の確率でまちがったほうを選んでしまうという法則である。

ビーマンは分かれ道の近くにとどまり、待つことにした。それは攻撃を重んじる彼の性格に反していたが、トラックがどちらから来るかさえわかればいいのだから、そんなに長く待つことはないはずだ。

ジョンストンを分岐点の草木の陰に配置してから、ビーマンはほかの隊員を引き連れて、五〇メートルほど坂道を上がった。部下たちが大きな岩の陰に臨時キャンプを設営するなか、ビーマンは衛星通信装置《SATCOM》をセットした。

十五分後にビーマンは、ジョン・ベセアと通話した。ベセアはサンディエゴの海岸の掩《えん》蔽壕《ぺいごう》で、SEALからの連絡を待ちわびていた。

「ホワイトシャドー、こちらサウスステーションです。現在位置は74・7951南、5・9799西です。麻薬の密輸が疑われるトラックの来た道をたどっていたら、ペルー側に入ってしまいました。この二十四時間で、八台のトラックを見ています。根拠地を特定したいと考えています。どうぞ」

ベセアの答えははっきり聞こえた。

「サウステーション、ペルー側で根拠地を発見したとしても、われわれの権限で攻撃許可を出せるかどうかは確言できない。密輸を阻止するには、きみたち独自でやってもらうことになりそうだ」

ベセアの意味するところは明らかだ。ビーマンが危険を冒して越境するなら邪魔はしないし、ベセアは外交や政治的手段により、支援しようと最善を尽くしてくれるだろう。だが、ペルー国内の施設を攻撃して吹き飛ばすのは別問題だ。やるならどうぞご自由に、というわけだ。

「ホワイトシャドー、〈海蛇〉の到着予定時刻をお知らせ願う」

〈海蛇〉は〈スペードフィッシュ〉のコードネームだ。ビーマンは潜水艦がいつ任務を遂行できる態勢になるのかを知りたかった。

「〈海蛇〉は五日以内に配置に就く予定だ。出港したのはおとといだ」

二人はそれから、SEALへの再補給の段取りや、諜報員からの最新報告を話し合った。通話は全部で十分もかからなかった。

「通信を終わります」ビーマンは言い、回線を切った。

遠い山の稜線から日が昇り、通信装置を収納しているビーマンを金色の光で照らした。夜のジャングルの音が静まる。日中の営みの音はまだ始まっていない。ビーマンは草木のなかに柔らかい寝床を見つけた。ちょっとひなたぼっこして、きれいな青空を眺めるにはうってつけだ。

ビーマンはたちどころに寝入った。

ほんの数分ほどしか経っていないように思われたころ、誰かに揺り起こされた。

「部隊長、起きてください。トラックが来ます」甘く楽しい夢を邪魔したのは、カントレルだった。ビーマンはむずかり、寝返りを打った。カントレルは、オブライエンの代わりにM-60を担いで行軍している。「上等兵曹から起こすように言われました。トラックが、右側の道から来ています」

ビーマンは目をしばたたいた。太陽は高く昇り、容赦なく照りつけている。腕時計を見た。もう四時間以上も寝ている。

「まだ十分しか寝ていないような気がするよ」ビーマンはあくび混じりに言った。

「もう午前十時十五分です」

「ああ、わかっている」

目をこすりながら、ビーマンは言った。「ようし、右の道だな。トラックが通りすぎたら、すぐにそっちへ行くぞ」

右側の土の道をたどると、山のまわりを蛇行し、狭い切り通しを抜けて、次の谷へ出た。道幅はしだいに狭くなり、人間二人が並んで歩くのがやっとで、ここをトラックが通るのは神業に思える。その先には、足がすくむぐらい急なでこぼこの道が長く伸びていた。上にも下にも、ごく最近できたとおぼしき地滑りの跡が、傷口のようにぱっくりと口を開けている。その傷跡は道の数千フィート下の、鬱蒼《うっそう》とした多雨林まで続いていた。切り立った岩壁がはるか頭上までそびえ、頂上は灰色の雲に隠れている。

一行は立ち止まった。いまいる場所からはるか下の谷に目を向ける。するとビーマンの目に、農作物の規則正しい列が見えた。狭い谷だけでなく、山腹の斜面も段々畑にされ、合計で一〇〇〇エーカー以上ありそうだ。谷の低いところまで、狭い道が続いていた。高い岩壁に挟まれ、急流がごうごうと流れている。

ここはいかなる集落からも遠く離れ、見捨てられ、荒廃したような土地だ。デ・サンチアゴがひそかに死の作物を栽培しているとしたら、ここをおいてほかにない。なるほど、いままで見つからずにすんだわけだ。

ビーマンはジョンストンに、一行を休ませるよう合図した。ジョンストンは斜面を登り、ビーマンが谷を見下ろしている場所まで来た。

「部隊長、苦労した甲斐がありましたね。ついに見つかりましたか」

ビーマンは高倍率の双眼鏡を使い、なおも谷をじっと見ている。

「ああ、やはり本当にあったんだな。だが、問題はここからどうするかだ。ベセアの指示は聞いただろう。攻撃する場合は、俺たちだけでリスクを冒してやらねばならない。それに、たとえ〈海蛇〉が配置に就いてトマホークを撃ったとしても、さしたる打撃は与えられないだろう。狙う価値のある大規模施設は、ここにはない。精製工場みたいな施設は」

積荷を満載したトラックのうなりが聞こえてきた。山の低い場所からこちらへ向かってくる。ジョンストンは隊員たちを山に登らせ、岩陰やまばらな茂みの陰に隠れるよう命じた。もっとも、長いこと相次ぐ地滑りで、緑はほとんど残っていなかったが。トラックは排気ガスを噴き出し、低速ギアで急勾配をあえぐように進んでくる。運転手は両手を使い、狭い泥道を懸命に走らせていた。

トラックが曲がり角の向こうへ消えた。ビーマンは二〇ヤード上にいる隊員たちに合流した。ジョンストン上等兵曹は、彼とビーマンが座っている狭い場所を取り巻くように、間隔を置いてSEAL隊員を物陰に配置した。二人は谷全体を見はるかす、突き出した狭い崖に座った。慎重に栽培地を見わたし、誰かに見とがめられていないかどうか確かめる。デ・サンチアゴがこの作物から不法な利益を得るのを防ぐにはどうしたらいいか、二人は解決策を探ろうとした。

「燃やすには湿り気が多すぎます。刈り取ってしまうにしても、この量では手がまわりません」ジョンストンのつぶやきは、ビーマンの気持ちも代弁していた。「俺たちの装備に火炎放射器はありません。かといって、このまま放置するのは恥さらしもいいところです。連中はほどなく、収穫を始めるでしょうからね。うーん、この栽培地に致命的な打撃を与える方法は、俺には思いつきません」

ビーマンは谷全体を俯瞰《ふかん》した。それからもう一度、丹念に見わたすと、双眼鏡を下げてジョンストンを一瞥した。

「上等兵曹、下には何が見える？」

ジョンストンは訝しげにビーマンを見た。

「収穫間近のコカの葉が、どこまでも続いています」

「俺もだ。ほかには何もない」

「と、言いますと？」

「集落はないし、飯場らしきものも、工場も、精製施設もなければ、この谷に出入りできそうなほかの道路も見当たらない。川沿いにテントがいくつか並んでいるのは、きっと刈り取って、積み出しをする作業員用だろう。つまり、谷に出入りできるのはこの道だけということになる。俺の推測では、デ・サンチアゴがここでコカを育てているのは、誰からも偶然見つかる心配がないからだ——俺たちからも、センデロ・ルミノソからも。そして、最小限の人数だけをここに置いて、汚れ仕事をやらせている。ここで栽培した生のコカの葉を、この道を使ってトラックで運び、どこか別の場所で精製しているんだろう。これまでの麻薬撲滅作戦とはちがい、作物を燃やすだけではすまない。栽培地の近くに工場はないからな。賭けてもいいが、トラックを停めて積荷を調べたら、どれも全部コカの葉だろう。そいつは山を越えて、吸引用のコカイン粉末に化け、秘密の添加物を調合されるにちがいない。この谷にあるのは、コカ畑だけだ。ミサイルで破壊すべき目標はない」

「なるほど、きっとそのとおりでしょう。それじゃあ、どうしますか?」

ビーマンは背中を向け、頭上の山を丹念に見た。

「俺たちがこの道を寸断すれば、ここの栽培地は孤立し、価値を失う。少なくとも、デ・サンチアゴが道を復旧させるまでは、な。ここの地滑りは道路を長期間使用不能にするには、うってつけだ。斜面の崩落を起こして栽培地を覆ってしまうことができたら、さらに望ましい」ビーマンは背筋を伸ばし、ジョンストンのほうを向いた。「上等兵曹、SATCOMの用意をしてくれ。ベセアと協議したい。それから、道ばたに見張りを何人か配置してくれ。次に来るトラックの積荷を確かめたい。もしもコーヒー豆だったら、とんだ見こみちがいになってしまうからな」

数分後、ビーマンはベセアと通話した。部隊長はJDIAの局長に、谷にコカ畑が隠されていたことと、デ・サンチアゴがやっていると考えられることを説明した。

それからビーマンは、コロンビアからずっと背負ってきた背嚢をふたつ摑み、ひとつをジョンストンに放った。「よし、行動開始だ」

SEALの部隊長と上等兵曹は、急いで山を登ろうとしたが、滑りやすい岩と土埃で、思うようにいかなかった。その下では六名のSEAL隊員が、次に来るトラックの襲撃準備をしている。カントレルが道のまんなかに浅い穴を掘り、C-4プラスチック爆薬の小さな包みを埋めた。彼は雷管から細い針金を引っ張り出し、轍《わだち》を横切って大きな岩の陰にまわると、電子制御の起爆装置をセットした。それからオブライエンのM-60を抱え、その場に腰を下ろして待った。背嚢と機関銃を担いで歩く以外のことができて、カントレルはうれしかった。

ブロートンとマルティネッリはさらに五〇フィート下を歩き、物陰に隠れた。一人は道の上、もう一人は下だ。ダンコフスキーは道の五〇フィート上を歩き、坂の上の木陰にひそんだ。全員が手ぐすね引いて、不運なトラックが山道をゆっくり上がってくるのを待った。

ビーマンとジョンストンはもっと高いところで仕掛けをした。登るにつれて傾斜が急になっていく。茂みはなくなり、あたりは岩だらけの斜面になって、足場はいっそう滑りやすくなった。一度滑落すれば、狭い道では止まらず、眼下のコカ畑まで真っ逆さまに落ちていきかねない。

ジョンストンは一度足を滑らせ、岩を蹴ってしまった。岩は急斜面を転がり落ちていく。はるか下の木々のどこかで止まったようだが、二人の居場所から、岩の行き先は見えなかった。一時間も苦労して登った二人は、道路の数百フィート上に露出した巨大な岩の下にたどり着いた。

ビーマンが背嚢を開け、C‐4爆薬をセットしはじめる。いくつかの岩が固まってバランスを取り、不安定な岩場を支えている。ビーマンはそうした岩場を慎重に右へ移動しつつ、六カ所に爆薬を仕掛けた。どれも遠隔操作の起爆装置だ。ジョンストンは左へ移動し、同じ作業をした。最後の爆薬のセットが完了すると、二人は急いで斜面を下りた。登りよりは速いものの、滑落の危険はつきまとう。

SEALの指揮を執る二人が、岩から岩へ飛び移って山道へ戻ったそのとき、トラックの音が聞こえてきた。二人は急いで隠れた。

道路に埋めたC‐4にトラックが近づくのをじっと待ち、カントレルは起爆装置の小さな赤いボタンを押した。C‐4は轟音をたてて爆発し、トラックの運転台に土や岩屑《がんせつ》の雨を降らせたが、それ以上の損害は与えなかった。だが、運転手と武装兵士を動転させるには充分だった。

震え上がった運転手はブレーキを踏み、そのまま走り去ろうとせずに停まった。トラックは危険なほど傾き、転落する数インチ手前でかろうじて踏みとどまった。武装兵士は目の前で起きた爆発に度肝を抜かれ、開いた助手席側のドアから飛び降りようとした。そこで、はたと止まった。真下は深さ一〇〇フィートもの断崖絶壁だったのだ。兵士はこわごわ車内に戻り、ドアを強く閉めた。二人は運転席のドアから飛び出したところで、M－60機関銃の銃身を胸元に突きつけられた。

兵士が銃を地面に落とした。二人とも両手を上げ、膝をがくがく震わせる。カントレルがスペイン語で、道に顔を伏せろと叫んだ。二人は即座に従った。

ビーマンとジョンストンが道に飛び降り、ブロートンとマルティネッリが、隠れ場所から姿を現わす。マルティネッリは古いトラックの荷台に上がり、風雨で色褪せた防水シートを剝がした。出てきたのは半ば朽ちた葉の束で、荷台の床から八フィートの高さまで積まれている。腐りかけた草の強烈なにおいが鼻を衝いた。

「部隊長、これを見てください」

ビーマンは草の山を見てから、泥道に伏せた二人の農夫に目を移した。

「カントレル、こんな気持ちのいい朝にどこへ行こうとしていたのか、われわれの友人に訊いてみてくれるか」

カントレルはM‐60の遊底を引き、わざと大きな音で弾薬を装塡した。

「喜んで、隊長。まずは、注意をこちらに向けましょう」彼は引き金を引いた。フルオートの機関銃だ。七・六二ミリNATO制式弾が毎分七五〇発もの速さで、二人の農夫の周囲に埃を巻き上げる。彼らは身体を引きつらせ、悲鳴をあげた。

「隊長、注意を向けてくれたようです」カントレルはどうにか通じるスペイン語で、話しかけた。「仲間たち《ミス・コンパドレス》よ、俺たちはデ・サンチアゴとコカ畑のことを知っている。トラックでどこへ行くのか教えてほしい、頼むよ《ポル・ファボール》」

二人とも、答えるのは気乗りがしないようだ。彼らはお互いに目を見張ったが、泥道にじっと身を伏せていた。

ビーマンはカントレルに目配せし、スペイン語で言った。

「こいつらをトラックに縛りつけろ。俺たちが道を一〇〇メートル上がったら、爆薬で岩を落とせ。そうしたらトラックごと、こいつらも谷底へ突き落とされる」

カントレルは答えた。「はっ《シ》、隊長《ミ・カピタン》！」

ビーマンが背を向け、道の斜面を登りはじめる。

最初に叫んだのは、トラックの運転手だった。

「待ってくれ、お願いだ。俺たちを殺さないでくれ。知りたいことを教えるから」

「早くしろ。俺は気が短いんだ」

農夫は唇を震わせ、早口で言った。

「すごく大きい工場が、ずっと遠くの深い谷に隠されている。こことチョレラのあいだにある谷だ。トラックで二日かかる。大きな街の近くではない。工場に着くまで、給油と部品交換のほかには停まらない」

ビーマンは携帯表示器の地図を見せて工場の場所を訊こうとしたが、運転手はまったくの文盲だった。

トラックを指さし、ビーマンは言った。「おまえが運転しろ。俺たちを工場まで連れていけ」

SEAL隊員たちはトラックの積荷を一掃し、荷台に乗りこんだ。相当な急斜面なので、車に乗っていけるのはありがたい。ビーマンは、兵士のよれよれになった麦藁帽と汗臭い上着を着、運転台の助手席に乗った。兵士は荷台でほかの隊員に囲まれ、怯えきっている。

トラックが走りだし、カーブを曲がった。ビーマンはポケットから小型送信機を取り出し、ボタンを押した。斜面の高いところで、C‐4爆薬はセットしたとおり完璧に爆発し、露出した岩を吹き飛ばして、轟音が谷の向こうの山々へこだました。

巨岩が斜面を転げ落ち、ほかの岩もひとつ、またひとつと仲間に加わって、ほどなく山全体が谷底へ滑り落ちていくように見えた。インカ帝国時代に切り拓かれた道は数百メートルにわたって寸断され、膨大な岩や土が積もった。

地滑りは拡大し、トラックが停まっている場所も危なくなった。ビーマンは運転手の肩をどやしつけた。

「行こう、兄ちゃん《バムス ムチャチョ》。ここで死ぬのはご免だ」

恐怖に駆られた運転手はアクセルを踏み、クラッチを操作して、トラックを急発進させた。次の瞬間、道路がさらに崩落し、岩石に飲みこまれた。半マイルほど遠ざかったところでようやく、トラックのエンジン音が、山崩れの音よりも大きくなった。失われた帝国の記憶をとどめる山が、背後でうなりをあげて崩れ落ちていく。


小さな川船が、そばを通りすぎるフェリーの波に穏やかに揺れ、三人のジャズコンボが明るく心地よいダンス音楽を奏でている。近くの山々から吹いてくる微風が、蚊やブヨを追い払ってくれた。甲板のテーブルには料理がふんだんに並び、白い制服を着た給仕がシャンパングラスを載せたトレイを肩より高く掲げて、立食パーティに招待された二十数名の客のあいだを歩きまわる。東洋的な装飾のランプや香り高い花のバスケットが吊り下げられ、夕闇迫る甲板は夢のような雰囲気に包まれていた。

テーブルの端では、いつもどおり迷彩服に身を包んだ三人の男たちが、立ったまま声をひそめて話していた。顔に生々しい傷が走っている男は、見るからにそわそわしており、口調にもそれが表われている。

「エル・ヘフェはいったい何を考えているんだ？　われわれ三人を同時に、この船に呼び寄せるとは？」ギレルモ・マルケス大佐は脚の体重を交互に移しながら、不満げに言った。落ち着かない様子で近くの招待客を見ながら、ワインをがぶ飲みする。「いままでわれわれが一堂に会したのは、安全な大農場《ハシエンダ》のなかだけだった。エル・ヘフェのお気持ちはありがたいのだが……」

リカルド・アベッラ大佐は、声が音楽にかき消されないように上半身を傾けた。

「まあ落ち着け、友《ミ・アミーゴ》よ。ここはわれわれが支配する領域で最も安全な町だ。わが家のベッドよりも安全なぐらいだろう。エル・ヘフェがおっしゃったとおりだ。たまには楽しいパーティをひらいて、われわれの革命への貢献に報いようとしておられるのさ」長身で屈強なゲリラ部隊の指揮官は、ワインをひと口すすり、顔じゅうに笑みを浮かべた。「見ろよ。川は美しく、夜は楽しげじゃないか。せっかくもてなしてくれるというんだから、エル・ヘフェの気分を害したくはないだろう？」彼は肩越しに、船の向こうを示した。「それに、うちのかみさんたちもいつになく楽しそうにしているじゃないか」

いかにも、三人の女たちは手すりのかたわらに寄り集まり、新調したパーティドレスを比べ合っている。どれもエル・ヘフェからの贈り物だ。三人は川向こうの町の灯を見ながら、音楽に合わせて身体を揺らし、下手なステップで踊ろうとしては、笑いさざめいていた。この女たちもまた、革命の功労者だ。ファン・デ・サンチアゴが最も信頼を寄せる男たちが戦いを続けているあいだ、家を守ってきたのだから。デ・サンチアゴ自身が、船の道板でじきじきに出迎え、彼女らが革命にかけがえのない働きをしてきたと讃えていた。今夜はめったにないすばらしい夕べだ。選ばれた少数の幹部夫妻に伍して、夫ともども栄誉ある席に招かれたのだから。ファン・デ・サンチアゴ自身の口から賞賛の言葉を受け、夫妻はともども大いに感謝した。日ごろのエル・ヘフェらしからぬ行動ではあるが、だからといって不満を覚える筋合いはないはずだ。

いまでさえ、デ・サンチアゴはアベッラの副官の若く美しい妻と会話に興じ、ずいぶん楽しそうだ。それでも彼は話を切り上げ、給仕のトレイからシャンパングラスを取って、立食テーブルの端に寄り集まったままの三人の将校に近づいた。

「勇敢なるわが友よ、せっかくの機会だから、美しい奥さんたちとゆっくり過ごし、その目によぎる星の輝きを愛でたらどうかな?」

「われわれはふだん、ごく短い時間しか会わないのです、エル・ヘフェ」エンリケ・フェルナンデス大佐が答えた。「最近では、どこかのジャングルの開拓地や、あなたのハシエンダでの会議でお互いに見かける程度でした。いまは、久しぶりに意見を交換していたところです」

デ・サンチアゴは唇を引き結び、頭をもたげて、優しい口調でたしなめた。

「それもいいが、きょうは仕事を忘れ、くつろいでほしいのだ。われわれの計画が成就し、豊かな実を結ぶことを祝おうじゃないか。川の景色をゆっくり楽しみながら、うんと飲み食いしてくれたまえ」

ギレルモ・マルケスはワイングラスを傾けて感謝の意を表わそうとしたが、それでも革命指導者にひと言、懸念を言わずにいられなかった。

「ありがとうございます。ですが、〈エル・ファルコーネ〉の裏切りを考えると……」

「〈エル・ファルコーネ〉のくそったれが!」デ・サンチアゴは怒号をあげた。その声は怒りに満ち、表情は憤怒にゆがんでいる。手すりのそばにいた妻たちは、何事かといっせいに振り向いた。甲板の誰もが静まりかえる。ジャズコンボも一瞬沈黙したが、演奏していた軽やかなサンバを再開した。「もうすぐ……いや、いますぐ……〈エル・ファルコーネ〉はこの世からいなくなる」革命指導者は低い声で、うなるように言った。その目は獰猛さをたたえている。「あのくそ野郎に、これ以上わたしや革命の邪魔立てをさせてなるものか」

デ・サンチアゴは部下の大佐たちの顔を一人ずつじっと見つめ、この気まずい沈黙のなかで彼らの目によぎった反応を確かめようとした。用心棒のグスマンが背後に進み出たのも、ほとんど気づいていないようだ。

「エル・ヘフェ、少しよろしいでしょうか」グスマンはしかたなしに言い、デ・サンチアゴの肩をそっと叩いた。

革命指導者は顎をこわばらせてから、やがて笑みを繕った。

「諸君、美しい奥さんや勇敢な仲間《コンパドレス》たちとの夕べを楽しんでほしい。あすの朝になっても、革命運動はまちがいなく続いているからな」その笑みは凄みを帯びている。「けさバランキージャで採れたばかりの牡蠣《かき》は、ぜひお薦めしたい。夜になって奥方と部屋に戻ったときに備えて、精をつけておくんだ」

三人の大佐とグラスをぶつけ合い、訳知り顔にウインクすると、デ・サンチアゴはグスマンに続いて船の向こう端の暗がりに向かった。

飲み物、音楽、川で穏やかに揺れる船の甲板が、徐々に効き目を現わしてきた。三人の将校たちもくつろぎはじめた。ビュッフェの食事を旺盛な食欲で平らげ、妻たちと寄り添って、川船の乗組員が艫綱《ともづな》を解き、ゆっくりと押し出すのを眺める。船が川岸を離れるにつれ、軽くキスしたり抱擁を交わしたりする夫妻もいた。エンリケ・フェルナンデスの妻は、夫と唇を合わせるのに背をかがめなければならず、周囲の者は温かい笑い声とともに見守った。

防諜の専門家であるマルケスは、パーティ会場の川船に乗ったときから、押しつぶされそうな強い不安を拭えなかった。妻がめったにないほど昂揚した表情を見せ、柔らかいランプの明かりとかぐわしい空気が漂う最高の夕方なのに、その不安はつきまとった。指導者の命令に従い、隠密行動と陰謀と死に満ちた日常をしばし忘れて、この得がたいひとときを楽しむべきなのはわかっていたのだが。

デ・サンチアゴを取り巻く幹部のなかでも、マルケスはとりわけ、〈エル・ファルコーネ〉の脅威を取り除くことの難しさを認識していた。デ・サンチアゴの部下で、そのスパイの本性を誰より理解していたのも彼だった。機微に触れる情報に通じる立場で、それを敵と分かち合う動機を持つ者はきわめてかぎられている。革命指導者が彼に、スパイを追うことを許してくれないのが残念でならない。それこそが、マルケスの仕事だというのに。しかしデ・サンチアゴは、この点ではどうしても譲ろうとしなかった。

ただひとつだけ、彼には確信があった。〈エル・ファルコーネ〉は、今夜川船でパーティが催されるのを知っているにちがいない。だとしたら、敵もそれを知っているということだ。

マルケスはいま一度、不安を払拭しようとし、妻に笑いかけてキスすると、ほかの招客のあいだを縫って、彼女を船尾のほうへ連れていった。大きな外輪で船は川をさかのぼり、水飛沫が川面にほのかな光を投げかける。町の灯がしだいに遠のき、温かな夕方の霧雨にかすむ。光が遠ざかるにつれ、頭上では星が明るく瞬き、晴れ上がった夜空が漆黒の闇に包まれてきた。

そのとき、マルケスは何かを見た。心臓が一瞬凍りついた。

ついさっき船が出航した川岸に、ファン・デ・サンチアゴとグスマンが並んで立っている。二人は静かに、上流へ向かう船を見つめ、手を振りもしなければ、戻ってくるように呼びかけもしない。

いったいなぜ、船はパーティの主人を乗せないで出航したのか？

ギレルモ・マルケスはすぐにその答えを悟った。足下の甲板が持ち上がり、大爆発が起こって、船体がまっぷたつになったのだ。白熱した炎が世界を包んだ。

「いったいなんということをしてくれたのか、あなたが気づいてくださるといいんですが」グスマンは悲しげに言った。取り乱した人々が、走って二人の前を通りすぎ、川で恐ろしい爆発を起こしたものを見ようとしている。背後の建物の窓ガラスが何枚か割れ、遠くからサイレンが鳴り響いて、こちらに向かっていた。

「それなら完璧に理解しているよ、グスマン。わたしは真の愛国者たちの生命を犠牲にして、一人の裏切者をまちがいなく地獄の業火に突き落としたのさ」

燃えさかる破片が川に押し流されてきたが、助けを求める生存者の叫びは聞こえなかった。揺らめく炎が、ファン・デ・サンチアゴの石のような冷たい顔を不気味に照らし出す。そこに浮かび上がる目の色は、まぎれもない憎悪に燃えていた。

「あなたは自らの手で、ご自身にばかりか、革命運動にもかけがえのない人々を殺したんですよ」

「後釜に座りたい人間はいくらでもいるさ」

「ですが、あの大佐たちの一人が〈エル・ファルコーネ〉だという確証はあるんですか？」

「もちろん、確証はないさ。しかしわたしは、賭けに出る危険を冒すよう迫られていたのだ。われわれの計画は何よりも重要であり、スパイの野郎をこれ以上生かして危険にさらすわけにはいかないのだ。粛清のために、可能性のある人間は誰一人生かしておくわけにいかなかった」彼はそこで、グスマンのほうを向いた。「ただし、きみだった場合は別だが」

グスマンは革命指導者に、それ以上考えさせる時間を与えなかった。彼はエル・ヘフェを車に乗せ、ここを歩いている革命指導者の姿が、パニックに駆られた群衆の目に触れないようにした。

17

光の差さない深い海中を、〈スペードフィッシュ〉の黒い輪郭が滑るように潜航している。八〇〇フィート頭上では、太陽が碧青色の海を赤とオレンジに染め、いまにも沈もうとしているところだ。しかし壮大な光のショーも、深淵までは決して届かない。天空に昇っては沈む太陽と月の営みも、ここでは無意味だ。昼と夜を区切るのは、潜水艦乗組員の当直交代だけだった。

サンディエゴ港の入口にあるSDブイから一マイルの地点で潜航を開始して以来、〈スペードフィッシュ〉はずっと二〇ノットで南下しつづけている。いまはメキシコのアカプルコからほぼ真西に五〇〇マイルの沖合を航行中だ。

ジョン・ワード艦長は狭苦しい艦長室の机に向かい、いま一度、哨戒命令の内容を吟味していた。副長のジョー・グラスが向かいに座り、テーブルに両肘を載せて、まっさらな黄色の法律用箋《リーガルパッド》を見下ろしている。

「副長、わたしの考えでは」ワードはおもむろに切り出した。「目下、本艦は哨戒海域に向かっており、到着以降は、めぼしい情報がないかどうか調べることになっている。具体的には、通航する船舶や通信を監視するようなことだ。しかし同時に、命令があればいつでもミサイルを発射できる態勢でいなければならない。われわれが送りこまれるのは、そのためなのだ」

ジョー・グラスはリーガルパッドから目を上げた。艦長の一見とりとめのない話の内容を、大急ぎでメモする。ワードの副長を務めて二年ほどの経験から、グラスは気づいていた。最初の印象とちがい、ワードは決して思いつきを言っているのではない。傍から見れば、艦長はわかりきったことや、まとまりのない考えを口にしているにすぎないようだが、実際には、それが複雑で緻密な計画を慎重に練り上げていく、ワード流のやりかたなのだ。グラスはこれまでの経験から、どんな細かいことでも書き漏らせば、あとから記憶だけに頼らねばならず、やっかいなことになるのを学んでいた。

「わたしが知るかぎり、この周辺に脅威はない」ワードは考えを口に出しているように、語を継いだ。

「ええ、誤って漁船に衝突するようなことでもないかぎり、脅威はありません」グラスは同意した。

ワードは副長のほうを見た。

「わたしが言いたいのは、対潜兵器《ＡＳＷ》を使われる恐れがないということだ」これは、潜水艦が魚雷の発射を迫られるような事態にならないことを意味する。「つまり、いまのわれわれには、自己防御のための武器よりも、トマホークのほうがより必要性が高いのだ。スタンに、四門の魚雷発射管すべてにトマホークを装塡させよう」

通常であれば、哨戒中の潜水艦は、四門の魚雷発射管すべてに魚雷を装塡している。艦長がミサイルを発射するつもりなら、三門の発射管にはあらかじめミサイルを装塡するが、一門だけは艦が攻撃された場合に備えて、魚雷を装塡したままにしておくだろう。この点は平時でも戦時でも変わらない。

グラスは二行ほど書いてから訊いた。「でしたら搭載兵器の順番も変えて、さらに四発のトマホークを、すべての発射管にいつでも装塡できるようにしてはいかがでしょう？」

〈スペードフィッシュ〉の魚雷発射管室は、武器を満載していた。いまは四門の魚雷発射管すべてに、Ｍｋ48ＡＤＣＡＰ魚雷を装塡している。最新性能を備えた重い魚雷を、必要な場合にただちに発射できるようにしているのだ。魚雷発射管室の格納庫の棚には、さらに二発のＡＤＣＡＰ魚雷が控えているが、今回の任務では、二〇発のトマホークＴＬＡＭ－Ｄ対地攻撃巡航ミサイルも搭載していた。ＴＬＡＭ－Ｄミサイルには、一六〇発の子爆弾が内蔵され、それぞれに二・二ポンドの高性能爆薬が入っている。
最初に装塡されていた四〇〇ポンドのADCAP魚雷を格納庫の奥に戻し、四門の魚雷発射管それぞれにTLAM－Dを装塡しなおすのは、きわめてややこしい椅子取りゲームのようなものだ。魚雷を戻し、四門の発射管すべてをミサイルに替えるのは、ビル・ラルストン魚雷発射管長以下の担当者全員で、最低でも四時間かかるだろう。幸いなことに、〈スペードフィッシュ〉は油圧式の武器運搬装置を備えているので、かつてとちがい、ロープや滑車を使って人力で行なう重労働からは解放されている。たとえそうであっても、武器の配置を替えるのはやっかいで退屈なうえに、場合によっては非常な危険をともなう作業だ。

　魚雷発射管室に搭載される武器の内容や順序は、必要な武器が状況に応じて使用できるよう、事前から入念に考慮される。使われる必要性が最も高い武器が、発射すべきときに装塡できなくてはならない。トマホーク対地攻撃ミサイル《TLAM》、ハープーン対艦ミサイル、魚雷などのさまざまな武器を、四門しかない発射管でいかに運用するか、戦術計画を周到に立てることが肝要になる。TLAMしか装塡していないときに、不意に魚雷を発射する必要に迫られたら、運よく撃沈を免れたとしても、逃げるしか方法はない。最悪の場合、潜水艦は自己防衛ができなくなるのだ。

ロサンゼルス級の後期型や新型のバージニア級潜水艦であれば、こうした問題に頭を悩ませる必要はない。艦の上部に一二基ものトマホーク・ミサイル用垂直発射管があるので、魚雷発射管はほかの用途に自由に使える。だが〈スペードフィッシュ〉のような老齢艦には、そうした装備はなかった。

ワードとグラスはともに、艦の魚雷発射管をすべて使い、八発のTLAM-Dミサイルを発射できる態勢にすることで意見が一致した。発射管に四発、その後ろにさらに四発を待機させるのだ。ビル・ビーマン率いるSEALチームが標的を特定し、ミサイルの雨を降らす必要に迫られたら、二人の準備が功を奏することになる。

クッキー・ドットソンが扉をノックし、ワードの承諾で足を踏み入れた。運んできたトレイにはコーヒーポット、二人分のカップのほかに、たまらなくいいにおいのするものが載っている。

「失礼します、艦長、副長。淹れたてのコーヒーをお持ちしました」ポットとカップを小さなテーブルにそっと置いてから、二人の前にナプキンで覆われた皿を差し出した。「士官室の大食いのみなさんに食われる前に、いくらかお二人に召し上がっていただきましょう」

調理員が大仰な身振りでナプキンを剝がすと、皿に山盛りのチョコチップ・クッキーが載っていた。まだオーブンから取り出したばかりで、焼きたてのほやほやだ。

「クッキー、きみは人の心を読む達人だな。危うく、勤務評定できみに手心を加えてしまいそうになる」ワードは優しい口調で冗談を言いながら、クッキーに手を伸ばした。

グラスはうなずいて同意し、おいしさのあまり、うなることしかできずにクッキーを次々に頬張った。

ドットソンは感謝して微笑みながら、いつも着けている脂っこいエプロンで手を拭いた。

「艦長、わたしは賄賂を渡すような下卑た振る舞いはしません。そんなことをしては筋道が通りません。ほかにも、取り柄はたくさんありますから」

彼はウインクし、調理室へ戻っていった。

自分のコーヒーを注ぎながら、ワードはしばらく黙ってクッキーを嚙んでいた。〝艦長モード〟に戻ったようだ。グラスは艦長がクッキーの味をわかっているかどうか、怪しんだ。

「ジョー、わたしが何より心配なのは、原子炉の炉心だ。これだけ高速で潜航していたら、起動時にキセノンを排除するための最大制限値ぎりぎりに近づくのではないかと懸念している。原子炉を慎重に運転しなければ、にっちもさっちも行かなくなる恐れがある」

〈スペードフィッシュ〉のS3G原子炉には、二〇〇ポンドをやや上まわる濃縮ウラン2

２３５が含まれている。長年使われてきた炉心で、その半分ほどは、艦の推進力を得るために燃え尽きていた。残ったウランの大半は、臨界質量を維持するために必要だ。炉心から逃げていった中性子を補給するだけでよければ、話は簡単だ。しかし核分裂のプロセスが障害になるので、話はより複雑になる。

ウラン２３５の原子が核分裂を起こすと、推進力となるエネルギーのほか、いくらかの中性子、ベータ粒子やガンマ粒子、そして二個の新たな原子核が生まれる。その新たな原子の原子量は、大ざっぱに見積もった原子質量単位で、８８と１３４だ。

最も一般的な核分裂生成物のひとつがキセノンだ。その崩壊生成物であるクリプトンは、中性子を貪欲に吸収する。原子炉が臨界状態にあるとき、これは問題にならない。クリプトンは生成するのと同じぐらいの速さで、燃え尽きるからだ。問題が生じるのは、高出力で運転を続けていた原子炉が、不意に停止したときである。キセノンはその後も数時間にわたって崩壊しつづけてクリプトンを生成するが、停止した原子炉はもう中性子を生み出さないので、クリプトンは中性子を吸収して燃え尽きることができず、高レベルで増えつづける。

クリプトンが崩壊する前に原子炉を再起動しなければならない場合、炉心には充分な中性子が必要になる。ひとつは核分裂のプロセスを起こして推進力を得るためであり、もうひとつは毒性の高い物質を燃やすためだ。原子炉が寿命を迎えるまで大半の期間は、ウラン235が充分にあり、必要な中性子を供給してくれる。しかし、〈スペードフィッシュ〉のように年数が経った場合は、たとえ制御棒を炉心から引き抜いても、充分なウラン235が残っていない。唯一の選択肢は、キセノンが崩壊し尽くすまで数時間待つことだ。あるいはもし、原子炉停止のあとすぐに再起動する必要に迫られる場合には、原子炉を停止するまでの数時間、出力を上げないで運転するしかない。

真の問題が生じるのは、故意であれ過失であれ、原子炉が海中で停止した場合だ。乗組員が十五分以内にその原因を突き止め、修正し、再起動できなければ、潜水艦は操艦不能に陥り、何時間も原子炉を使えずに洋上で漂流することになる。

グラスは艦長の言葉を噛みしめながら、クッキーをもうひとつ摑み取った。

「哨戒海域に到着したら、その問題は解消されるでしょう。高速を出す必要はないはずです。まずは到着まで、最大出力で航行を続けましょう」もう一個、クッキーが消えていく。

「うーん、こいつはうまい。わたしが食べ尽くす前に、もう一個確保したほうがいいですよ、艦長」

ワードは読書用眼鏡越しに、残ったクッキーを見た。

「副長、もう一個摑んだら、その手を切るぞ」

ワードは笑顔を作ろうとしたが、彼の頭はすでに、次の異常事態がどこに発生するかで一杯だった。酸素発生器。ミサイルの運搬作業。原子炉。

いまのところ、可能性が高いのはそのあたりだ。

ジョナサン・ワードの頭には、いやな感じがつきまとって離れなかった。この老朽艦では、次に何が起きてもおかしくないのだ。

何が起きても。

ファン・デ・サンチアゴは狂気に陥ったように荒れ狂っていた。反政府勢力のベースキャンプ近くの山間部で、コカの栽培地をアメリカのヘリコプターに攻撃された日以来、グスマンはこれほど怒っている革命指導者を見たことがなかった。しかし今回は、よりひどく激情を駆り立てられているようだ。デ・サンチアゴは何時間も怒鳴り散らし、ゆがんだ顔を紫に染めて、首筋の血管を膨らませていた。

「やつら、一人残らず殺してやる！」彼は脅すように叫んだ。「わたしをいったい誰だと思っているんだ！」

復讐の誓いや脅しや罵声を発しているうちに、その声はこわばり、嗄《しゃが》れてきた。グスマンはなるべく近づかないようにしていた。エル・ヘフェの怒りが収まらないうちは、手の届く範囲にいると絞め殺されかねない。

グスマンはデ・サンチアゴの机の、一見なんの変哲もない走り書きをちらりと見た。その小さな紙片こそが、デ・サンチアゴの怒りに火をつけ、いくつものランプや調度品を割ったり壊したりする結果を招いたのだ。

その走り書きはアントニオ・デ・フカからのものだった。高地の谷に隠された広大なコカ畑から、トラックが出られなくなったという知らせだ。送りこまれた偵察兵の報告によると、大規模な山崩れのため、谷に出入りする道路がほぼ一キロにわたって寸断されたという。爆発が、その山崩れを引き起こしたらしい。

ペルー側の栽培地は、デ・サンチアゴが秘中の秘にしており、最も重視してきた計画だ。作物が栽培され、精製されなければ、彼の光輝ある計画は何ひとつ実行できない。デ・フカ、グスマン、彼自身のほか、ほんの数人の労働者や運転手以外は、その栽培地の場所すら知らない。そこで働く数人の農夫や、トラックの運転手と警備兵は、彼の組織のほかの人間に接触することをいっさい禁じられている。デ・サンチアゴの反乱勢力のために働いていることすら、彼らは知らない。その大半は、センデロ・ルミノソの組織の一員だと思いこんでいるのだ。彼らはみな恐怖に支配され、他人にはいっさい栽培地の存在を話さない。そんなことをすれば、彼ら自身のみならず、妻子の命にまで危険が及ぶからだ。

「あの道は、われわれの祖先が築いたのだ、グスマン」デ・サンチアゴは言った。

「実に千年ものあいだ、崩れることはなかった。それなのにいま、ろくでもないアメリカ人どもが破壊してしまった。やつらには、むごたらしい死にかたをさせてやる」

誰かが秘密を漏らし、栽培地は瞬く間に奪われてしまったのだ。道路の通行を再開できるには何ヵ月もかかるだろう。もっとも、再開できるかどうかもわからない。デ・サンチアゴは、いまこのときにコカを必要としている。作物は収穫間近だった。谷に出入りする新たな道路ができるころには、ことごとく腐っているだろう。コカの葉はみな、工場に運搬され、精製されて北へ輸出されるのを待つばかりだったというのに。いま手元にある精製ずみの商品は、一回輸出できる量だけだ。

「グスマン、新しい精製工場の警備兵の人数を、倍に増やせ。たとえいかなる犠牲を払っても、工場は守らねばならない。われわれの組織に巣食っている鼠が、連中に場所を教えてしまう可能性もあるんだ。それからグスマン、裏切者を見つけ出せ。そいつをわたしの前に連れてこい。そいつの子どもたちが見ている前で、この手でなぶり殺しにしてやる」

「あのパーティの川船に、〈エル・ファルコーネ〉は乗っていなかったということになりますね。ご満足ですか？」

「そいつはいまだに、わたしに反抗しつづけているのだ、グスマン。なんとしてもやつを見つけ出せ！」

デ・サンチアゴは息を切らしていた。用心棒は陰鬱な表情でうなずき、部屋を出ていった。反乱勢力の指導者は怒って携帯電話を摑み、叩きつけるように番号を押したので、端末を二度も落としてしまった。

フィリップ・ザーコはベッドのかたわらのナイトスタンドで、けたたましく鳴る電話を取った。こんな時間に、いったい誰だ？　いまは昼寝《シエスタ》の時間じゃないか。こんな暑い午後の盛りに電話してくるやつは、嗜《たしな》みというものを知らないのだ。ザーコは寝返りを打ち、懇《ねんご》ろになったばかりの愛人の身体越しに、電話に手を伸ばした。彼女は眠そうにもだえてから、従順に彼の手を握り、求められればもう一度受け入れるそぶりを見せた。だがザーコは、乱暴にその手を振り払った。

「ザーコだ」露骨に不機嫌な声だ。

デ・サンチアゴはすぐに用件を言った。

「フィリップ、一週間以内に、〈ジブラス〉の準備を整えろ。一刻も早く動かねばならない」

「しかし、エル・ヘフェ、まだ制御システムのテストも終わっていません」ザーコは眠けを振り払い、抗弁した。セックスのあとがいちばんよく眠れ、この愛人を抱いたあとはとりわけ眠りが深いというのに。「まだ進水もしていないんですよ。すべてチェックするのには時間が必要です。一週間ではとても……」

デ・サンチアゴは聞く耳を持たなかった。

「一週間だ、フィリップ。商品の積み出し準備はそれだけあれば整う。だから、運送手段もなんとかしろ。もはや失敗は許されない。わかったか？　失敗は許されんのだ！」

ザーコの耳に、通話が切れる音に続き、信号音が聞こえた。ほかに聞こえるのは、愛人のたてる寝息だけだ。

〈エル・ファルコーネ〉は当惑し、苛立っていた。高性能の盗聴器で、革命指導者側の会話はくっきり聞こえるのだが、その意味はアンデス山脈の頂《いただき》さながらに、ぼやけている。〈ジブラス〉とはいったい、何を指しているのか？　コカインの輸送手段のようだが、これまでデ・サンチアゴとその密輸商が使っていた手段と、何かちがいがあるのだろうか？

この情報をJDIAの連絡担当者に報告したいという強い衝動を覚えたが、わかっていることはあまりに少なく、解明しなければならないことのほうが多い。確たることがわかるまで、不必要なリスクを冒すべきではない。

少なくとも、コカの栽培地に関する情報は実を結んだ。JDIAはまちがいなく、デ・

サンチアゴの計画に打撃を与えている。栽培地からの輸送路を破壊したことで、きっと次の段階に予定されていた計画の実行が早まり、そのときには〈ジブラス〉なるものの正体もわかるだろう。

もしかしたらエル・ヘフェは、別の誰かに電話し、その謎を解く鍵になることを話すかもしれない。しかしいま、張りつめた気持ちで息をひそめ、イヤホンに耳を澄ます〈エル・ファルコーネ〉に聞こえてくるのは、書斎を端から端まで往復する革命指導者のブーツのリズミカルな足音だけだった。

ビル・ラルストンは油圧制御盤の前に立っていた。魚雷発射管室の後部にある制御盤で、いくつかレバーを操作するだけで、細長い緑の魚雷や銀色のミサイル格納筒《キャニスター》を自在に動かせる。いままで三隻の潜水艦に乗り組んできた彼は、十五年間にわたって魚雷発射管室を自分の領域としてきた。ここで起きることで、ビル・ラルストンの知らないことは何ひとつない。魚雷員は一人残らず、水雷長も、彼が自ら鍛え上げてきた。同じ持ち場の男たちに、彼は全幅の信頼を置いている。海面から八〇〇フィート下で高性能爆薬の装塡された武器を取り扱うときには、とりわけ信頼関係が重要になる。

煌々《こうこう》と明かりが灯る室内では、副長の命令一下、搭載武器の入れ替え作業が進行中だ。

四人からなる作業班が魚雷発射管室の両側で、ADCAP魚雷を発射管から外し、新たにトマホーク・ミサイルを装塡しなおしている。

スタン・グールは魚雷発射管制コンソールの前に座っている。前部に二列並ぶ、どっしりした銅合金製の魚雷発射管のあいだだ。グールは物静かに、誇らしい思いで作業班が働く様子を眺めていた。ラルストンと同様、この水雷長もまた魚雷員たちを知悉《ちしつ》しており、命を預けるに足る、優秀な男たちであることがわかっていた。じっと見ているうちに、銀灰色のTLAM-Dミサイルが静かに四番発射管に滑りこんでいく。左舷下部の発射管だ。サム・ベニテスが発射管扉を閉じ、重厚な銅合金のロッキングリングをまわす。装塡するのはこれが最後の一発だ。

「作業完了しました、上等兵曹」彼は歌うように言い、ロッキングリングをぴしゃりと叩いた。「外へ遊びに行ってもいいですか?」

「だめだ、この怠け者!　スクエアダンスをあとひと踊りしないと、終わらんぞ」

ベニテスはさまざまな装備が入り組んだ魚雷発射管室で、エネルギッシュにダンスを踊りだし、調子外れの大声でスペイン語の歌を歌った。踊りながらラルストンを摑み、ワルツへ誘う。上等兵曹は笑いをこらえながら、その手を振り払った。グールや魚雷員たちが、やんやの喝采ではやし立てる。

「すばらしいステップですね、上等兵曹」ベニテスは叫び、恰幅のいいパートナーに逃げられながらも、意気揚々と踊りつづけた。

「さっさとやめないと、帰港したら一年間、〝カンカン虫〟をさせるぞ」ラルストンが怒るふりをした。カンカン虫とは塗装剝がしのことだ。ハンマーを叩いて艦体のペイントを剝がしていくので、そう呼ばれる。

今度は、各発射管の後部にTLAM‐Dミサイルを移動させ、最初の四発が発射されたらいつでも装塡できるようにしておく仕事が待っている。魚雷発射管室は魚雷やミサイルで一杯なので、これはスクエアダンスのように複雑なパズルだ。一発のミサイルを目的の場所へ移動させるには、ほかの三発か四発の武器を、正しい順序で動かさなければならない。いわば巨大な数字あわせのパズルだ。

ベニテスは上等兵曹の言葉に手を振った。魚雷発射管室の緊張した空気はほぐれ、一同は次の仕事に取りかかる準備に入った。ベニテスは、ADCAP魚雷の架台《トラック》に金具を取りつけようと身体をかがめた。いま発射管から外した魚雷を、今度は舷側寄りの格納庫へ移動させなければならない。ミサイルや魚雷などの武器は、四つのがっしりした金属製のトラックに載せられ、トラックは溝にはめこまれて、専用の金具を取りつけて床を移動する。魚雷は金属製の帯で、トラックにしっかりと固定されている。装置は魚雷を横に移動できるように配置され、潜水艦が揺れたり上下に姿勢を変えたりしたときには、動かないように頑丈に留められている。

ベニテスは慎重に、ＡＤＣＡＰ魚雷に金具を取りつけ、具合を確認した。横に移動できるようにしたのだ。舷側寄りの金具を確認するため、彼は魚雷越しに身を乗り出し、トラックの陰になって視界から消えた。

その一瞬のあいだに、ビル・ラルストンはレバーを押し、移動装置を動かしてしまった。油圧式の機構が作動し、チェーンを動かす。ＡＤＣＡＰ魚雷に取りつけられた金具が、チェーンに引っ張られて、スムーズに深緑の魚雷を動かした。

魚雷越しに身を乗り出し、視界から消えていたベニテスは、よける暇もなかった。一平方インチあたり三〇〇〇ポンドもの力を持つ油圧機構が、四〇〇〇ポンドの魚雷を動かすのだから、挟まれたら人間の胸郭はひとたまりもない。

静かだった魚雷発射管室を、恐ろしい悲鳴がつんざいた。

ラルストンはレバーをすぐに引き戻した。スタン・グールが席からはじかれたように飛び上がる。ベニテスは、ＡＤＣＡＰ魚雷にのしかかるように手足を投げ出し、苦痛にうめいている。顎から大量の血がしたたっていた。

「魚雷発射管室で負傷者発生！　衛生班員、魚雷発射管室へ急行せよ」

艦内放送《1MC》がドク・マーストンの甘く鮮やかな夢を破った。二人の若い女性とともに、赤いスポーツカーを飛ばしながら、はなはだ興味深い解剖学研究に耽る夢だ。

どうせまた、副長が訓練を始めると言い出したのだろう。夢うつつのまま目をこすり、作業服に着替えて、医療器具が入った鞄を摑むと、上等兵曹用の居住室を駆け出す。悪態をつくのはあとでいい。まずは、訓練をあたかも本物のようにこなすことだ。

梯子を急いで降りたドクは、重傷を負ったベニテスのそばにかがんで介抱しようとするグールとラルストンを見た。

「どけ！　応急処置をする！」衛生班員のドクは叫んだ。

ベニテスをひと目見ただけで、ドクには彼の状態がきわめてひどいことがわかった。重篤な内臓損傷を負っているにちがいない。ラルストンから事故が起きたときの状況を聞くにつれ、疑問は確信に変わった。ベニテスは息をするのがやっとで、それも大変な苦痛のようだ。鮮血が唇の端からだらだらと流れ落ち、顔は土気色、肌はじっとり湿っている。すでにショック状態だ。

ドクは頭を上げ、やるべきことを告げた。

「水雷長、士官室にベニテスを搬送する。いっしょに、頭を両足より低くして運んでくれ。

艦長に、救急ヘリをいますぐ差し向けてもらうように伝えるんだ」

グールは衛生班員が言い終わる前に、電話を掛けた。

艦内放送を聞いたワード艦長は、ただちに発令所へ駆けつけ、真後ろにジョー・グラスが続いた。室内は暗く、赤い蛍光灯がいくつか灯っているだけだ。

ワードが足を踏み入れるや、哨戒長のスティーブ・フリードマンが報告した。「艦長、ドクによると、ベニテスは重傷です。すぐに救急ヘリが必要です。深度一五〇フィートまで上昇し、バッフルクリア（潜水艦を三六〇度旋回し、艦尾側をソーナー捜索すること）を開始しました。いまのところ、コンタクトはありません」

〈スペードフィッシュ〉が海面近くへ向かっているのは、浅深度で無線信号を送信するためだ。同時に、周囲に船舶がいないことを確認しなければならない。どうやら、海面は空いているようだ。

「了解した。潜望鏡深度へつけ。露頂したらただちに、緊急優先メッセージの送信準備。副長、魚雷発射管室へ向かい、様子を見てこい」

グラスは踵《きびす》を返し、発令所を走り出た。

ワードは操舵員席へ近づき、持ち場へ就こうと急ぐコルテスをよけた。そのとき、アール・ビーズリーが姿を現わした。走りながら、作業服のファスナーを上げている。

「航海長、最寄りの港までの距離は？」ワードは訊いたが、すでに採るべき方策は頭にあった。

「約五〇〇マイルです、艦長。メキシコのプエルト・バヤルタです」

「なんだと、二十時間もかかるじゃないか！」

「そこまで行く必要はないかと思います。ヘリコプターが、一〇〇マイルは稼いでくれるでしょう。そうすれば四時間は短縮できます」

黒の艦内電話を取ったフリードマンが、大声で言った。「艦長、副長からお電話です」

「いま出ると言ってくれ」ビーズリーのほうを向き、艦長は訊いた。「助けになりそうな船は周辺にないか？　医療設備やヘリを備えていそうな船は？」

ビーズリーは悲しげに首を振った。

「残念ですが、ありません。そもそも、付近に船舶が一隻もないのです。これだけ沖合に離れていますから」

訓練のときにはあれだけうようよしていた船舶が、助けが必要なときには一隻もないとは。ワードは潜望鏡スタンドへ戻った。

「スティーブ、もうすぐ潜望鏡深度に到達するか？」

潜望鏡深度に到達しなければ、助けを求めることもできない。ソーナーには反応ありません。

「イエッサー。左回頭でバッフルクリアを完了しました。潜望鏡深度への上昇許可を願います」

針路〇九〇、速力五ノット。潜望鏡深度への上昇許可を願います」

ワードはBQQ-5ソーナーディスプレイを一瞥し、フリードマンの言葉が正しいかどうか再確認した。滝のような画面は支離滅裂な点のごたまぜに見え、船舶を探知したことを示す鮮明な線はない。見えるのは混沌としたノイズだけで、これは洋上に何もないことを意味する。

「哨戒長、潜望鏡深度へ上昇せよ」

命令を下すと、ワードは艦内電話を取り、声をひそめて副長と通話しはじめた。

「アイ、サー」フリードマンはワードの命令を実行した。「潜航長、深さ六二」

潜舵手が操舵装置を上方に引くとともに、甲板が上を向いた。フリードマンは頭上に手を伸ばし、潜望鏡を取り囲む赤い昇降用ハンドリングを摑んだ。

「第二潜望鏡、上げ」

コルテス上等水兵は口を開け、何か言いかけたが、横舵手のマクノートンからすねを蹴られた。

「シーッ、潜望鏡深度へ上昇中だぞ!」マクノートンがささやく。発令所は静まりかえっていた。潜望鏡深度へ達するまでは、緊急事態発生時と同様に、何が起きるかわからないのだ。

潜望鏡昇降用ハンドリングをまわすと、グリースを塗りつけたマストがなめらかに突き出した。フリードマンがその場にかがみ、上昇するマストを見守る。潜望鏡の接眼・操作部が格納筒《ウエル》からせり上がってくると、彼は両手でハンドルを掴み、目を押しつけて、ゆっくりと一周しはじめた。

フリードマンは右の手首を反時計まわりに回転させ、ハンドルを目一杯まわした。海中は漆黒の闇で、周囲の様子がよくわからない。

潜航長のダグ・ライマンが叫んだ。「深度一二五フィート、上昇中」

フリードマンの視界に、稲光のような燐光がよぎった。手首をまわし、戻り止めの感触がするところで止めて、仰角になっていた視界をやや下げる。彼はゆっくりと円を描いてまわりつづけ、潜望鏡で全周監視を繰り返した。潜水艦乗りのあいだでは、〝恰幅のいい女性とのダンス〟と呼ばれている、ゆっくりした動作で、警戒心を研ぎ澄ませながら、水面近くへ上昇しつつある潜水艦の障害になるものがないか探しつづける。

「深度一〇〇フィート」

燐光以外は、依然として闇に包まれている。手首を少しまわし、視野をさらに下げる。

「九〇フィート」

今夜はとても暗い。潜望鏡の角度を変える。やはり何も見えない。もう一周する。

「八〇フィート」

やはり真っ暗だ。

「七〇フィート」

フリードマンは艦の角度が水平になるのを感じた。いまは五度上向きぐらいだ。海況を考えると、もう少しで潜望鏡深度に達する。依然として、視界は暗闇に包まれていた。

「六五フィート」

フリードマンの目に、ようやく潜望鏡に打ちつける波が見えてきた。飛沫のあいだに、夜空に広がるまばゆい星々と、月のない上空が見える。

「六二フィート、深度そのまま」

潜望鏡深度に到達した。

フリードマンは潜望鏡をさらに二周させ、水平線を見た。水平線をさえぎる船影はなく、赤や緑の航行灯も見えない。やはり、ソーナーは何も見落としていなかった。この広い海には、彼らしかいない。

フリードマンは大声で言った。「接近中のコンタクトはありません」

誰もが安堵の息をついた。洋上に船がいたら、いつでも〝緊急潜航〟に移れるよう備えていたのだ。これで、潜望鏡深度で安全を確保しながら通信できる。

それでもフリードマンは、穏やかな海面で捜索を続けた。満天の星空だ。遠く東の空に、ジェット機の赤い航行灯が明滅している。きっと、メキシコの砂浜で飽きるほど日光浴をして、アメリカに帰る観光客を大勢乗せているのだろう。雲がたなびき、月が出てきた。南西から銀色の光が降り注ぐ。

静かな美しい夜だ。

ワードの声で、スティーブ・フリードマンはわれに返った。

「スティーブ、メッセージは無線でいつでも送信できる。BRA‐34アンテナを上げ、送信せよ。受領を確認したら、深度四〇〇フィートに戻り、針路〇九〇で前進最大速だ」

〈スペードフィッシュ〉は、最寄りの陸地から助けのヘリが来ることを当てにして、東に向かうことになる。

「アイ、サー。当直先任、二番BRA‐34アンテナ上げ。準備完了しだい、無線でメッセージを送信せよ」

当直先任のサム・ベクタルは、目の前の制御盤のスイッチを上げた。〝収納〟を示す小さな緑のライトが消え、〝上昇〟を示す赤いライトが点灯する。アンテナがさやから突き出し、送信できる状態になったのだ。「二番BRA-34アンテナが上昇しました」

フリードマンは背後のスピーカーから、一瞬のザーという雑音を聞いた。潜望鏡マストの傍受受信機に接続されたスピーカーだ。これで無線は送信された。

コルテスはヘッドセットに耳を澄ました。フリードマンを見、彼は報告した。「哨戒長、無線メッセージが送信され、受領されました。BRA-34はもう必要ありません」

「当直先任、マストとアンテナをすべて下げ」フリードマンはきびきびと下令した。「潜航長、深さ四〇〇」

フリードマンは潜望鏡のハンドルを叩き、赤い昇降用ハンドドリングに手を伸ばした。潜望鏡の接眼・操作部は元どおり、ウェルに収まった。

ベクタルは制御盤の光がすべて緑に戻ったのを確認した。

「マストとアンテナはすべて収納されました」

フリードマンは命じた。「前進最大速！」

〈スペードフィッシュ〉は深淵に戻り、速力を上げた。

ジョナサン・ワード艦長は、士官室に足を踏み入れた。そこからはもう、羽目板張りの心地よいクラブに似た雰囲気は消え失せていた。二基の無影灯が頭上から、テーブルをぎらついた白い光で照らしている。茶色の合成皮革はテーブルから取りのけられ、白い布と緑の酸素タンクに替わっていた。食器棚には滅菌された医療器具を載せたクロムめっきの皿が並んでいる。

テーブルに横たえられたサム・ベニテスは、死人のように顔面蒼白だ。鼻から伸びた管は、酸素調整器に繋がっている。呼吸するたびに、恐ろしげな音がカタカタ鳴った。海軍に入隊して長年のキャリアで、ワードがこれほど荒涼たる眺めを目にしたのは初めてだ。

「容態は、ドク？」

ドク・マーストンは目を上げ、ベニテスの脈拍を確認し終えると、すぐに答えた。

「よくないです、艦長。内臓が損傷していて、わたしの手には余ります。損傷した部位をすべて特定することはできませんが、肺が両方とも傷ついているのは明らかです。できればいますぐにでも、内出血を抜き取る必要がありますが、それは外科医でなければ処置できません。当面はモルヒネを二本注射し、酸素を吸入しています。そうしないと呼吸が困難なので、安静な状態を保てません。いまできることはそれだけです」マーストンはやるせない思いで肩をすくめ、懇願するようにワードを見た。「艦長、一刻も早く病院に搬送しないと、彼はもちません」

「ドク、あらゆる手を打っているところだ」

ワードは若い潜水艦乗りの、苦しげな息遣いを聞き、断続的に上下する胸を見た。これほど途方に暮れたことはなかった。最新技術の粋を集め、あらゆる武器や機器がそろっている原潜なのに、ドクが患者の容態を改善できる設備はこれしかないのだ。高度な戦闘訓練を積んできた男たちといえど、いまはただ手を束《つか》ねて、瀕死の若者を見守るしかない。

18

電話が鳴ったとき、トム・ドネガン大将は読んでいた報告書を押しのけ、隣の寝ている妻を起こさないように、すかさず受話器を取った。自宅の書斎にある真っ赤な電話が鳴ることはほとんどない。真珠湾の中央にあるフォード島の自宅で、この電話だけが公用の外線と直接繋がっている。それ以外の電話はすべて、太平洋艦隊潜水艦部隊司令部《COMSUBPAC》の本部に詰めた庶務係下士官を経由する。ドネガンの心臓が早鐘を打った。重大な問題が起きたにちがいない。とりわけ、こんな夜更けであれば。

「ドネガンだ」

「大将、夜分遅くに申し訳ありません。ジョン・ベセアです。〈スペードフィッシュ〉から緊急無線を受信しました。負傷者が発生した模様です。ワードによると、重篤な状態です。乗組員が誤って、搬送作業中の兵器に挟まれてしまい、助かるかどうか、きわどいようです。衛生班員によれば、すぐに救急搬送をしなければ、助からないだろうとのことです。お力添えをお願いできませんか？」

ドネガンは読書用眼鏡を外し、窓の外を眺めた。ほのかな街灯のなかでかろうじて、温かな微風が椰子の木やブーゲンビリアを揺らしているのが見える。プルメリアの甘い香りがベランダのフレンチドアを吹き抜け、室内を芳香で満たす。

「艦の位置は？」

「ワードの報告では、メキシコのプエルト・バヤルタから西に五〇〇マイルの地点で、全速力で同地に向かっているとのことです」

「わかった、ジョン。ここからはわれわれにまかせてくれ。救急搬送の手配をし、その方向の海域へ向かわせよう。近くに船舶はいないにちがいない。わたしが知っているジョン・ワードなら、ヘリと会合して負傷者を搬送できる場所まで急行しているはずだ。たとえ領海であろうとなかろうと」

ベセアは了解し、口早に礼を言って通話を切った。

ドネガンは真っ赤な受話器を架台に戻し、すぐに一般用の電話を摑んだ。命令を下す者にとっては、試練のときだ。夜中に突然の緊急電話が入り、矢継ぎ早に指示を下す。そのあとは胃が痛い思いをこらえて、任地で部下が危地に陥っていることを知りながら、ひたすら待つしかない。手配を進めるべく命令を下したら、彼にできることはもうないのだ。

あとはただ報告を待ち、重傷を負った乗組員が救急搬送されるまでもちこたえるよう祈るしかない。

ドネガンは短縮ダイヤルを押し、太平洋艦隊潜水艦部隊《SUBPAC》の作戦本部を呼び出した。最初の一回で、当直士官が出た。

「イエッサー、大将」

「中佐、〈スペードフィッシュ〉に救急搬送の手配が必要だ。太平洋軍最高司令官《CINCPAC》を呼び出してくれ。一刻も早く、助けに向かう手段が必要だ。同艦の現在位置は、メキシコのプエルト・バヤルタから五〇〇マイル沖合で、同地へ向かって急行中だ」

「イエッサー！」

やるべきことはやった。あとは待つしかない。それから、祈るだけだ。

ジョン・ワード艦長は上等兵曹の居住室へ足を踏み入れた。しんとした、ほの暗い室内に入るといつも、狭い洞窟を連想する。父の親戚がいるケンタッキー州東部で、少年時代の夏休みを過ごしたときに、よく遊んだ場所だ。紺色のカーテンが前後の隔壁から垂れ下がり、壁ぎわに並んだ寝台を隠している。艦内では二十四時間、当直班が交代で任務に就いているので、絶えず誰かが寝ており、かすかな寝息が聞こえてくる。

非直の乗組員が必要な睡眠を取るなか、室内の中央では悲嘆に暮れる男たちがいた。ビル・ラルストンは顔から流れ落ちる涙を拭おうともせず、テーブルに向かって呆然と座り、がっくりとうなだれて身体をわななかせていた。ラスコウスキー先任伍長と、レイ・メンドーサ上級上等兵曹が両側に座り、おずおずと慰めている。

ラルストンは目を真っ赤にし、顔をゆがませて、ワードが入ってくるなり顔を上げた。

「俺があいつを殺したんです、艦長。俺がへまをやらかして、あいつを殺したんです」と言い、さらに嗚咽《おえつ》する。ラスコウスキーがその肩を抱いた。ラルストンはくずおれ、両手に顔をうずめて床を見つめた。「全員が退避したと思いこみ、油圧装置を動かしてしまいました。ベニテスの悲鳴が聞こえるまで、異変に気づかなかったんです。ああ、まだあのときの悲鳴が聞こえます！　この先ずっと聞こえるでしょう」

ワードは粛然とした面持ちで、憔悴《しょうすい》したラルストン魚雷発射管長を見つめ、彼の苦悩をやわらげる言葉をかけられればいいのだがと思った。

「いま彼のためにできることは、最善を尽くしてやっているところだ、ビル。ドクがずっと付き添い、われわれは救急搬送に向かっている。彼はきっと持ちこたえてくれる。そう信じるしかない。いまはそれを祈ろう」

ラルストンは嗚咽をこらえて言った。

「俺はいつも、あいつらが慎重に作業するように訓練してきました。〝規定に忠実にやれ〟と、みんなの耳にたこができるぐらい説教してきたんです。艦長、俺が経験したなかで、あいつらは最高のチームです。それがどうなりました？　へまをしでかした馬鹿野郎は、この俺だったんですよ。これからみんなの前に、どの面下《つら》げて出られるでしょうか、艦長？　今度ベニテスと会うとき、どうやってその目を見ればいいんでしょう？」

答えたのはラスコウスキーだった。

「ビル、海軍でへまをしたのはおまえが最初じゃないし、誤って部下に怪我を負わせてしまった上等兵曹もおまえが初めてじゃない。持ち場の任務が苛酷なことは、おまえがいちばんよくわかっているだろう。事故は必ず起こるものだ。いかに訓練を積み重ねても、いかに注意していても」ラスコウスキーは上等兵曹の肩を摑んだ。「俺が知っているビル・ラルストンなら、今回の出来事を必ず乗り越えられる。持ち場での仕事を続けるんだ。粛々《しゅくしゅく》と自分の務めを果たしてくれ。われわれには任務があり、おまえも若い連中も、ここでやるべき任務の欠かせない重要な一部なんだ。艦長がおっしゃるように、ベニテスが持ちこたえることを祈ろうじゃないか。あとはただ、やるべき仕事をやるんだ、上等兵曹」

ラルストンはため息をつき、初めにラスコウスキーを、次にワードを見た。

「わかりました、先任伍長。感謝します。おっしゃるようにやってみます」

ワードは立ち上がった。

「いいことを言ってくれた、先任伍長。わたしはこれから発令所に戻る。潜望鏡深度に戻る必要がある。いまごろには、SUBPACが救急搬送の手配を整えているはずだ。助けが来たらベニテスを移乗させよう。彼の様子は、また知らせる」

艦長はラルストンの前腕を叩き、踵《きびす》を返した。さっき見たベニテスは、肌から血の気が引き、息遣いは浅く、せわしなかった。最終的に容態はどうなるだろう。それを伝えなければならないと思うと、いまから気が重い。


くすんだ灰色のMV‐22オスプレイが、轟音をあげて公海の上空を飛行している。メキシコの海岸線は三十分前に視界から消え、いまは操縦士と副操縦士が目を皿のようにして、ひらけた洋上を進む小さな黒い塊を探している。オスプレイの設計は、洋上で小型艦艇を発見するためのものではない。海兵隊員を戦場へ送りこむために設計、生産された機体だ。海面探索レーダーも装備されていないので、二人の操縦士の肉眼だけが頼りだった。それでも、ほかのいかなる機種よりも高速で、潜水艦と会合して、負傷した乗組員を乗せて戻るだけの航続力も備えている。

副操縦士が叫び、右前方を指さした。

「いたぞ！　水平線上、真西よりやや北寄りだ」

操縦士が右隣の副操縦士の指さす方向に気づくには、数秒かかった。〈スペードフィッシュ〉は白く細長い航跡をたなびかせる、小さな点にしか見えない。

オスプレイはわずかに翼を傾け、浮上した潜水艦に向かってまっしぐらに向かった。副操縦士が計器の無線装置に手を伸ばし、周波数を調整する。それからマイクの通話キーを押した。

「H《ホテル》B《ブラヴォー》4へ、こちらR《ロミオ》6　C《チャーリー》。貴艦を発見した」

すぐに応答があった。

「R6C、了解した。こちらも視認している。海面は方位二六一からの風が五ノット、海況はきわめて静穏《ゼロ》。これより全機関を停止する。負傷者移乗の準備を願う」

潜水艦の艦橋コクピットでは、ジョン・ワードがクリス・ダーガンのほうを向いた。

「ミスター・ダーガン、先任伍長に、ヘリ搬送要員を甲板に上げるよう伝えろ」

肩越しに振り向いたワードは、ハッチが上にひらくのを目にした。先任伍長に率いられた一団が、濡れて丸みを帯びた主甲板に出てくる。乗組員全員が、青の作業服の上にオレンジの安全ベルトを装着していた。甲板に出てくると、彼らは溝にベルトの金具を取りつけた。

「ミスター・ダーガン、副長に負傷者を甲板に運び上げるよう伝えるんだ」ワードは命じ、数人が甲板上でハッチの周囲に集まるのを見た。彼らは甲板の開口部からそっと、針金でできた搬送用の担架を引き上げた。担架に横たわるベニテスは、しっかりとくくりつけられている。ドク・マーストンがハッチから顔を出し、患者のかたわらにひざまずいて、まるで手負いのひよこをいたわる雌鳥のように付き添っている。

オスプレイは潜水艦の甲板上を低空飛行した。ターボプロップ・エンジンの轟音は耳をつんざくばかりだ。ずんぐりした翼端のエンジンが、水平から垂直に角度を変える。スイッチひとつで、ターボプロップ・エンジン機としての水平飛行から、ツインローターのヘリコプターに変身できるのだ。こうしてオスプレイは、〈スペードフィッシュ〉の真上でホバリングした。プロペラから切り替わったローターが、瞬く間に飛沫を巻き上げ、甲板の全員をずぶ濡れにした。爽やかだった海風は、いまやオスプレイのエンジンの排気にまみれている。

ホバリングしているオスプレイの右側のハッチがひらき、航空兵が身を乗り出して、甲板に鋼索を下ろした。ラスコウスキーは羊飼いの杖のような形をした接地《アース》棒を使い、鋼索を摑んだ。透明のプラスチック製の棒で、内部には太い銅芯が入っている。杖の柄に当たる部分からは針金が伸び、潜水艦の鋼鉄の甲板に繋がっていた。鋼索が触れた杖の先端から静電気が音をたて、飛行機に蓄積された電位が、潜水艦の艦体に放電される。この接地棒がなければ、鋼索を摑んだ者は強く感電し、思わず膝から崩れることもあるのだ。

ドク・マーストンは鋼索の端のフックを摑み、ベニテスの搬送用担架にしっかりとくりつけた。オスプレイのハッチで待機している航空兵を見上げ、ドクは大きな身振りで親指を上げた。オスプレイが上昇を開始するにつれ、担架が甲板から吊り上げられ、潜水艦から離れていく。オスプレイが速度を上げ、エンジンの角度を水平に戻しはじめたときにも、ベニテスの担架はぶら下がったままだった。

「HB4、こちらR6C。貴官の乗員を収容した。いま、軍医が診察を始めたところだ。一時間以内に、グアダラハラの病院の手術室に入れるだろう。容態については、逐一知らせてもらえるように手配する」

「R6C、了解した。貴官たちの助けにどれほど感謝しているか、言葉では言い表わせない。われわれが帰投したら、連絡してくれ。これから末永く、飲み物をごちそうする」

「HB4、その言葉、覚えておこう。われわれがいつも飲んでいる安酒の分も、たっぷり請求させていただく。R6C、通信終了」

ワードが主甲板を振り向くと、ちょうどハッチが閉まるところだった。東の空に目を向けると、オスプレイが水平線に向かって速度を上げ、みるみる小さくなっていく。水平線に白む光しか見えなくなったところで、艦長は口をひらいた。

「ミスター・ダーガン、針路を二〇〇に変更、全速前進。潜航準備せよと、発令所に伝えてくれ。わたしも降りて、そっちへ行く」

クリス・ダーガンがきびきびと「アイ、サー」と答えたとき、艦長はすでにハッチの向こうへ消えていた。


トム・キンケイドは、苦心惨憺《さんたん》して車を駐車スペースに入れた。最近のSUVで縦列駐車するのはほぼ不可能だが、近くに駐められる場所はほかにない。車が大きすぎるか、駐車スペースが狭すぎるかだ。この車に乗るのは船を操るようなものだが、こんな遅い時間帯のこの界隈では、あまり遠くに駐めたくなかった。辻強盗に遭っても、自己防衛できる自信はある。ただし、不必要な危険は冒したくなかった。とりわけ今夜は。

表通りからは少し距離があるので、地上のヨットさながらのSUVを駐車するにはいい場所だと思った。後輪が縁石に乗り上げ、前側のフェンダーが車道にはみ出していたが、気にしないことにしよう。

キンケイドは車を降り、周囲を見わたした。舗道は濡れて滑りやすく、オレンジがかった黄色の街灯の光を反射している。古風なガス灯に似せて作った街灯だが、いまはみすぼらしいだけだ。通りに並ぶ商店は、一世代前には栄えていたのだろう。外観を見るかぎり、大半は不景気にあえいでいるようだ。レンガ造りの建物には板で覆われているところもある。まだ覆われていない建物にも、うらぶれた陰鬱な空気が漂っていた。かつての瀟洒《しょうしゃ》な商店街は、夜になるといっそう惨めに見える。戸口からは、一夜の宿を求めるホームレスの脚が突き出していた。

半ブロック先に、営業しているとおぼしき店があった。通りの向かいにある、角の店だ。ネオンサインが明滅し、キンケイドを温かく招いている。〈街角で酒とグリル料理を楽しめるハリーの店〉というネオンだ。なかなかいい雰囲気に思える。彼はその店に近づいた。いかにも、この界隈にある〝街角〟の店らしい構えだ。ただし、酒はまだしも、ここでグリル料理にありつけるかどうかは疑わしかった。

キンケイドは錆びた重厚な鉄扉を押し、紫煙にくすぶる店内へ足を踏み入れた。ここでは誰も、ばかげた〝禁煙〟の条例を遵守させようなどとは思わないようだ。狭苦しい室内には不釣り合いなテーブルが、そこここに散らばっている。奥の壁ぎわにはボックス席があった。バーカウンターには、止まり木が五、六脚並んでいる。装飾らしきものといえば、バドワイザーの光る看板と、カウンターの端に吊り下げられたテレビぐらいだった。

入口付近のテーブル席には、ポケットに名前の刺繡が入ったデニムの作業服姿の男たちがたむろし、ビールを飲んでいる。その一団は声高に、地元のアメフトチーム、シーホークスが今シーズンは勝てるかどうかを議論していた。コーチやゼネラルマネージャーは何もわかっていないと、彼らの正気を疑う声もあった。テーブルにずらりと並んだ空き瓶から推して、議論はしばらく前から続いているようだ。

ボックス席では、下手な毛染めのブロンドの髪をした、赤ら顔の太った中年女性が、これまた肥満した男にのしかかっている。二人とも店内の客の目を忘れているようだ。夜勤の夫が留守のあいだに、お楽しみに出てきた主婦と見える。

タバコの煙越しに、バーカウンターの止まり木に座っているケン・テンプルの姿が見えた。琥珀色の液体が入ったグラスを手にしている。カウンターの奥には、端から端まで長い鏡があり、棚に並んだ安酒のボトルの裏側もよく見えた。点滅するオリンピア・ビールの看板の下に、ワシントン大学の紫と金のステッカーが貼ってある。

キンケイドは鏡があるのが気に入った。これで後ろにも用心しやすくなる。

彼はテンプル刑事の隣の止まり木を引き出し、その片膝を叩いた。

「やあ、初めまして。なんと今度は、太平洋岸の北西部で最高の酒場に呼んでもらえるとはね」

「お堅いDEA捜査官さんには、天からの贈り物だろう」刑事はウインクし、それからすばやく周囲を見まわして、誰かにDEAの名前を聞きとがめられなかったかどうか確かめた。作業服の一団はフットボール談義に夢中で、ボックス席の男女は互いの探索に耽っている。テンプルは声をひそめ、ふたたび口をひらいた。「きょうはマリファナから、誰かを救うのか？」

「いいや。あれは火曜日と金曜日だけだ。きょうはシンナー中毒や咳止め依存症を救う日でね。ところで刑事さん、何を飲んでいるんだ？」

「ワイルドターキーもとい、オールドターキーのストレートさ」

キンケイドはバーテンダーを見た。バーカウンターの隅で、背中を丸めて座っている。口の端にタバコをくわえ、煙越しにテレビのクイズ番組を見ていた。いちゃついている男女にも、目を注いでいる。

キンケイドは手を振った。ようやくバーテンダーが気づいた。キンケイドはテンプルの酒を指さし、ツーフィンガーの合図をした。バーテンダーはうなずくと、ゆっくり歩いてきてテンプルのグラスに注ぎ足し、それからキンケイドにも注いだ。

テンプルはグラスの縁から、キンケイドを見た。

「あんたを呼んだのは、リンダ・ファラガットという女を見つけたからだ。いままで、俺たちが遺体で発見してきた若者全員の親友だ」

「なるほど、どこで?」

答えはおおかた想像がついた——〝遺体になって、橋の下から出てきたよ。やっぱり麻薬の過剰摂取だ。ほかに、どこから出てくると思ったんだ、ディック・トレイシーさんよ?〟。しかし、そうではなかった。

「ラスベガスに逃げる途中だったようだ。あの女の友人が次々と遺体で発見されたので、怖くなったらしい。制限速度四五マイルの道を、八五マイルで走っていたので停車を命じられ、逃走を試みて州警官に捕まった」

キンケイドは酒をひと口飲むなり、顔をしかめた。

「うわっ。バッテリー液みたいな味がするなあ。いったいどうしてぼくと会うというのに、もう少しましな酒を飲める店にしようと思わなかったんだ? きみはこういうもぐり酒場が好きなのか?」

煙のもうもうと立ちこめる店で、テンプルは友人に目をすがめた。この酒場は、いつ火事になっても不思議ではない。誰が火元かもわからないだろう。刑事の目が、楽しげな光を帯びた。

「安月給の警官御用達の店さ。俺たちはこういう、ガイドブックにはまず載らない地元の店を探すんだ。あんたがたのような高給取りは、すかしたバーや会員制クラブみたいなところでブランデーやリキュールをすするんだろうが、そんな店ではこのような本物の人生の味はわかるまい」

「オールドターキーとやらも気に入っているのか？」

「ああ、五臓六腑に染みわたるね。はらわたが喜んでいるようだ。甘ちゃんの酒しか知らないやつは、いちころさ」

テンプルはいま一度、安酒場を見わたした。バーテンダーは定位置に戻り、奥のボックス席と、テレビでレジス・フィルビン（一九六〇年代から活躍する司会者、俳優）が優勝者に百万ドルの賞金を渡すところを交互に見ている。カウンターで話をしている二人連れの男に注意を向けている者は誰もいない。キンケイドはかつての習慣どおり、誰かに気づかれ、狙われている徴候がないかどうか警戒していた。それは彼の第二の天性だった。

「ともかくさっき言ったように、ネバダ・ハイウェイ・パトロールが彼女の身分証を検《あらた》めたんだ」テンプルが続けた。「それで、俺たちが令状を出していることがわかった。で、うちに通報してくれたってわけだ。ありがたいことに」

テンプルは止まり木にもたれ、話を終えた。キンケイドは食いついた。

「わかった。女は何か話したか？」

テンプルは鏡をじっと見た。これこそは千里眼だ、とキンケイドは思った。手足を失った人々、転落した人生、極悪非道な輩《やから》をさんざん見てきた男の目だ。

「ああ、多少は。あばずれみたいな女だが、ひどく怯えていた。ラミレスという名前のろくでもない男のことを話していた。カルロス・ラミレスだ。この名前に、何か心当たりは？」

キンケイドは記憶をたぐりながら、酒をすすった。

「いや、初耳だな。その男について、彼女はなんと？」

「このラミレスなる男が、コロンビアのデ・サンチアゴという大物と繋がっているそうだ」

「その名前は、聞き覚えがあるような気がする」キンケイドは口にしたが、それ以上は言わず、テンプルが続きを期待しているとわかっていても沈黙した。続きがないとわかると、刑事は、店内のタバコの煙のようにわだかまる疑問を脇に置いた。

「いまはまだ、なんらかの繋がりがあるということしかわからんが……」

キンケイドは待ったが、すぐに口をひらいた。

「わからんが？」

「ラミレスというやつは、女たちに、すべてが終わるころには、アメリカの麻薬取引市場をことごとく支配すると大言壮語していたそうだ。株式を発行して資金を調達するとか……なんと言ったっけ……IOPか？ 新規株式公開《IPO》か？ まあいいさ。とにかく、かなりの野心家らしい。ミス・ファラガットは、ラミレスの話しぶりからして、やつが野望を実行するための方法や手段を持ち合わせていると確信しているようだ」

「たとえばどんな？」

「たとえば、やつはどんな汚れ仕事でもする手下を抱えている。まさしく最悪の連中だ。そいつらを束ねるのが、ラシャドという黒人の大男だ。ジェイソン・ラシャド。聞き覚えは？」

キンケイドは首を振ったが、頭のなかのファイルで、その名前をカルロス・ラミレスの隣に置いた。

「彼女の話によると、やつらが密輸入しはじめた新商品には、ちょっと嗅いだだけで依存症にしてしまう効果があるらしい。一度嗅いだら最後、もう一度味わうためならどんなことでもするという。しかしどうも、最初に使われた商品は、連中が思っていたよりもさらに強い効果があったようだ。ミス・ファラガットはラミレスのパーティに、かわいらしい女の子を何人か誘って送りこんだ。新商品の効果が強すぎて、試してみた女の子はいくらでもほしがったそうだ。こうして、加減を知らないうぶなアマチュアが過剰摂取に陥り、命を落としたんだな」テンプルは酒を飲み干した。キンケイドを見やり、大きな頭を斜めに傾げる。「それから、彼女の話では、ラシャド以下の手下どもは、女の子が麻薬でスペースニードル（シアトル万博のシンボルタワーとして建設された展望塔。同市のランドマーク）よりハイになっているときに、慰み者にするのが慣わしだったそうだ。その直後に、被害者は過剰摂取になり、遺体になってどこかの路地に捨てられたんだ」刑事の目が鋭くなった。「トム、俺たちが立ち上がるときだ。なんとしても、その麻薬を押さえなければ！」

キンケイドは傷だらけのカウンターの上に、半分ほど空いたグラスを置いた。

「よくわかった、ケン」その声は低く、テーブル席の客のフットボール談義にかき消されそうだ。彼らの話によると、真のプロフェッショナルのコーチさえいれば、シーホークスのあらゆる問題は魔法のように解決されるらしい。

「トム、この街では何かが起きようとしている。このところ、いやに静かだった。一カ月前、立てつづけに人が死んだ。それから、ぱったり何も起こっていない。なしのつぶてだ。連中だって、自分たちの客を殺そうとしていたとは思えない。死人はコカインを買ってくれないからな。俺の想像では、やつらは商品を調合しなおしてから、この街に戻ってきて密売を再開しようとしているんじゃないか」

「このところ、いやに静かだった？　ぼくの知らない、思いがけないことが起こりはじめているのか？」

テンプルの眼光が鋭くなった。上着の内ポケットに手を入れ、茶封筒を取り出す。

「きっとラミレスは、いくらか金の必要に迫られたんだろう。車のローンの支払期限が迫ってきて、蓄えがなくなったとか」大柄な刑事は、ごくりと唾を飲みこんだ。「もしかしたら、コロンビアの連中がすでに追加の商品を、この街に向けて送り出しているということもありうる」

封筒に入っていたのは、縦八インチ、横一〇インチの白黒の現場写真だ。一枚は、黒っぽい髪の若くかわいらしい女性で、車の後部座席に寝かされている。上唇にべっとり血がついていなければ、すやすや眠っているように見えただろう。ほかの写真は、乱れたベッドに丸くなった二十代半ばの男性、バスルームの床とおぼしき場所に横たわる、やや年上の女性だ。

「この被害者たちが、われわれの捜査と関連があると思う理由は？」

「三人とも、コカインの常習者だった。もう何年も吸引してきた。それなのに三人とも、突如として過剰摂取を起こした。鑑識の見解では、以前に素人の若者を殺したのと同じ毒物だということだ。ただし、それがなんだったのかはわかっていない。何が彼らをそれほどやみつきにさせるのかも。だが、経験のある常習者でさえ、それを吸ってしまうと見境がつかなくなり、死に至ってしまう」

「まずいな」

バーテンダーがボトルを手に、ゆっくりと近づいてきた。空になったテンプルのグラスに注いだあと、まだ飲み干していないキンケイドをねめつけてから、定位置に引き返した。ボックス席の男女の行為はX指定に近づいている。薄汚いブロンドは、肥満した男にまたがっていた。バーテンダーは無料のショーを見逃すまいとしている。

「ああ、まったくだ」テンプルは言った。「致死性の麻薬がさらに出まわったらどうなる？　さらに大量の麻薬がこの街に送られてきたら？　どうしたら止められる、トム？　万一すでに届いていて、密売人の手に渡っていたら？　今度は遺体保管所でどれだけの死者を見ることになる？　とくに今回の商品は、依存性がきわめて高いようだ。ここ最近、実に素敵なことばかり起きているが、俺の勘では、このあと本番が来そうだ。そうなったら目も当てられんぞ、DEA捜査官さんよ」

キンケイドはすっくと立ち上がり、二十ドル札をカウンターに放った。

「ぼくの勘も同じことを告げている、警部補さん。きみとまったく同じ意見だ。もうこれ以上、負けつづけるわけにはいかない。今度という今度は。出かけてくる。できたら、あした話そう」

彼は止まり木を離れ、立ち去った。

テンプルは悲しげに頭を振った。今度の敵はかなり手強い。相当、警戒心が強いようだ。トム・キンケイドが味方でよかった。彼はそう思った。実に頼もしい。


革命指導者のファン・デ・サンチアゴは、正餐室を行ったり来たりしていた。端から端まで十七歩。反転。向こう端まで十七歩。

「親愛なる隋《スイ》、これからわれわれの計画をご説明しよう」電話の送話口に、甘くささやく。「あなたがたの商品の初輸出の準備が整った。こちらの貨物船が、あなたがたの船と太平洋上で落ち合い、あなたがたの粉をこちらの船に積み替える。あなたがたの船は、そこから母港へ引き返す。こちらの船はアメリカ合衆国へ向かい、あなたがたの商品を、世界一儲かる市場へと運ぶのだ」

コードレス電話はデ・サンチアゴにとって、天の恵みだった。おかげで自由に歩きまわることができ、精神状態に合わせて動けるからだ。アントニオ・デ・フカは彼に、九〇〇メガヘルツの電話の信号が妨害されないよう、敷地に誰も近づけないと請け合っていた。受話器から金属的な声が響き、デ・サンチアゴに続きを促した。

「あなたがたのヘロインを輸送するあいだ、わたしの部下が添加物を加え、われわれのコカインと同様に依存性を高める。貨物船はアメリカ領海の外で、新型の輸送用潜水艇と合流し、商品を積み替える。最後に、完全に探知不可能な水面下で、潜水艇があなたがたの商品を運び、アメリカで下ろして顧客のもとへ送り届ける」

隋海俊《スイカイシュン》は、タイとラオスの国境地帯にある宮殿で、石造りのテラスに座っていた。庭園にはバンダやパフィオペディラムの花が、チークや竹藪のあいだに咲き誇っている。この宮殿は明代初期に、南方の蛮族を中国人が統治するために築かれたものだ。六百年ほど前、成祖永楽帝が隋の祖先を遣わし、この地域の支配を確立した。それ以来、彼らはこの宮殿から、あまたの帝国の興亡を見届けてきた。モンゴル人、満州人、ヨーロッパ人、日本人に続き、いまは共産主義者だ。

「セニョール・デ・サンチアゴ、このうえなく興味深い計画をお持ちのようだ。では、太平洋上で受け渡しを行なう必要性について、ご説明願いたい」

「ミスター・隋、実に簡単な物流の問題だ。その理由は、われわれが潜水艇を搭載できるよう、母船となる貨物船に特別な改造を施したため、最大速力が一五ノットしか出せないからだ」デ・サンチアゴは部屋の端にある大きな暖炉の前で立ち止まり、踵を返して、足早に向こう端へ向かった。息切れひとつすることなく、運動によって頭がすっきりし、いまさっきまで感じていた苛立ちは収まっていた。「われわれの貨物船でタイまで往復すれば、潜水艇は海底で一カ月以上も待たされることになる。そんなに待っていたら、潜水艇はもたない。あなたがたの商品を顧客に届けるのも遅れてしまう。それに、われわれの配下の売人は、われわれ自身の手から商品を受け取ったほうが安心する」

隋は茶碗から茶を飲んだ。

「うむ、なるほど。最初からわれわれの貨物船に潜水艇と商品を積みこみ、アメリカ沿岸に到達したら、商品を潜水艇に積み替えて運ぶわけにはいかないのかね？」

「技術的には可能かもしれない。しかし、それではアメリカの当局者や、たまたま積み替え作業を見かけた人間から不審に思われてしまう。行き先がタイになっている船が、ワシントン州の沖合をうろつき、そのうえ小型潜水艇が何やらこそこそしていたら、どう思われる？　やはり、われわれの船が太平洋上であなたがたの船と落ち合い、そこで商品を積み替えてアメリカ沿岸に運ぶのが最善だ。塗装を多少変えれば、シベリアから南アメリカへ向かう船に偽装するのは簡単だ。したがって、小型潜水艇はまずわれわれのコカインを積んで出港し、それから貨物船と合流して北へ向かい、あなたがたの商品をアメリカの太平洋北西岸へ送り届けることになる」

隋は考えるように顎を撫でた。

「うんうん、なるほど。大変よく考えられた計画だ。それでは、前に進めよう。こちらの船はすでに積荷を載せ、今晩出港するよう準備を整えている。ただし、ひとつだけ譲れない点がある、わが友よ。一年間に生産された商品の大半を、一隻の船に積みこむからには、慎重を期して、わがほうの人間を配送に立ち会わせたいのだ。そちらの貨物船にわたしの部下を数人乗り移らせ、積み替えが完了したら、小型潜水艇にも一人を同行させてほしい」

デ・サンチアゴは磨き抜かれた黒っぽい木製のバーカウンターの前で立ち止まった。銀の盆に載ったクリスタルのデカンタが輝いている。盆の値段は、バナナ農園の作業員の年収と同じぐらいだ。

革命指導者は笑みとともに、ブランデーグラスにコニャックをなみなみと注ぎ、手のなかでゆっくり温めた。もう少し若かったころなら、東洋人の傲岸な申し出に激怒を露わにしたにちがいない。隋のように信用ならない相手なら、なおさらのことだ。コカ栽培地の輸送路が寸断されたのは痛手だったが、それでもデ・サンチアゴは、彼の壮大な計画をやり遂げられると確信していた。隋の商品と出資金があれば、計画の資金は充分に賄《まかな》える。そのあいだに、どこか別の土地で栽培地を新たに開墾すればよい。地滑りが起きる以前に、すでにあの谷からはコカを運び出しており、それだけでも今回の船に載せる量は充分に精製できる。添加物にまつわる不運な問題も、すでに克服した。小型潜水艇は出港準備が整い、貨物船は改装を終えて、西へ向かって出港しようとしている。隋の船には高品質の商品が満載され、太平洋上で合流するべく、出港を待つばかりだ。いかにアメリカ人が躍起になって妨害を図ろうが、この計画の成功は約束されたも同然なのだ。彼らには、デ・サンチアゴとその忠実な僕《しもべ》たちが練り上げた、狡知をきわめた配送手段を知るすべはない。デ・サンチアゴがシアトルに構築した配送チームのことも。彼が開発した強力な商品がひとたび流通すれば、飽くことを知らない顧客は瞬く間に増えるにちがいない。

「その点は、意に添えると思う。あなたの部下は、計画が見事な手ぎわで実行されるのを報告することになるだろう。われわれが手を携えればどれだけのことができるかを。われわれが共同で行なう、最初の計画の成功はまずまちがいないところだが、それを祈って乾杯しよう、わが友よ《ミ・アミーゴ》」

デ・サンチアゴはアジアの方向に向かい、グラスを傾けた。計画成功の鍵を握る、大洋のかなたに向けて。彼らが協力しあうことで、北アメリカ大陸を早晩征服するのだ。その一〇〇〇〇マイル向こうで、隋は電話越しに穏やかな笑い声をあげ、茶碗を掲げた。

それでも隋は心配だった。電話の向こうの厚かましい暴君は、一瞬たりとも信用できない。しかし、その男は部下を組織的に配置し、計画を遂行できるだけの船や潜水艇を調達している。隋が危険を冒して相当量の商品を送り出したのは、それに値するだけの利益が見こめるからだ。茶碗を日が昇る方角へ掲げながら、隋はいつの日か、こんな常軌を逸した相手の計画に未来を委ねなくてもすむことを願った。

「われわれがともに成功することを祈って」隋は言った。

19

セルジュ・ノブスタッドは不機嫌な顔つきで、貨物船〈ヘレナK〉の船橋から外を眺めていた。夜遅くの湿った霧雨で、埠頭を照らす黄色の丸い光に輪ができている。そぼ降る霧雨にも、ひとついいことがあった。よどんだ内海のむさくるしい港から、いくらか悪臭を洗い流してくれるのだ。もうこのにおいにはうんざりしていたので、このうらぶれた港とやっとおさらばできるのはありがたい。

ノブスタッドはタバコに火をつけ、マッチを眼下の暗い水面めがけて放った。

出港を間近に控え、ノブスタッドの部下の乗組員は、船橋から三〇フィート下にある、雑多な物品が散らかった主甲板を駆けずりまわり、薄暗い照明の下で働いている。埠頭からは、日常の営みが影をひそめていた。ろくな道路もない、この最果てにある辺鄙《へんぴ》な港でさえ、ふだんなら、立ち働く港湾労働者、往来するトラック、コーヒーやバナナなどの積み出しといった光景には必ず出くわすものだ。だが、今夜ばかりはどこにも見られない。

ときおり光るタバコの火で、かろうじて人の気配がうかがえるぐらいだ。

これはファン・デ・サンチアゴの意向によるものにちがいない。その気になればいつでも港湾労働者全員に休暇を取らせる権力の持ち主は、彼をおいてほかに考えられないからだ。

ノブスタッドはタバコの煙を吸いこんだ。あと数分で、こんな忌まわしい土地に別れを告げることができる。フィリップ・ザーコたっての希望で、〈ヘレナK〉はこのよどんだ港で改装されることになり、ノブスタッドがつきっきりで作業を監督することになった。このスウェーデン人は、最初からここを毛嫌いしていた。一刻も早く外洋へ乗り出し、湿った海風を顔に受けて、爽やかな潮風で港の悪臭を吹き払いたくてたまらなかった。

この秘密を要する作業が、デ・サンチアゴの反乱勢力の支配下にある安全な港でなければなしえないことは、ノブスタッドにも理解できた。決しておおっぴらにはできない改装作業の実施に際し、粗野な地元の労働者を監督する必要があることも。だが、ノブスタッドは仮にも船長だ。ここから半径一〇〇〇マイル以内で、ブロンドの髪と薄茶色の鬚を持ち、スペイン語のアクセントがおぼつかない外国人は彼しかいないので、なおさら当局の疑惑を招くのではないか。確かに、ザーコが代わりの監督を探そうと思えばできただろう。命じられた改装作業そのものは、技術的にはごく簡単だ。まともな能力を持つ造船技術者なら誰でも、船体や構造部の改装を監督できる。だが、ザーコはこの点でどうしても譲らなかった。この計画に失敗は許されず、どうあっても時間どおり正確に遂行しなければならないと、何度も執拗に繰り返した。その点は、いっさい議論の余地がなかった。

煎じ詰めて言えば、ノブスタッドは雇われの身であり、金を払っているのはザーコなのだ。それもたんまりはずんでくれる。したがってノブスタッドは言われたとおりにし、たとえスウェーデン語であろうと、地元のコロンビア人に不平不満を聞かれないように注意した。

半年もの期間は、北欧の先進国の人間が耐えられる範囲を超えていた。ホテルは汚らしく、町にはまともなレストランがない。女たちは色が浅黒く、不潔で、反応も受け身だ。半径一〇〇マイルに、うまいアクアビットなど望むべくもない。ノブスタッドは厚い唇をなめ、故国の辛口の蒸留酒をいま飲めたらと思った。

造船所はさらにひどい。石造りの乾ドックは、少なくとも百年は経っていそうだ。すすけた木造の建物も同じく古びている。こうした作業をするよりは、十九世紀の漁船を繋いでおいたほうがよさそうな場所だ。

作業は予定どおり完了し、しかも申し分のない仕上がりだった。四区画に分けられている主貨物室は、外見こそ改装前とまったく同じだが、わずか二、三分で、単一の大きな空間に早変わりする。貨物室にはもともと、隣接する区画への浸水を防ぐため、三枚の水密用隔壁が設けられていた。しかしいまは、開閉して船殻にぴったりくっつけられるようになっている。

ノブスタッドは三枚の隔壁が見かけ倒しになっても心配していなかった。彼の計算によれば、有効性が一〇パーセント低下するにすぎない。年季の入った貨物船だが、台風でも来ないかぎりは太平洋の荒波を乗り切れるだろう。

改装された最も興味深い部分は、隔壁が取りのけられるまでは見えなかった。いまは〈ヘレナK〉の船底が丸ごと両開きになり、海の下へ向かって開閉できるようになっている。

ノブスタッドは自分の仕事を誇らしく見届け、実際に使われるのが待ち遠しかった。反乱勢力の指導者が考え出した、独創的な装置が機能するのをこの目で見たかった。もうすぐ、そのときが来る。すべてスムーズに動くことを、彼は確信していた。しかしこの装置を使えば、ほとんどいかなる危険を冒すこともないだろうから、これまで彼がかかわってきた違法な仕事の数々を思えば、むしろつまらないぐらいだ。ともかくも、出港のときが近づいてきている。割のいい報酬と引き替えに、なんの心配もない航海に出るときが。

彼の船はかなりの距離を、空荷《からに》同然で進むことになる。ノブスタッドはタバコの吸い殻をはじき飛ばし、一等航海士のほうに身体を向けた。

「時間だ。船を出せ」彼は待ちかねて言った。

「はい、ただちに」一等航海士は答えるや、無線のヘッドセットで呼びかけた。「もやい綱をすべて解け」

桟橋で蛍のように光るいくつものタバコの火が、〈ヘレナK〉に向かってゆっくりと動きだす。男たちは桟橋の光のほうへ歩き、繫船柱《ボラード》へ近づいた。主甲板と桟橋を結んでいたもやい綱が解かれる。いまや遅しと出港を待っていたノブスタッドの乗組員たちが、綱を船に引き上げた。

陸に繫がれていた〈ヘレナK〉は、ようやく綱を解かれ、海に戻ろうとしている。

一等航海士が中央制御盤に手を伸ばした。〈船首スラスター〉と〈船尾スラスター〉と記されたスイッチに手を伸ばす。大きな扇風機に似た前後の推進装置が、船を桟橋から離岸させた。ディーゼルのメインエンジンが〈ヘレナK〉のスクリューを動かし、小さな港から船を海に出す。

錆が浮いた貨物船は、こうして夜闇へ消えていった。ほどなく外海に達し、全速力で北西をめざすことになる。

ビル・ビーマンはトラックのウィンドウの上にあるつり革にしっかり摑まり、ひび割れしそうなほど歯を食いしばった。がたの来たおんぼろのトラックは、轍《わだち》ができた泥だらけの山道をひどく傾きながら走り、制御不能になるかと思われた。農夫上がりの運転手はステアリングを強く握りしめ、鼻をスポークにくっつきそうなほど近づけて、恐怖に目を見ひらいている。白熱したブレーキパッドの鼻を衝くようなにおいが、錆びて穴の開いた床板から立ちのぼり、酷使されたエンジンは何度も止まって、抗うようにバックファイアを起こした。ビーマンがウインドウの外をちらりと見ると、車一台がようやく通れる細い道の下は、底が見えない千尋《せんじん》の谷だ。

まちがいない。数インチ操作を誤れば、俺たちは死ぬ。

ビーマンがトラックの警備兵から奪った、土埃にまみれた野良着とよれた戦闘帽には、体臭とタバコのにおいが染みついていた。どちらも、何年も洗濯していないにちがいない。偽装は完璧にはほど遠かったが、おざなりの検問なら通れるかもしれず、奇襲すればあっと驚かせるぐらいの効果はあるだろう。幸い、いまのところ検問には出くわしていない。戻ってくるトラックは一台も見なかった。燃料補給用の停車場所は、うまく要所に配置されていた。道ばたの茂みの陰に、無人のガソリンタンクが隠されている。

がたつくトラックの荷台で飛び跳ねながら、カントレルが立ち上がり、割れたリアガラス越しに叫んだ。

「隊長、こんなに飛ばす必要があるんですか？」

マルティネッリは隊員を隠している、ずたずたの帆布の覆いを押しのけ、カントレルの隣に立った。「俺はもっと飛ばしてほしいです！」歓声と笑い声をあげる。彼は手すりに摑まっていた。風が角刈りの髪を鞭打つ。

「落ち着け、運ちゃん。そんなに飛ばさなくていい、頼む《ポル・ファボール》」ビーマンは運転手に向かい、あえぐエンジンの音にかき消されないように叫んだ。

農夫はきしむブレーキペダルを強く踏み、フロアシフトのギアを低速にした。トラックは不満そうにバックファイアを起こしたが、山道をもう一度曲がって飛び跳ねたところで、速度を落とした。道はやや平坦になったようだ。ビーマンはふたたび運転手に叫んだ。

「あとどれぐらいだ？」運転手は五本指を立てた。「五時間《チンコ・オラス》か？」

ビーマンはシートにもたれた。めったにない比較的平坦な道で、できるだけ楽な姿勢を取ろうとする。彼はうたた寝した。が、すぐに運転手に揺り起こされた。

「旦那《セニョール》、見てください！」と言い、道の正面を指さす。

澄んだ山の空気にもうもうと黒煙を吐き出し、もう一台のトラックが、一マイル向こうのカーブを曲がってくる。トラックは山を登り、こちらへ近づいていた。ビーマンは振り返り、リアガラス越しに叫んだ。

「みんなよく聞け、これから仲間のトラックが来る。弾をこめて、シートの下にじっと隠れていろ。できるだけ、コカの積荷になったふりをするんだ。何事もなくすれちがえるようにしたいが、もし怪しまれたら、いつでも撃てるようにしておけ」

ビーマンはジョンストンに、警備兵が騒がないよう命じかけたが、すでにSEALの上等兵曹は、怯えた農夫の喉元にナイフを突きつけていた。マルティネッリは防水シートをしっかり覆い、カントレルは愛用のM60のコッキングレバーを引き戻した。薬室に銃弾が装塡され、カチリという音とともに引き金がセットされる。

運転手に身体を向け、ビーマンは言った。「いつものように運転して、すれちがうんだ。挨拶以外のよけいな言葉が聞こえたら、おまえの奥さんは未亡人になる。わかったか《コンプレンデ》？」

運転手にAK‐47の銃口を見せる。

「シ、セニョール。コンプレンド！」

ビーマンは背を丸め、近づいてくるトラックに乗った二人の目に、ペルー人の農夫らしく映るように努めた。AK‐47をいつでも撃てるよう、薬室に弾をこめる。

狭い道で二台のトラックが接近する。すれちがえるだけの幅はなかった。一台は山側の岩のあいだにはみ出し、もう一台は切り立った崖側を通って、やり過ごすしかない。ビーマンの隣の運転手は、トラックの速度をやや落とした。

近づいてくる車は、SEALの隊員たちが乗っているトラックとうりふたつだ。車体は使い古されてへこみ、いたるところに泥をかぶっている。荷物は日焼けして色褪せた緑の帆布で覆われていた。コカ栽培地の労働者に、食糧などの補給物資を届けに行くのだろう。このトラックが出発したのは、地滑りが起きたことをデ・サンチアゴの組織の人間が知らされる前のはずだ。あるいは、もしかしたら襲撃兵を差し向けてきたのかもしれない。荷台に反乱勢力の兵士たちがひそんでいたら、撤退することも隠れることもできないこの狭い山道は、襲いかかるにはうってつけだ。

ビーマンには知るすべがなかった。

いよいよ距離が詰まってくる。泥まみれのフロントガラス越しに、運転台に座る二人の姿が見えてきた。運転手は両手でステアリングを操り、大きな岩をかわして、トラックが道からはみ出さないように神経を使っている。助手席の男は、日曜日のドライブのように平然と座っているが、ビーマンと同様にAK-47は手元から離さなかった。

あと二〇ヤード。近づいてくるトラックは、あえぎながら山道を登ってくる。そのトラックは道の山側によけ、崖側を空けてビーマンのトラックを通そうとしている。相手の運転手は、トラックの右側の車輪を山側の斜面に乗せた。そこで車を停め、危なっかしく身を乗り出して、通らないと道を全部ふさぐぞと身振りで脅している。ビーマンの指がＡＫ－47の引き金にかかった。相手の運転手は苛立ちを露わに、さっさと通れと手を振っている。

山側に停車しているトラックと、眼下の崖のあいだは、とても通れそうな広さではなかった。ビーマンの運転手はトラックの太いタイヤの牽引力を頼みに、慎重に車を進めた。ビーマンは窓の外をちらりと見てみた。が、すぐに後悔した。急峻な崖の下には、果てしない虚空が広がるばかりだ。トラックは路肩をとうにはみ出していた。右のタイヤの半分がまだ地面に接しているかどうかはわからない。タイヤの下の小石が、崖下へ落ちていく。ビーマンはまばたきし、相手のトラックの男たちに目を向けた。あちらもビーマンを見返してくる。ビーマンの首筋に汗がしたたり落ちた。少しでも操作を誤ったら、崖下へ真っ逆さまだ。ビーマンは相手と目を合わせるのを避けた。不審に思われてはならない。相手の警備兵がこちらを見ている。ビーマンはライフルをきつく握った。

運転手が撃たれれば、ビーマンが反撃する暇もなく、トラックは崖に落ちる。そうなったら、誰一人として生きて帰れない。

ビーマンは身を固くした。五感が最大限に張りつめている。相手の警備兵に気配を悟られないよう、警戒する。これほど不利な状況に追いやられるのが、いやでたまらなかった。

しかし、ほかに選択肢はない。相手のトラックは、地滑りが起きる何時間も前に出発していたはずだ。まさか、仲間のトラックが地滑りに関与しているなどとは疑っていないだろう。

二台のトラックは、わずか数インチの隙間でゆっくりすれちがった。

ぎりぎりの隙間で横に並んだとき、ビーマンは思い切って相手に手を振り、親しげに見せかけようとした。時間が永遠に思える。停まっているトラックの荷台を通過した。ビーマンのトラックは崖の縁を通りすぎ、道の中央に戻った。背後から撃たれるようなことはなかった。

ついにやった。

ビーマンは一瞬振り向いた。相手のトラックが道の向こうへ消えていく。彼は安堵の笑みを浮かべ、運転手の肩を叩いた。

「よくやった。神業のような運転だ」

にやりとしながらビーマンが運転手のほうを見ると、その顔は蒼白だった。下唇を震わせ、頬には大粒の涙が伝っている。人間の排泄物のにおいが鼻を衝いた。ビーマンの脳裏を、ぞっとするような考えがかすめた。顔からは笑みが消え、胃の腑が覆りそうになる。

「友《アミーゴ》よ、あんたがほかのやつらと同じくファン・デ・サンチアゴに忠実だったら、俺たちはいまごろ、一人残らず死んでいたにちがいない」ビーマンは運転手に言った。

恐怖からさめやらぬ運転手は、返事をしなかった。彼がその気になれば、仲間のトラックに向かって、アメリカ人を運んでいると叫ぶこともできただろう。そして、崖からトラックごと落ちれば、エル・ヘフェのコカイン精製工場への脅威を一掃し、仲間の口から一部始終が伝わることで、運転手は殉教者に祭り上げられたことだろう。

ジョンストンの顔がリアガラスから覗いた。

「ふう、きわどいところでしたね！　もう、ほかのトラックに出くわさないことを祈ります」

ビーマンは振り向いた。顔には笑みが戻っている。

「上等兵曹、どれぐらいきわどかったか、おまえにはわかるまい」

ジョン・ワード艦長は、目の前に広げられた海図をじっと見ていた。彼らの位置を示すX印は、ほんの五分前の場所を表示している。

「あと二十四時間で到達か、航海長？」ワードは訊いた。

アール・ビーズリー航海長はX印と、海図でその南西にある、緑で囲われた海域の距離をデバイダーで計測した。

「イエッサー。このまま二二ノットで進めば、あすの正午には作戦海域に到達します」

ワードはうなずき、言った。「よし。予定よりも少し先行しているようだ。副長が計画している訓練をやってみるか？」

ビーズリーは笑みを浮かべた。

「イエッサー。ではそろそろ、有資格者を当直に就かせましょう。さもなければ、あの連中は空気を消費するしか能がないことになってしまいますから」

ワードはくっくと笑った。潜水艦の乗組員は日夜、資格の取得に明け暮れている。初めて乗り組んだ新米の水兵から、各科の長に至るまで、さまざまな資格を取得できるよう研鑽を積んで、次回の任務に備えるのだ。幸い、この日に予定されている訓練は単純なもので、時間もさほどかからない。今回の作戦には高速での航行が要求されているので、一刻も早く南下して配置に就くため、通常行なわれる実地訓練の大半は断念を余儀なくされていた。その点、これから行なう訓練は五分程度の遅れですむ。

ワードは立ち上がり、背中を伸ばした。スタン・グール水雷長は氷海下でも使えるBPS-15ソーナーのコンソールの前で背中を丸めている。彼は潜航長席に座っているビル・ラルストンを、慎重に観察していた。ラルストンは実習潜航長として、これから初の当直に就くのだ。つまり彼は、海中での〈スペードフィッシュ〉の複雑精妙な操艦指揮について、教育訓練を受けている最中ということになる。潜航長を務めるダグ・ライマンがかたわらに立ち、緊急時の手順を静かに話し合っていた。この日の訓練は〝横舵の舵故障での潜航《ジャム・ダイブ》〟を想定している。〈スペードフィッシュ〉艦尾の横舵が、急速潜航時の角度のまま制御できなくなり、艦がとめどなく急降下した場合の対策だ。

　グールは心配していなかった。先刻、クリス・ダーガンと同様の話し合いを終えたところだ。ダーガンは旺盛な意欲で知識を吸収し、哨戒長に要求される技能を学んでいる。現にいまも、二台の潜望鏡の陰にある一段高い席に座り、緊急対処要項《カジュアリティ》を最終確認して、一語一句を頭に叩きこんでいた。ワードはグールを一瞥した。

「準備はいいか？」

「イエッサー。実習中の哨戒長、潜航長、当直先任のほか、後部区画に実習先任機関特技員を配置しています。わたしは全員とともに、カジュアリティを再確認しました」

　ワードは横舵手のかたわらに近づいた。マクノートン上等水兵が艦長を見上げ、笑顔を見せる。

　ワードは背をかがめ、マクノートンの操舵装置を前に倒してのしかかった。横舵の角度計が反応し、三五度下を向く。〈スペードフィッシュ〉の艦首が即座に下がり、太平洋の海底へ向かいはじめた。

マクノートンは操舵装置を引き戻そうとしたが、びくともしない。潜水艦は一〇度下を向き、急速に潜航している。乗員は一様に、海底へ向かう艦内でつんのめらないよう、体重を後ろにかけた。マクノートンは手を伸ばし、油圧制御装置のスイッチを〈通常〉から〈緊急〉に移した。

ワードはまだ、操舵装置を急速潜航角度にしたままだ。〈スペードフィッシュ〉はいまや、二〇度下を向いている。コーヒーカップが床に落ちてけたたましい音をたて、前部隔壁にぶつかった。

「潜航長、横舵が急速潜航のまま、戻りません!」マクノートンは大声でラルストンに言った。

「哨戒長、横舵が急速潜航のまま、戻らなくなりました。深度四〇〇フィート!」ラルストンは肩越しに呼びかけた。〈スペードフィッシュ〉は三〇度下を向いている。乗員は誰もが、前に放り出されないよう、手近なものにしがみついた。

クリス・ダーガンがはじかれたように席から立ち上がる。

「ジャム・ダイブ! ジャム・ダイブ!」彼は歌うように大声で言った。

緊急事態を告げる言葉に、当直の乗組員がいっせいに行動を起こした。ラルストンは手を伸ばし、速力指示器《エンジン・オーダー・テレグラフ》を〈後進緊急〉に合わせる。そしてテレグラフの横のボタンを押し、叫んだ。「深度四五〇フィート！」

　そのころ制御盤室では、スコット・フロスト機関員が〈後進緊急〉を指す指示器《テレグラフ》の針を見、警報サイレンを聞いた。哨戒長が後進を指示しているのだ。それもいますぐ。フロストはクロムめっきされた大きな前進スロットルを閉じ、やや小ぶりの後進スロットルをひらいた。蒸気流量計が一〇〇パーセントを表示し、原子炉の出力も、瞬く間に一〇〇パーセントに達しようとしていた。スチームのうなりとタービンの轟音が、機関室にこだました。スクリューが一瞬停止して艦体ががくんと震える。次いで、スクリューは逆向きに回転を始め、潜水艦を前ではなく、後ろへ推進した。原子炉出力は九〇パーセント以上になり、フロストは後進スロットルを少し閉じた。原子炉出力計は正確に一〇〇パーセントのところで停まった。

　ラルストンが叫んだ。「深度五〇〇フィート！」

　当直先任の資格取得をめざすドク・マーストンが、艦内放送《1MC》マイクの通話キーを押して、大声で言った。「ジャム・ダイブ！　ジャム・ダイブ！」緊急浮上バルブに手をかけ、哨戒長の指示があればいつでも浮上させられるよう準備する。

　コルテス上等水兵は潜舵の操舵装置を引き戻し、〝上げ舵一杯〟にすると、縦横舵を前後に揺らし、〈スペードフィッシュ〉の尻を振って、海底へ突っこむ速度をさらに緩めようとした。

「深度五五〇フィート」

潜水艦の速度が落ちる。

「深度五七〇フィート」潜水艦の水中速度を計測するピトー式速度計が、ゼロを示し、艦が後進しはじめるにつれ、後方に加速した。下向きの角度が、徐々に緩やかになる。

ダーガンが命じた。「全機関停止。ホバリング用意」

フロストは後進スロットルを閉じた。〈スペードフィッシュ〉は惰性で漂って停まり、前進も後進もやめて、温かい太平洋の海中で静止した。

ドク・マーストンはスイッチを操作し、深度制御タンクのひとつに高圧空気を用いて海水を注入、別のタンクからは排出した。注入されたタンクは海水でほぼ満杯になり、別のタンクはほとんど空になる。〈スペードフィッシュ〉が目標深度より沈下しはじめたら、マーストンはいつでもタンクから水を排出できるし、上昇しすぎたら、すぐに水を注入できる。潜水艦はいくつものタンクでバランスを取っているのだ。

マーストンはダーガンのほうを向き、報告した。「速力ゼロ、深度五八七フィートで、沈下しています。ホバリングの準備が完了しました」

「ホバリング開始。深さ六〇〇」ダーガンが命じた。

バート・ウォーターズが機関室の後部隔壁に走り、ベクトルド機関兵長がすぐあとに続いた。ウォーターズは先任機関特技員の資格取得をめざしている。ベクトルドがその教育係だ。ウォーターズは艦内電話を摑み、報告した。「緊急位置調整ポンプにより、機側操舵による舵の操舵準備ができました」このポンプを使えば、艦の通常の油圧系統を経由することなく、独立した系統によって縦舵や横舵を制御することが可能になる。これは、艦の油圧動力が使用不能に陥った場合に備えたものだ。

乗組員の動きを見ていたワードは、満足げに笑みを浮かべた。訓練は成功だ。彼はようやく、操舵装置を放した。

ワードが一同に賞賛の言葉をかけようと振り向くと、目の前には、顔を紅潮させたクッキー・ドットソンがいた。この潜水艦調理員は、顔から焦げ茶色のケーキの生地を拭き取り、怒りにまかせて所構わず投げ飛ばしている。

「何をするんですか、艦長！　こういうことをするときには、ひと声かけていただけませんか？　ちょうど副長の誕生日ケーキをオーブンに入れようとしていたときに、ボウルから中身が飛び出してしまったんです。おかげで、こいつが調理室じゅうにぶちまけられてしまいましたよ。まるでチョコレートの爆弾が破裂したみたいです！」

ワードは笑いをこらえきれず、ついに噴き出した。緊張に満ちたこの数週間、サンディエゴでは大惨事をすんでのところで食い止め、魚雷発射管室では不幸な事故が起きて、〈スペードフィッシュ〉の艦内には重苦しい空気が立ちこめていたのだ。チョコレートまみれになった水兵は、滑稽そのものだった。訓練のため発令所に集まっていた乗組員が、いっせいに笑いを爆発させた。

「クッキー、すまん」ようやく笑いが収まると、艦長はあえぎ混じりに言った。「潜望鏡深度で露頂し、交信を終えたら、すぐに調理室に行って、新しいケーキの生地を混ぜるよ」ワードはそこで間をおいた。「今度作るのは、イエローケーキでいいかね？　きみにはチョコレートより、黄色のほうが似合うようだ」

このひと言で、発令所の面々がふたたびどっと沸いた。

ワードは最後に、スタン・グールのほうを向いた。

「ミスター・グール、横舵のジャム・ダイブ訓練は終了する。深さ一五〇、潜望鏡深度に備え、バッフルクリアせよ」

「イエッサー」

ワードはまだくすくす笑いながら、艦長室へ戻った。扉越しに、隣室のジョー・グラスに呼びかける。

「副長、すごい見ものだったぞ。信じられんだろうが、クッキーが身体じゅうをチョコレートの生地まみれにして、目を拭きながら、わたしがジャム・ダイブ訓練をしたせいだと怒鳴りこんできた。本当さ。彼が少し落ち着くまで、きみをわたしの毒味係にしてやろう」

グラスは艦長室に足を踏み入れ、芝居がかったしぐさで両腕を広げた。

「どうかご勘弁を！　潜水艦の任務は確かに危険が多いですが、まだ死にたくありませんから」そう言って笑う。

「いいだろう。わたしは当分、クラッカーにサラミやチーズでも載せて、生き延びるとしよう。さて、話は変わるが、われわれはほどなく作戦海域に到達する。その前にいま一度、機器類の点検をしたい。ＥＳＭに人員を配置し、潜望鏡深度で露頂したときに、全力捜索をしてくれ。われわれのＥＳＭが一〇〇パーセントの状態であることを確認したいんだ」

グラスはうなずいた。

「お安いご用です、艦長。わたしも立ち会い、この目で確かめます」

艦内電話が鳴った。ワードは電話を摑み、通話キーを押した。

「艦長だ」

「艦長、実習哨戒長です。深度一五〇フィートに到達しました。速力は六ノットです。左回頭で念入りにバッフルクリアしました。コンタクトはありません。潜望鏡深度への深度変換の許可を求めます」

　ワードは笑みを浮かべた。クリス・ダーガンは大丈夫だ。

「ありがとう、ミスター・ダーガン。すぐにそちらへ行く」

　艦長は立ち上がり、部屋を出る前に言った。

「きみにもわかるだろうが、副長、クリスはそのうち、きわめて優秀な哨戒長になるぞ」

「同感です」グラスは言った。

　二人とも、同じことを考えていた――クリスが昇任するのは、この艦ではないだろうが。

　艦長室を去りぎわ、ワードはいとおしげに隔壁を軽く叩いた。ともすれば、感傷的になってしまう。これは〈スペードフィッシュ〉最後の任務であり、帰港したあとは、この艦は愛する海から引き離されてしまうのだ。

　ワードはいま一度、最後の作戦行動を有意義なものにすると誓った。彼はこの老朽艦に、それだけの恩義を感じていた。

〔下巻に続く〕

訳者略歴　1970年北海道生，東京外国語大学外国語学部卒，英米文学翻訳家　訳書『眠る狼』ハミルトン，『ピルグリム』ヘイズ，『マンハッタンの狙撃手』ポビ，『ハンターキラー 潜航せよ』ウォーレス＆キース（以上早川書房刊）他多数

HM=Hayakawa Mystery
SF=Science Fiction
JA=Japanese Author
NV=Novel
NF=Nonfiction
FT=Fantasy

ハンターキラー 最後《さいご》の任務《にんむ》
〔上〕

〈NV1468〉

二〇二〇年八月 十 日 印刷
二〇二〇年八月十五日 発行
（定価はカバーに表示してあります）

著者　ジョージ・ウォーレス
　　　ドン・キース
訳者　山《やま》中《なか》朝《とも》晶《あき》
発行者　早川浩
発行所　株式会社 早川書房
郵便番号 一〇一 - 〇〇四六
東京都千代田区神田多町二ノ二
電話 〇三 - 三二五二 - 三一一一
振替 〇〇一六〇 - 三 - 四七七九九
https://www.hayakawa-online.co.jp

乱丁・落丁本は小社制作部宛お送り下さい。
送料小社負担にてお取りかえいたします。

印刷・株式会社亨有堂印刷所　製本・株式会社明光社
Printed and bound in Japan
ISBN978-4-15-041468-9 C0197

本書は活字が大きく読みやすい〈トールサイズ〉です。